데이트 어 라이브 16 쿠루미 리프레인

DATE A LIVE Refrain KURUMI

"—를 위해— 죽어주세요."

"예, 물론이죠."
"자, 어서, 그러세요."
"어차피 이 몸은 거짓된 생명."
"마음껏 쓰고 버리세요."
"이 목숨이 『저』의 발판이 된다면—."
"기쁜 마음으로 이 세상을 떠나겠어요."
"이제 와서 이상한 소리를 하는군요."
"『저』도 저라면—."
"거절할 리가 없다는 걸 알 텐데 말이죠."

"—그렇다면, 저를 따라오세요, 『저희들』.
이…… 끝없이 펼쳐진 저승길을 나아가는
저를 말이에요."

"코토리, 이제부터
어떻게 하면 되느냐?
우물우물."
정령— 야토가미 토카
제과용
초콜릿
"우후후,
그럼 시도 씨의 하트는
제가 독점하겠어요."
정령— 토키사키 쿠루미

"힘낼게."
정령— 토비이치 오리가미
"—일단, 초콜릿을 녹이자.
그렇게 어렵게 생각할 필요 없어."
〈라타토스크〉 사령관— 이츠카 코토리

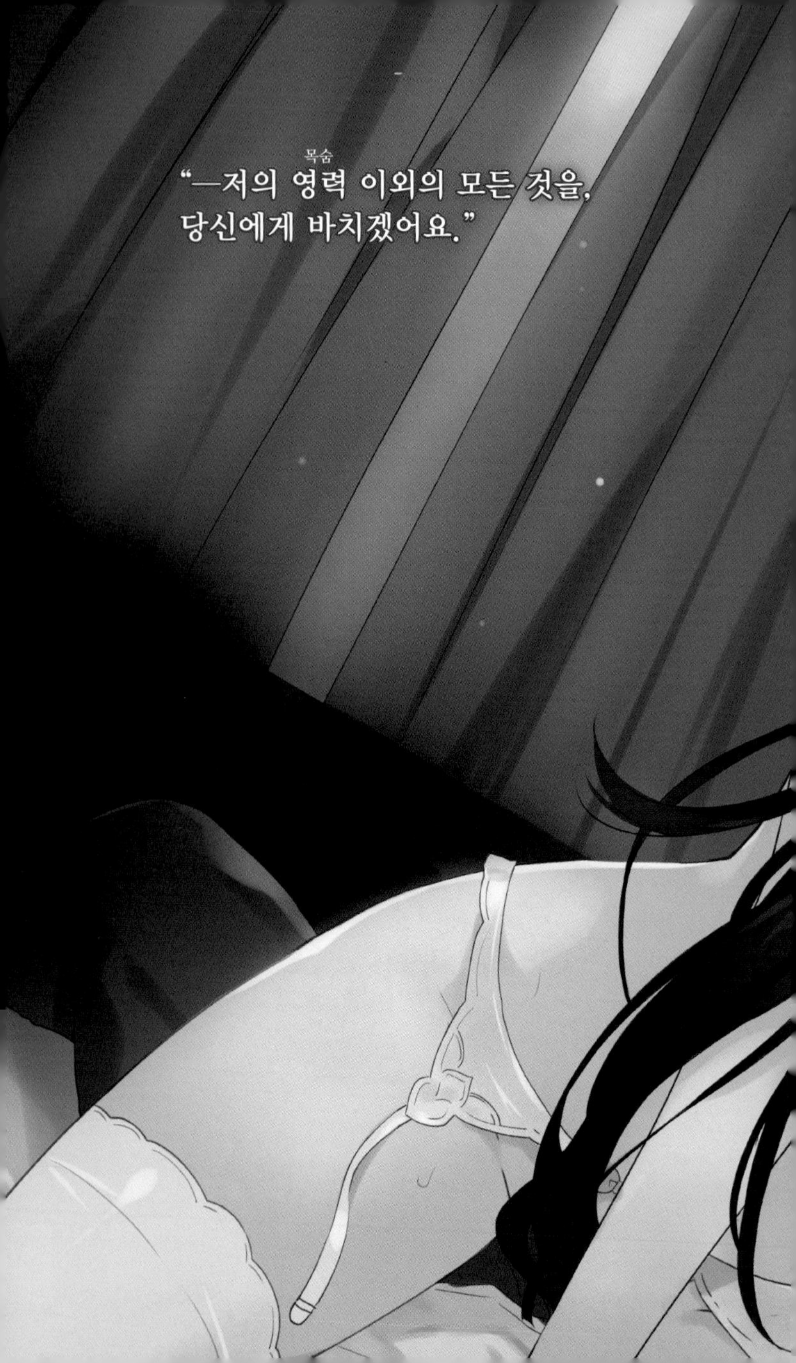
목숨
"—저의 영력 이외의 모든 것을,
당신에게 바치겠어요."

CONTENTS

DATE 데이트
A 어
LIVE 라이브

16

글 : 타치바나 코우시
그림 : 츠나코
옮긴이 : 이승원

THE SPIRIT

정령(精靈)

인계(隣界)에 존재하는 특수 재해 지정 생명체. 발생 요인, 존재 이유 둘 다 불명.
이쪽 세계에 모습을 드러낼 때, 공간진(空間震)을 발생시켜 주위에 심각한 피해를 끼친다.
또한, 엄청난 전투 능력을 보유하고 있음.

WAYS OF COPING1

대처법1

무력을 통한 섬멸.
단, 위에서 말했듯 매우 강대한 전투 능력을 보유하고 있기 때문에 달성 가능성이 극도로 낮음.

WAYS OF COPING2

대처법2

——데이트를 해서, 반하게 만든다.

쿠루미 리프레인

Refrain KURUMI

SpiritNo.3
AstralDress-NightmareType Weapon-ClockType[Zafkiel]

서장 정의의 사도

토키사키 쿠루미가 선량한 소녀라는 것은 그녀를 아는 모든 사람들이 공통적으로 가지고 있는 인식이리라.

유복한 집에 태어나, 자식을 끔찍이 아끼는 부모님이 애지중지 귀하게 기른 그녀는 어릴 적부터 불편함이나 불만 없이 17년 동안 살아왔다.

딱히 누군가를 원망하지도, 거꾸로 원망을 사지도 않았으며, 평온하기 그지없는 나날을 보내왔다.

그것은 분명 행복한 일일 것이다. 누가 봐도 그녀의 인생은 행복해 보였으며, 그녀 본인 또한 그렇게 생각했다.

그렇다고 쿠루미에게 고민이 없었느냐 하면, 물론 그렇지는 않았다.

—막연한, 무력감.

부족할 것 없는 환경에서 자랐기 때문인지, 타고난 성격 때문인지는 알 수 없지만, 쿠루미의 가슴 속에는 항상 그런 응어리가 존재했다.

세상을 둘러보면, 다양한 고난에 힘들어하고 있는 사람들이 있다.

전쟁에 휘말려 목숨을 잃은 사람도 있고, 병을 가지고 태어난 바람에 젊은 나이에 숨을 거두는 사람도 있다. 의식주도 제대로 해결하지 못하는 사람과, 이유 없이 차별을 당하는 사람도 있다. 약자를 인정사정없이 괴롭히는 차가운 바람이 이 세상에 불고 있다.

텔레비전을 통해, 신문을 통해, 잡지를 통해— 그리고 자신의 두 눈을 통해…….

그것들을 볼 때마다, 쿠루미의 마음은 무력감으로 가득 찼다.

어쩌면 누구나 한 번쯤은 그런 감정을 느껴봤을지도 모른다. 그리고 다들 세상이 불공평하다는 것을 알게 되고, 마음속으로 타협을 하며, 자신의 손이 닿지 않는 세계의 불행으로부터 눈을 돌리게 된다.

하지만 쿠루미의 마음속에는 그 감정이 계속 남아 있었다.

자신도 뭔가 할 수 있는 일이 있을지도 모른다.

곤경에 처한 이들에게 손을 내밀어주고 싶다.

좋게 말하면 순수한, 나쁘게 말하면 유치하고 물러터진 정의감.

그것이 누구에게도 보여주지 않았던, 토키사키 쿠루미의 마음속 깊은 곳에 존재하던 감정이었다.

그리고, 어쩌면 그녀가 그런 사람이었기에, **그 일**이 일어난 것일지도 모른다.

—그날.

그날도 평소와 다름없는 날이었다.

시간은 아마 오후 다섯 시 즈음이었을 것이다. 친구와 함께 귀가하던 쿠루미는 오렌지색 석양을 향해 걸으면서 별것 아닌 이야기를 나누고 있었다.

"—저기, 사와 양."

"예?"

쿠루미가 이름을 부르자, 클래스메이트인 야마우치 사와는 눈을 깜빡이면서 고개를 갸웃거렸다. 그녀는 갈색 머리카락을 단정하게 땋은 순박한 소녀였다.

"내일 별다른 볼일이 있나요? 만약 없다면 또 당신의 집에 찾아가고 싶어요."

"아, 그야 괜찮지만…… 아, 혹시 또 마론을 쓰다듬고 싶은 건가요?"

사와가 후훗 하고 웃으면서 그렇게 물었다. 마론이란 사와가 집에서 기르는 고양이의 이름이다. 사람을 잘 따르는 아메리카 쇼트헤어 종이며, 초면인 사람에게도 어리광을 부리는 귀여운 아이였다.

"아, 아뇨. 그런 게 아니에요. 저기, 그러니까, 또 같이 공부를 하고 싶어서……."

"후훗, 그런 걸로 해두죠. 꼭 와주세요. 하지만 그렇게 고양이를 좋아한다면, 쿠루미 양도 한 마리 기르는 게 어때요?"

사와의 말에 쿠루미는 눈썹을 살짝 찌푸렸다.

"……어머니가 고양이 알레르기세요."

"그렇군요. 그럼 나중에 집을 나와서 혼자 살 때까지는 힘들겠네요."

사와는 그렇게 말하면서 웃더니, 손을 흔들면서 자신의 집으로 향했다.

마주 손을 흔들던 쿠루미는 사와가 시야에서 사라진 후에야 다시 걸음을 옮겼다.

그 어떤 불평도 할 여지가 없는 평화로운 나날이다. 좋은 친구를 뒀고, 굶주릴 일도 없으며, 중한 병에 걸리지도 않았다.

분명 앞으로도 이런 하루하루가 계속될 것이다. 순간 마음속 깊은 곳에서 미세한 통증이 느껴졌지만, 쿠루미는 그걸 무시하며 계속 걸음을 옮겼다.

—그리고 얼마 지나지 않아, 쿠루미는 위화감을 느꼈다.

"……어?"

모퉁이를 몇 번 돈 쿠루미는 눈을 깜박이며 주위를 둘러

봤다.

어느새 주위에서 사람이, 동물이, 모든 소리가, 사라진 것이다.

마치 이세계를 헤매고 있는 듯한 느낌이 들었다.

순간 자신의 청각이 이상해진 거라고 생각했지만— 그렇지 않았다. 자신의 목소리와 옷깃 스치는 소리는 여전히 들렸다.

"이, 이게, 어떻게, 된 거죠……."

쿠루미는 당혹스러워하면서 일단 이 자리를 벗어나기 위해 뛰기 시작했다.

하지만—.

"아……."

쿠루미는 곧 걸음을 멈추고 말았다.

이유는 매우 단순했다. 그녀의 눈앞에 정체불명의 괴물이 나타난 것이다.

검은 그림자가 인간 형태를 이룬 듯한 생물이었다. 몸에서는 어렴풋이 오라 같은 것이 피어올랐고, 때때로 비명인지 포효인지 알 수 없는 괴성을 질렀다.

"히익—?!"

그야말로 비정상적인 존재였다.

쿠루미는 무심코 숨을 삼키고 도망치려 했다.

하지만 초조함에 사로잡힌 몸은 쿠루미의 뜻대로 움직여

지지 않았고, 발이 꼬인 그녀는 그 자리에서 엉덩방아를 찧었다.

"꺄아……!"

【————————.】

그러자 쿠루미의 존재를 눈치챘는지, 괴물이 천천히 그녀 쪽으로 다가왔다.

"시…… 싫어……!"

쿠루미는 이러지도 저러지도 못하며 몸만 웅크렸다.

하지만, 다음 순간—.

"……앗?!"

시야가 빛으로 가득 차나 싶더니, 엄청난 폭발이 일어나면서 쿠루미를 향해 다가오던 괴물이 사라졌다.

그리고 그 괴물을 대신하듯, 한 소녀가 모습을 드러냈다.

"……괜찮아?"

"어…… 아— 어, 어어……."

쿠루미는 당황하면서도 고개를 들고 그 소녀를 쳐다보았다.

단정한 외모와 바람에 휘날리는 긴 머리카락을 지닌 소녀였다. 어딘가 그늘이 진 것처럼 가라앉은 표정도 그녀가 지닌 신비한 느낌을 돋보이게 했다. 그런 그녀가 몸에 두른 것은 흐릿한 빛을 띤 아름다운 드레스였다. 그 모든 요소가 그녀를 천사, 혹은 여신처럼 보이게 했다.

다음 순간, 쿠루미는 이해했다. 그녀가 아까 전의 그림자 괴물을 해치워서 쿠루미를 구했다는 사실을 말이다.

"고, 고마워요. 덕분에 살았어요……."

쿠루미가 떨리는 목소리로 그렇게 말하자, 눈앞의 소녀는 천천히 손을 내밀었다.

쿠루미는 그 손을 잡고 간신히 몸을 일으켰다.

"그런데…… 방금 그건, 대체……."

쿠루미의 물음에 소녀는 눈을 내리뜨면서 말했다.

"—정령. 세계를 죽이는 괴물이야."

"정령……."

"……그래. 그보다, 너는 대체 누구야? 왜 이런 곳에 있는 거야?"

"아…… 소개가 늦었군요. 저는 토키사키 쿠루미라고 해요. 왜 이런 곳에 있는 건지는…… 오히려 제가 물어보고 싶군요."

쿠루미가 그렇게 말하자, 소녀는 흐음 하고 낮은 신음을 흘리면서 생각에 잠기듯 턱에 손을 댔다.

"……저절로 들어온 걸까? 흐음, 어쩌면 너는 적성이 있는 걸지도 몰라."

"예……?"

쿠루미는 고개를 갸웃거렸다. 그러자 소녀는 쿠루미의 눈을 똑바로 쳐다보았다.

"느닷없이 이런 소리를 해서 미안한데 말이야. 쿠루미, 너는 힘을 가지고 싶지 않아?”

“힘……말인가요?”

“……그래. 나와 같은 종류의 힘을 가지고 싶지 않아? 너는 분명 영결정(靈結晶)[세피라]의 적합자일 거야. 만약 너만 괜찮다면— 나와 함께 **세계를 구해줬으면 해**.”

“…….”

그녀는 느닷없이 황당무계한 말을 쿠루미에게 건넸다.

평범한 이라면 그 말을 농담으로 여기거나, 미심쩍어할 것이다.

쿠루미도 그런 생각을 하지 않은 것은 아니다.

하지만 그것보다도 마음속에 존재하던 어떤 감정이, 쿠루미가 반쯤 무의식적으로 고개를 끄덕이게 했다.

“다행이야. 네가 도와준다면 정말 든든할 거야.”

그녀는 그렇게 말하더니 단아한 미소를 지으며 계속 말을 이었다.

“—잘 부탁해, 쿠루미. 나는 타카미야 미오. 흔히 말해…… 정의의 사도야.”

제1장 몽마의 유혹

"쿠루, 미……."

그 이름은 의식적으로 입에 담은 게 아니었다.

소녀가 시야에 들어온 순간, 뇌가, 눈이, 그녀의 모습을 인식하더니— 반자동적으로 그 말이 입에서 흘러나왔다.

하지만 그러는 것도 무리는 아니었다.

그 정도로— 현재 이츠카 시도의 시선을 지배하고 있는 소녀의 모습은 인상적이었던 것이다.

요염하게 빛나고 있는 칠흑빛 머리카락.

요염한 빛깔을 띠고 있는 백자(白磁) 같은 피부.

요염한 미소를 그리고 있는 연분홍빛 입술.

그리고 머리카락 사이로 언뜻 보이는— 시계로 된 눈.

그런 모습을 지닌 소녀는 이 세상에 단 한 명뿐일 것이다.

—쿠루미. 토키사키 쿠루미.

자프키엘

시간을 조종하는 천사, 〈각각제(刻刻帝)〉을 지닌, 『최악의 정령』이라 불리는 존재.

몇 번이나 시도의 앞에 나타나 그의 목숨을 노렸고, 적으로서 막아섰으며, 때로는 그의 편에 섰던 정령이 지금, 이 자리에 있었다.

"대체, 왜—."

그 말 또한, 반쯤 무의식적으로 입에 담았다.

그도 그럴 것이, 쿠루미가 나타난 곳은 한밤중의 뒷골목도, 적에게 둘러싸여 궁지에 몰린 전장도 아닌—.

시도가 다니는 고등학교의 2학년 4반 교실인 것이다.

일상의 상징이라고도 할 수 있는 풍경 속에, 비일상의 화신이 존재했다. 그 언밸런스한 존재감 때문에, 시도는 무심코 침을 삼켰다.

"—후후."

의자에 앉은 쿠루미는 그런 시도의 표정이 재미있다는 듯이 미소를 머금으면서 장난기 어린 어조로 말했다.

"왜냐고요? 이상한 걸 물으시는군요, 시도 씨. 오래간만에 복학한 클래스메이트에게 할 말은 아니네요."

쿠루미는 자신이 입고 있는 옷을 과시하려는 듯이 몸을 살며시 젖혔다.

지금 그녀가 입고 있는 것은 피와 그림자 빛깔로 물든 영장(靈裝)이 아니라, 블레이저와 플리츠스커트로 구성된 라이젠 고등학교의 교복이었던 것이다.

"너……."

시도는 눈썹을 찌푸리면서 미심쩍다는 듯이 입술을 달싹였다.

확실히 쿠루미는 몇 달 전에 이 반 학생이었던 적이 있다. 뭘 어떻게 한 것인지는 모르겠지만 일단 정식으로 수속을 밟았으며, 지금도 휴학 중인 것으로 되어 있다는 이야기를 들었다.

하지만 그렇다고 해도 방금 그 말을 액면 그대로 받아들일 만큼, 시도는 순진하지 않다. 애초에 그녀가 이 반에 편입한 것도, 시도를 손에 넣기 위해서였다.

"어머, 어머나."

시도의 시선에 담긴 경계심을 눈치챈 쿠루미는 웃음을 흘리면서 자리에서 일어나더니, 시도를 향해 걸음을 옮겼다.

"시도!"

"……."

그런 쿠루미의 움직임을 견제하듯, 두 소녀가 시도의 앞에 섰다.

칠흑빛 머리카락, 그리고 어깨 언저리까지 기른 색소가 옅은 머리카락이 시도의 시야에 들어왔다. 시도와 함께 등교했던 정령, 야토가미 토카와 토비이치 오리가미였다.

하지만 두 사람이 이런 행동을 취할 것이라는 걸 예상했는지 쿠루미는 딱히 놀라지 않았다. 그녀는 미소를 지으며 자신의 입가에 손을 대면서 이렇게 말했다.

"우후후, 시도 씨는 여전히 인기가 좋군요."

쿠루미는 시도를 놀리는 것처럼 그렇게 말하더니, 핥는 듯한 시선으로 토카와 오리가미를 쳐다보았다.

"안심하세요. 저도 이런 곳에서 일을 벌일 생각은 없답니다."

"헛소리 마라……!"

"네 말을 신용하라는 거야?"

"어머나, 저는 미움을 받고 있는 것 같군요. 정말 슬퍼요."

쿠루미는 우는 시늉을 했다. 그 모습에 토카는 「윽……」 하고 낮은 신음을 흘리며 움찔했지만, 표정에 전혀 변화가 없는 오리가미를 보고 화들짝 놀라면서 다시 표정을 굳혔다.

그러자 쿠루미는 여전히 우는 시늉을 하면서 웃음을 흘렸다.

그리고 다른 클래스메이트들에게 들리지 않도록 작은 목소리로 말을 이었다.

"……만약 제가 앞뒤 가리지 않고 폭력적인 수단을 쓸 생각이었다면, 지금 이 자리에서 천사를 현현시켰을 거랍니다."

"뭐—."

시도는 쿠루미의 말을 듣고 숨을 삼켰다. 쿠루미는 그런 시도의 반응을 보면서 진한 미소를 머금더니, 노래하는 듯한 어조로 말을 이었다.

"〈시간을 먹는 성〉으로 이 학교를 뒤덮은 후, 제 분신들이 의식을 잃은 학생들을 인질로 잡는다면…… 학우 분들의 이마에 총구가 겨눠진 상태에서, 시도 씨가 대체 어떤 식으로 대항할지 좀 궁금하기는 하군요."

"쿠루미……!"

"키히히, 히히."

시도가 표정을 굳히면서 쿠루미의 이름을 입에 담자, 그녀는 불길한 웃음소리를 흘리면서 입을 열었다.

"지금 제가 그러지 않았다는 사실을, 제가 한 말의 증거로 삼아주시면 감사하겠어요. 그럼에도 믿지 못하겠다면— 여러분의 뜻에 따라드릴 생각도 없는 건 아니랍니다."

"윽…… 너—."

시도는 야릇한 어조 속에 담긴 명확한 협박을 듣고 숨을 삼켰다.

토카와 오리가미는 상대를 더욱 경계하듯 주먹을 말아 쥐었다. 하지만 시도는 그런 두 사람을 말리려는 듯이 그녀들의 어깨에 손을 얹었다.

"……알았어."

"우후후, 여전히 상냥한 분이시군요."

쿠루미는 시도의 대답을 듣고 만족스러운 미소를 지으며 머리카락을 쓸어 올렸다.

시도는 그런 쿠루미의 요염한 움직임을 보며 당황했지만, 경계심을 풀지는 않았다.

쿠루미에게 시도를 해칠 생각이 없다면, 왜 이제 와서 복학을 한 것인지 짐작조차 할 수 없는 것이다.

"쿠루미, 너는 대체……."

"우후후, 무서운 표정 짓지 말아 주세요. 저는 시도 씨와 학교생활을 즐기기 위해 복학했을 뿐이랍니다."

"……."

쿠루미의 말에 시도는 입을 다물었다.

그러자 쿠루미는 장난스럽게 어깨를 으쓱이더니, 갑자기 큰 목소리로 말을 이었다.

마치 주위에 있는 학생들에게 들려주려는 것처럼 말이다.

"너무해, 너무해요. 저는 시도 씨와 함께 학교에 다니고 싶을 뿐이란 말이에요. 시도 씨의 분부에는 따르고 있잖아요. 시도 씨의 집에서는 항상 알몸으로 있고, 부르면 언제 어느 때나 바로 찾아가서 봉사를 하고 있단 말이에요. 그러니 이 정도 포상은 줘도 괜찮다고 생각한답니다~."

"뭐엇?!"

쿠루미의 그런 말도 안 되는 헛소리에 시도는 당황한 나머지 새된 비명을 질렀다.

"마, 말도 안 되는 소리 하지 마! 그런 짓—!"

그리고 허둥지둥 변명을 하기 위해 입을 열었다.

하지만 이미 늦었다. 쿠루미의 말을 들은 클래스메이트들이 시도를 쳐다보면서 소곤거리기 시작한 것이다.

"어…… 방금 그 말, 사실이야? 이츠카 군이 또 사고 친 거야?"

"그것보다 저 아이, 6월에 전학 온 토키사키 양이지?"

"응. 휴학을 했었는데…… 설마, 그동안 쭉 이츠카 군의 집에 있었던 거야……?!"

이런 사실무근의 소문이 엄청난 속도로 퍼져나가고 있었다.

"……으으……."

시도는 절망적인 심정에 이마에 손을 댔다. 한편, 쿠루미는 즐거워 죽겠다는 듯이 웃음을 흘렸다.

하지만 지금은 그런 일을 신경 쓸 때가 아니다. 시도에 대한 나쁜 소문이 돈 것도 어제오늘 시작된 일이 아닌 것이다. 시도는 마음을 다잡듯 머리카락을 거칠게 긁적인 후, 크게 한숨을 내쉬면서 쿠루미를 쳐다보았다.

"……학교생활을 즐기기 위해 복학했을 뿐이라는 거지? 진짜로 그게 목적이라면 나는 너를 환영하겠어. 원한다면 우리 집에서 환영 파티도 열어줄게. 물론, 영력은 봉인하겠지만 말이야."

시도는 미간을 찌푸리며 그렇게 말했다.

물론 진심으로 한 말은 아니다. 아니, 정확하게 말하자면 그 말 자체는 진심이지만, 쿠루미가 그 제안에 응할 리가 없다고 생각했다.

하지만—.

쿠루미의 대답은 시도의 예상과 정반대였다.

"예. 좋아요."

"……뭐?"

쿠루미의 대답에 시도는 무심코 얼빠진 목소리를 냈다.

시도는 쿠루미가 방금 한 말과 그 의미를 되새겨 봤다. 자신의 귀와 뇌의 언어중추가 이상해진 것은 아닐까 하고 몇 초 동안 생각해 봤다. 그리고 힐끔 쳐다본 토카와 오리가미의 얼굴이 경악으로 물들어 있다는 걸 확인한 후— 시도는 눈을 크게 떴다.

"쿠루미……? 방금, 뭐라고—."

"제 영력을 시도 씨에게 맡겨도 좋다고 말했답니다. 그 대신……."

쿠루미는 손가락을 하나 세우더니, 요염한 미소를 지었다.

"조건이 하나 있지만 말이죠."

"……."

시도는 마른 침을 삼켰다.

다른 이도 아니고 쿠루미가 순순히 자신의 영력을 포기할 리가 없다. 그 조건이라는 것은 실현 자체가 불가능에 가까울 정도로 어려운 일일 거라는 것은 쉬이 상상이 되었다. 아마 방금 쿠루미가 한 말을 전부 농담으로 치부하는 편이 타당할 것이다.

하지만 시도는 되물을 수밖에 없었다. 설령 희박하게나마 쿠루미의 영력을 봉인할 가능성이 존재한다면 거기에 매달린다는 선택지밖에 없는데다— 항상 남을 우롱하듯 일그러져 있던 쿠루미의 눈동자에 다른 감정이 희미하게 어려 있는 듯한 느낌이 들었다.

결국 시도는 각오를 다지면서 물었다.

"……그 조건이 대체 뭐야?"

"그건—."

쿠루미가 입을 열려던 바로 그 순간, 수업 시작을 알리는 종소리가 교실에 울려 퍼졌다.

"어머, 어머. 벌써 시간이 이렇게 되었군요. 아쉽지만 어쩔 수 없죠."

쿠루미는 그렇게 말하면서 돌아서더니, 자신의 자리로 돌아가려 했다.

"쿠루미!"

시도는 주저 없이 쿠루미를 불러 세웠다. 클래스메이트 중 몇 명이 그 목소리를 듣고 놀랐는지 시도를 향해 고개를 돌렸다.

하지만 당사자인 쿠루미는 딱히 놀라는 기색 없이 웃음을 흘리더니, 손가락 하나를 입술에 살며시 대고 말했다.

"자세한 건 방과 후에 이야기하죠. 이곳에는 사람이 너무 많으니까요. 게다가— 학생의 본분은 공부잖아요?"

쿠루미는 그 말을 남긴 후, 자신의 자리로 돌아갔다.

◇

“……토비이치 오리가미. 전직 AST대원. 당시 계급은 상사. 마술사(위저드) 랭크 B+. 몇 달 전, 일신상의 이유로 퇴역……”

DEM인더스트리 일본지사.

그곳의 한 방에서 모니터에 표시된 정보를 읽고 있던 아르테미시아 애시크로프트는 「흠……」 하고 턱에 손을 댔다.

햇빛을 받아 빛나는 밝은 금발, 그리고 바다를 연상케 하는 푸른색 눈동자가 인상적인 소녀였다. 부드러운 미소가 잘 어울릴 듯한 그녀의 얼굴은 현재 당혹감과 의문으로 가득 차 있었다.

“……틀림없어. 이 아이야.”

아르테미시아는 작은 목소리로 그렇게 중얼거리더니, 컴퓨터를 조작해서 상세 정보를 펼쳤다.

키, 체중, 현현장치(顯現裝置)(리얼라이저)의 숙련도 등, 다양한 데이터가 모니터에 표시되었다.

현재 아르테미시아가 접속한 것은 DEM인더스트리가 보유한 각국 위저드에 관한 데이터베이스였다.

현대의 『위저드』란 주문을 외우거나 기도를 올리는 이들이 아니라, 단독으로 리얼라이저를 운용해 임의영역(테리터리)을 전개하는 자를 가리킨다.

그리고 그러기 위해서는 외과 수술을 통해 뇌에 조그마한 기계를 심어야 하며— 그 시술은 개인이 비밀리에 할 수 없다.

즉, DEM제(製) 리얼라이저를 사용하는 위저드에 대한 정보는 전부 이곳에 기록되어 있는 것이다.

지금으로부터 약 한 달 전. 아르테미시아가 우주공간에서 정령을 습격하려 했을 때, 한 위저드가 그녀를 막아섰다. 혹시나 싶어 조사를 해보니, 데이터베이스에서 그 소녀에 관한 정보를 찾을 수 있었다.

"으음……."

하지만 아르테미시아는 불만을 드러내듯 입술을 살며시 내밀었다.

예상대로 그녀의 기록을 찾아낸 것은 다행이지만, 기록되어 있는 것은 하나같이 기본적인 데이터였다. 아르테미시아가 찾는 정보는 없었다.

"아르테미시아, 뭐하는 거죠?"

아르테미시아가 의자 등받이에 체중을 싣고 기지개를 켜는데, 뒤편에서 그런 목소리가 들려왔다.

고개를 돌려보니, 언제 왔는지 한 소녀가 그녀의 뒤편에 서 있었다. 아르테미시아보다 색깔이 옅은 금발을 지녔으며, 푸른 눈동자의 빛깔은 그녀보다 진했다. 아르테미시아를 태양에 비유하자면, 그녀는 달처럼 덧없는 외모를 지닌 소녀였다.

하지만 그것은 어디까지나 외모에 관한 이야기다. 아르테미시아는 그녀 앞에서 자신을 태양에 비유할 정도로 거만하지 않았다.

엘렌 밀라 메이저스. DEM인더스트리 제2집행부 부장이자, 누구나 다 인정하는 인류 최강의 위저드다.

"아, 엘렌. 별것 아냐."

아르테미시아는 애매하게 대답했다. 그러자 엘렌은 몸을 살짝 숙이더니, 아르테미시아가 방금까지 조작하던 컴퓨터의 모니터를 쳐다보았다.

"토비이치 오리가미의 데이터……군요. 그녀에 대해 알아볼 거라도 있나요?"

"그녀를 알아?"

"예, 알아요."

아르테미시아의 물음에 엘렌은 눈을 약간 가늘게 뜨면서 그렇게 대답했다. 딱히 신경 쓰일 만한 반응은 아니지만, 왠지 엘렌에게서 약간 화가 치민 듯한 기색이 느껴졌다.

"이 아이와 무슨 일 있었어?"

"아뇨. 아무 일도 없었습니다."

엘렌은 고개를 돌렸다. 엘렌의 반응을 보아하니 절대 대답해 주지 않을 것 같았다. 방금 질문에 대한 답을 듣는 것을 포기한 아르테미시아는 다른 질문을 던지기로 했다.

"이 아이는, 정령……이지?"

"예. 식별명 〈엔젤〉. 과거 이 세계에서 〈데빌〉이라는 이름으로도 알려졌던 정령입니다."

"그런 아이가 전직 AST인 거야?"

"예. 아마 정령이 된 것을 계기로 AST를 관둔 거겠죠."

"흐음……."

아르테미시아는 턱을 매만지면서 다시 화면에 표시된 오리가미의 사진을 쳐다보았다. 그리고 잠시 후, 중얼거리듯 질문을 던졌다.

"저기, 엘렌. 나, 이 아이와 만난 적이 있어?"

"……왜 그런 걸 묻는 거죠?"

"이 아이, 나를 아는 것 같았어."

"……."

아르테미시아의 말에 엘렌은 갑자기 침묵에 잠겼다.

하지만 잠시 후, 엘렌은 작게 한숨을 토하면서 말을 이었다.

"아르테미시아. 당신은 자기 자신을 너무 낮게 평가하는 경향이 있어요. SSS의 아르테미시아 애시크로프트를 전직 AST 대원이 아는 건 전혀 이상한 일이 아닐 텐데요?"

"으음…… 그럴까?"

"예. 그 이전에 당신 스스로가 그녀와 만난 적이 있는지 없는지 모르는데, 그걸 제가 알 리가 없잖아요?"

"아하하…… 그건 그래."

아르테미시아가 어깨를 으쓱이면서 쓴웃음을 짓자, 엘렌

은 질렸다는 듯이 한숨을 내쉬었다.

"그것보다, 아이크가 저희를 소집했어요. 빨리 가죠."

"아, 응. 잠시만 기다려줘."

아르테미시아는 컴퓨터를 절전 모드로 바꾼 후, 엘렌의 뒤를 따라 방을 나섰다.

"……."

엘렌은 아무 말 없이 걸으면서 아르테미시아를 힐끔 쳐다보았다.

기척에 민감한 그녀는 그 시선을 눈치채고 빙긋 웃었다. 엘렌은 멋쩍은 표정을 지으며 정면을 쳐다보았다.

토비이치 오리가미에 대한 질문을 받았을 때는 약간 놀랐지만, 아무래도 기억을 되찾은 것 같지는 않았다.

아르테미시아는 일전의 전투에서 오리가미와 싸웠다. 그러니 그때 나눴던 대화를 의문시하는 것도 무리는 아니다.

전장에서 오리가미와 대화를 나눈 정도로 기억처리가 풀릴 리는 없지만, 혹시 모르니 나중에 둘의 대화 로그를 확인해보는 편이 좋을지도 모른다. 엘렌은 그런 생각을 하면서 아르테미시아와 함께 엘리베이터를 탔다.

"저기, 엘렌. 무슨 일로 우리를 소집한 걸까? 혹시 새로운 작전이라도 진행하는 걸까?"

"글쎄요. 그저 보여주고 싶은 게 있다는 말만 들었습니다."

"보여주고 싶은 것?"

"예."

두 사람은 그런 대화를 나누면서 빌딩 최상층— DEM인더스트리 상무이사(매니징 디렉터), 아이작 웨스트코트의 방 앞에 도착했다.

하지만…….

"—."

엘렌이 갑자기 걸음을 멈췄다. 문 너머에서 기묘한 기운이 느껴졌기 때문이다.

웨스트코트는 범상치 않은 위압감을 지닌 남자지만, 현재 문 너머에서 꿈틀대고 있는『그것』은 위압감 같은 것과는 명백하게 달랐다.

마치— 그렇다, 어마어마한 숫자의 괴물들이 숨을 죽인 채 엘렌과 아르테미시아를 기다리고 있는 듯한 느낌이다.

"엘렌."

"—예."

아르테미시아도 그것을 눈치챈 것 같았다. 그녀는 눈썹을 살짝 찌푸리면서 표정을 굳혔다.

"이게 대체 뭐야?"

"모르겠습니다."

"아이작 씨가 습격……을 당한 건 아니겠지?"

"그럴 리가 없어요. 이곳은 지사이기는 해도 DEM인더스트리니까요. 저희의 눈을 피해 아이크를 습격할 수 있는 자가—."

그때 엘렌이 갑자기 말을 멈추고 숨을 삼켰다.

—있다. 과거에 이 일본 지사를 습격했던 자가 존재하는 것이다.

정령 〈나이트메어〉. 시간과 그림자를 조종하고, 자신의 과거 모습을 본뜬 분신을 무한히 만들어낼 수 있는 정령이다.

물론 경계를 게을리 한 적은 없다. 하지만 습격이라는 말을 듣고 머릿속에 떠오르는 자는 그녀뿐이다. 엘렌은 어금니를 깨물더니 노크도 하지 않고 문을 열어젖혔다.

"아이크! 무사한가요?! 아이—."

하지만 문을 열자마자 걸음을 멈추고 입을 다물었다.

이유는 단순했다. 방 안에는 정령이 없었으며, 의자에 앉아있는 웨스트코트 뿐이었던 것이다.

"이게 대체……."

"아, 왔군, 엘렌. 그런데 무슨 일 있나? 표정이 좋지 않은걸."

"……아무 것도 아닙니다."

엘렌은 약간 흐트러진 옷깃을 여미면서 그렇게 대답했고, 뒤이어 안으로 들어온 아르테미시아가 뜻밖이라는 표정을 지었다.

"어라……? 분명 뭔가가 있는 듯한 기척이 느껴졌는데……."

웨스트코트는 그런 두 사람을 재미있다는 듯이 쳐다본

후, 천천히 자리에서 일어나더니 창가를 향해 걸어갔다.

"뭐, 두 사람을 이곳에 와달라고 했던 이유는 다른 게 아니야. 우주공간을 떠다니던 일전의 정령이 〈라타토스크〉에 넘어가버리는 바람에, 총 열 개체나 되는 정령들이 그들의 손아귀에 들어갔지."

"……면목 없습니다."

엘렌은 웨스트코트의 말에 표정을 굳히며 고개를 숙였다.

우주공간에서의 전투 때, 엘렌이 모는 〈게티아〉는 적의 공중함인 〈프락시너스〉에게 패배하고 말았다. 만약 그때 엘렌이 격추되지 않았다면 싸움의 결과는 달라졌을 것이다.

하지만 웨스트코트는 딱히 엘렌을 탓하지 않으며 말을 이었다.

"딱히 규탄을 하려는 건 아냐. 자네들은 잘 해줬어. 게다가 나는 이 상황이야말로 최고의 결과로 이어질 거라고 생각하거든."

"최고의 결과, 라고요?"

"그래. 충분한 숫자의 정령이 갖춰졌고, 나에게는 불완전한 상태라고는 해도 마왕이 있지. —엘리엇이 우리 쪽에 없다는 점이 마음에 걸리기는 하지만 말이야."

"윽……!"

엘리엇. 엘렌은 그 배신자의 이름을 듣고 무심코 인상을 찡그렸다.

웨스트코트는 그런 엘렌의 표정을 보고 어깨를 으쓱하며 말을 이었다.

“아무튼, 슬슬 적당한 때가 된 것 같군. 엘렌, 내가 예전에 했던 이야기를 기억하나? 이츠카 시도에게, 『열쇠』로서의 역할을 수행하게 하도록 하지.”

“아……! 그건—.”

엘렌은 눈을 크게 떴다.

그런 그녀의 반응에 웨스트코트가 씨익 웃더니, 오른손을 들어올렸다. 그러자 검은색 책 한 권이 모습을 드러냈다. 마왕 〈신식편질(神蝕篇帙)[벨제붑]〉. 그가 정령 〈시스터〉에게서 빼앗은, 책의 형태를 한 기적이다.

그것이 지닌 힘은 『전지(全知)』. 이 세상에서 일어난 모든 사상(事象)을 『알 수 있는』, 최악의 능력이다.

“〈시스터〉가 검색을 방해하기는 했지만, 딱 하나만 조사하는 데에 온 힘을 집중시킨다면 〈라타토스크〉의 경계망의 허를 찌르는 것도 불가능하지 않지. 슬슬 진짜로 죽여 버리기로 할까? 봐줄 필요는 없어. 인류 최강의 위저드가 지닌 힘을 마음껏 발휘하도록.”

“맡겨 주십시오. 반드시 최고의 성과를 가져오겠습니다.”

“그래. 자네들의 활약을 기대하지.”

엘렌은 웨스트코트의 말에 자세를 바르게 하면서 고개를 끄덕였다. 아르테미시아 또한 한발 늦게 엘렌과 같은 행동을 취했다.

"그럼 바로 행동을 시작하겠습니다. 즉시—."

"아, 맞아."

엘렌이 말을 이으려던 순간, 뭔가가 생각난 것처럼 웨스트코트의 눈썹 끝이 살짝 움직였다.

"왜 그러시죠?"

"그 일 관련으로 말해줄 게 있다는 걸 깜빡해서 말이야. 이번 작전을 위한 추가 요원을 준비할까 해."

"추가 요원…… 위저드인가요? 저희만으로는 믿음이 안 간다는 겁니까?"

엘렌은 태연을 가장하면서도…… 불만의 기색을 완전히 감추지 못한 어조로 그렇게 말했다.

하지만 웨스트코트는 옅은 미소를 짓고는 고개를 저으면서 「아냐」 하고 말했다.

"그런 건 아냐. 자네는 분명 당대 최강의 위저드일 테고, 아르테미시아 또한 자네 다음가는 힘을 지녔지. 하지만 숫자의 힘을 얕봐서는 안 돼. 힘이 봉인된 정령은 자네들에게 있어 어린애나 다름없지만, 그런 정령도 여러 명이 힘을 합친다면 몇 분 동안 자네들의 발을 묶는 건 가능하겠지. 그리고 그 몇 분 사이에 표적이 도망칠지도 몰라."

"그건……."

"아하하. 아픈 곳을 찔렸네."

아르테미시아는 느긋한 어조로 웃음을 흘렸다. 그러자 엘렌은 분하다는 듯이 미간을 찌푸렸다.

웨스트코트가 한 말은 엄연한 사실이다. 개개인의 힘으로 봤을 때 우위인 엘렌이 지금까지 목표를 처리하지 못한 것은 매번 정령들에게 방해를 받았기 때문이다.

DEM 측에도 다른 위저드나 무인병기인 〈밴더스내치〉가 존재하지만, 그들은 힘이 봉인된 정령들보다 압도적으로 약하다. 그러니 그들에게 서포트 역할을 맡기는 것은 여러모로 불안했다.

"하지만 아이크, 저희와 행동을 함께 할 수 있을 만한 수준의 위저드는 흔치 않습니다. 어중간한 팀워크를 추구하다간, 거꾸로 저희가 실력을 제대로 발휘하지 못할지도 몰라요."

"그건 그래."

웨스트코트는 엘렌의 말에 순순히 수긍했다.

"하지만 안심해. **그녀들**이라면 분명 자네들에게 도움이 될 거야."

웨스트코트는 그렇게 말하면서 천천히 손을 들어 올리더니 손가락을 튕겼다.

그러자 다음 순간, 마치 돌풍이 분 것처럼 웨스트코트가 앉아있는 의자 뒤편에서 종이가 휘날리기 시작했다.

"아니……!"

"앗!"

갑작스런 사태에 엘렌과 아르테미시아가 놀라고 있을 때, 종이들이 방의 벽에 찰싹 달라붙었다.

두 사람은 그제야 그 종이들이 낡은 책의 페이지라는 것을 눈치챘다.

"이건……."

눈을 가늘게 뜨고 종이를 쳐다보던 엘렌은— 곧 경악으로 물든 눈을 크게 떴다.

그럴 만도 했다. 종이 안에서 소녀들이 기어 나온 것이다.

검은색에 가까운 잿빛 머리카락, 엘렌과 아르테미시아를 흥미롭다는 듯이 쳐다보는 녹청색 눈동자.

하지만 가장 인상적인 점은— 그녀들 전원이 판박이처럼 똑같이 생겼다는 사실이다.

"앗! 엘렌……."

"예……."

볼에 땀방울이 맺힌 엘렌이 아르테미시아의 말에 답했다.

그렇다. 『그것』은 바로 두 사람이 아까 이 방에 들어오기 전에 느꼈던 수많은 기척의 정체였다.

"소개하지. 마왕의 딸들— 〈니벨코르〉다."

녹슨 색깔을 띤 눈동자에 미소를 머금으며, 웨스트코트는 그렇게 말했다.

◇

교실 창문을 통해 오렌지색 석양이 스며들어왔다.

시도는 휴대폰 화면을 힐끔 쳐다보며 시간을 확인한 후, 호흡을 고르듯 가볍게 숨을 토하며 고개를 들었다.

수업이 전부 끝나 방과 후가 되자 클래스메이트들도 모두 하교했고, 교실에는 시도와 토카, 오리가미, 그리고 옆 반인 야마이 카구야, 유즈루 자매만 있었다. 그녀들 또한 과거에 시도가 영력을 봉인한 정령이다.

물론 시도가 학교에 남아있는 이유는 하나다.

—쿠루미와 다시 이야기를 나누기 위해서다.

쿠루미가 지정한 장소는 학교 건물의 옥상이었다. 시도는 각오를 다지듯 주먹을 말아 쥔 후, 의자에서 일어났다.

"—그럼 슬슬 다녀올게."

시도가 그렇게 말하자, 토카는 불안한 듯이 눈썹을 찌푸렸다.

"으음…… 시도, 괜찮겠느냐? 역시 우리도 같이 가는 편이……."

토카의 말에 다른 정령들도 동의한다는 듯이 고개를 끄덕였다.

"토카의 말이 맞아. 너무 위험해."

"어둠을 두른 칠흑의 정령을 상대하려면 우리의 힘이 필요하지 않겠느냐?"

"동의. 저희들도 함께 가겠어요."

시도는 쓴웃음을 지으면서 토카의 머리를 쓰다듬어준 후, 고개를 천천히 저었다.

"다들 고마워. 하지만 괜찮아. 확실히 쿠루미는 위험한 정령일지도 모르지만…… 자기 입으로 한 말은 지켜. 게다가—."

시도는 주먹을 말아 쥐면서 말을 이었다.

"이제부터 쿠루미의 영력을 봉인하려는 남자가 일대일로 그녀와 이야기도 나누지 못해서야, 앞날이 깜깜하지 않겠어?"

"시도……."

토카는 불안한 표정을 지었지만, 이내 고개를 내젓더니 억지로 밝은 표정을 지었다.

"……음, 알았다. 무운을 비마!"

"그래."

시도는 힘차게 고개를 끄덕인 후, 다른 이들을 두고 교실을 나섰다.

계단을 올라가 옥상으로 이어지는 문 앞에 섰다.

바로 그때, 오른쪽 귀에 낀 소형 인터컴에서 귀에 익은 목소리가 흘러나왔다.

『알고 있겠지만, 무모한 짓은 하지 마. 아무리 〈프락시너스〉에서 감시를 하고 있다고 해도, 쿠루미의 천사는 상상을 초월하는 힘을 지녔어. 무슨 일이 일어날지 알 수 없단 말이야.』

시도의 여동생이자 〈라타토스크 기관〉의 사령관인 이츠카 코토리였다. 그녀는 현재 상공에 떠 있는 공중함 〈프락시너스〉에서 시도를 지켜보고 있었다.

"응, 알아. 하지만 〈라타토스크〉는 정령을 구하기 위해 존재하는 거잖아? 그리고 아무리 쿠루미가 무시무시할지라도, 이야기도 나눠보지 않고 도망쳤다간 무서운 여동생님에게 엉덩이를 걷어차일 것 같거든."

『어머, 나라면 온몸을 꽁꽁 묶어놓고 간질간질 형벌에 처한 후에, 지금까지 모아둔 시도의 흑역사를 전 세계에 공개해버릴 거야. 엉덩이를 걷어차기만 하는 그 여동생님은 정말 상냥한 사람이네. 소중히 여겨.』

"……하하."

시도가 농담처럼 한 말에, 코토리는 코웃음을 치며 그렇게 답했다. 시도는 볼을 타고 식은땀이 흐르는 걸 느끼며 작게 웃었다.

아까부터 시도를 감싸고 있던 긴장감이 약간은 완화된 느낌이 들었다. 시도는 기합을 다시 넣듯 스스로 볼을 때린 후, 문을 열고 옥상에 들어섰다.

"—."

복도에 있을 때와는 비교도 되지 않을 만큼 눈부신 빛이 시도의 시야를 가득 채웠다. 그는 무심코 눈을 가늘게 뜨고서— 천천히, 그 빛 속에 있는 소녀에게 초점을 맞췄다.

"—어머나."

펜스 너머로 마을을 쳐다보던 쿠루미가 시도가 왔다는 걸 눈치채고 돌아섰다.

"우후후, 어서 오세요. 와주셔서 고마워요, 시도 씨."

쿠루미는 그렇게 말하더니 가벼운 발걸음으로 시도를 향해 몇 걸음 다가간 후, 치맛자락을 살며시 들어 올리며 정중히 인사를 건넸다.

시도는 그 우아한 모습에 한순간 시선을 빼앗길 뻔 했다.

하지만 지금은 그런 걸 신경 쓸 때가 아니다. 시도는 고개를 내저으며 마음을 다잡은 후, 쿠루미의 얼굴을 쳐다보며 말을 이었다.

"자, 쿠루미. 약속대로 왔어."

"……."

시도가 그렇게 말하자, 쿠루미는 잠시 시도의 얼굴을 쳐다보더니 입술을 슬며시 일그러뜨렸다.

"아침에도 느꼈던 건데— 시도 씨는 조금 변한 것 같군요."

"뭐……?"

"처음 만났을 때보다 외모가 어른스러워진 느낌이 들어요. 뭐, 그렇게 험난한 수라장을 헤쳐 왔으니 당연한 걸지도 모르지만 말이죠. 우후후…… 멋진 남자가 되셨군요."

"……노, 놀리지 마."

시도는 무심코 당황한 목소리로 그렇게 말했다. ……지금

이 해질녘이라 정말 다행이다. 지금 온몸에 쏟아지고 있는 것이 석양이 아니었다면, 볼이 새빨개졌다는 사실을 들키고 말았을 것이다.

"그것보다, 아침에 하다 말았던 이야기나 계속하자. 네 영력을 봉인하게 해주는 대신, 제시하겠다는 조건이 뭔지 가르쳐줘."

시도의 말에 쿠루미는 또다시 입술을 일그러뜨렸다.

너무나도 아름답고— 또한 너무나도 무시무시한 미소가 그녀의 입가에 어렸다.

석양을 등지고 선 그녀의 모습은 과장이 아니라, 시도를 저승으로 데려가러 온 죽음의 사도처럼 보였다.

"예, 그럼 이야기하죠. 저는—."

그때.

석양빛에 물든 쿠루미가 말을 이으려던, 바로 그 순간—.

"윽……?!"

시도는 느닷없이 강렬한 현기증을 느꼈다.

아니…… 그것은 현기증과 약간 달랐다. 마치 누군가에 의해 강제로 전원이 꺼진 듯한 감각이었다. 고통이나 괴로움을 느끼지 못한 채, 순식간에 몸이 어둠에 좀먹어 들어가는 듯한 상실감이 느껴졌다.

하지만 시도는 말로 표현하기 힘든 이 감각을 예전에도 느껴본 적이 있었다.

총탄이 몸을 꿰뚫었을 때.

등 뒤에서 누군가가 내지른 검에 가슴을 꿰뚫렸을 때.

그리고— 『열쇠』에 의해 몸의 일부를 상실했을 때.

인체의 생명활동 범위를 간단히 뛰어넘는 『무언가』에 의해 몸이 유린당하는, 한순간의 감각.

즉, 그것은 바로 『죽음』의 감각이었다.

◇

오후 5시 30분, 도쿄도 텐구시 상공.

백금색 CR-유닛 〈펜드래건〉을 장비한 엘렌은 몸 주위에 전개한 테리터리를 이용해 공중에 뜬 채, 머나먼 지상에 있는 고등학교를 주시했다.

학교는 엘렌에게서 1만 미터 이상 떨어진 곳에 있었다. 하지만 위저드인 엘렌의 눈에는 학교에서 꿈틀거리고 있는 인간의 그림자조차도 훤히 보였다.

〈나이트메어〉를 비롯한 여러 정령들과, 이츠카 시도의 모습이 말이다.

"준비는 됐나요?"

엘렌은 지상을 주시하면서 혼잣말을 중얼거리듯 그렇게 말했다.

그러자 그 말에 답하듯 통신기에서 아르테미시아의 목소

리가 흘러나왔다.

『물론이야. 언제든 시작할 수 있어.』

〈펜드래건〉의 자매기인 〈랜슬롯〉을 두른 아르테미시아는 현재 다른 포인트에서 엘렌과 같은 목표를 쳐다보고 있었다.

엘렌은 침묵으로 답한 후, 다시 학교를 주시하면서 등에 장착한 유닛을 단숨에 뽑아들었다.

접혀 있던 검이 펼쳐지더니, 황금색 빛이 칼날을 형성했다.

리얼라이저를 통해 뿜어져 나오는 농밀한 마력 칼날— 레이저 블레이드 〈칼라드볼그〉. 성검의 이름을 지닌 그 검은 〈펜드래건〉의 메인 병기였다.

"—가죠."

엘렌은 짤막하게 말한 후, 하늘을 박차듯이 지상을 향해 비행하기 시작했다.

그런 그녀의 속도는 그야말로 탄환을 연상케 했다. 평범한 사람은 의식을 잃을— 아니, 몸이 갈가리 찢기고 말 만큼 빠른 속도로 표적에게 쇄도했다.

『눈에 보이지도 않는다』는 진부한 비유표현이 지금 이 순간, 현실이 되었다. 지금의 엘렌을 포착할 수 있는 존재는 많지 않을 것이다.

하지만—.

"윽……! 하앗!"

하늘을 가르듯 비행하던 엘렌이 갑자기 움직임을 멈추더

니, 손에 쥔 검을 휘둘렀다.

그러자 검에서 뿜어져 나온 마력광이 주위에 있던 구름을 비췄다.

"크—."

아무리 고출력을 자랑하는 〈칼라드볼그〉라도, 단독으로는 이 정도 불꽃을 자아낼 수 없다.

그렇다. 그곳에는 마력을 띤 검이 한 자루 더 존재하는 것이다.

"휴~ 이 타이밍에 막아내다니, 역시 엘렌은 대단하네요."

엘렌을 향해 검을 휘두른 소녀는 씨익 웃으면서 그렇게 말했다.

소녀는 늑대를 연상케 하는 형태를 지닌 CR-유닛을 걸쳤다. 하나로 모아 묶은 머리카락과 왼쪽 눈 밑에 있는 눈물점이 인상적이었다.

"당신은……."

목소리를 듣고, 그 얼굴을 확인한 엘렌은 무심코 미간을 찌푸렸다.

"마나! 당신이 어째서 여기 있는 거죠?!"

"하앗!"

엘렌이 이름을 부르자, 그녀— 타카미야 마나는 강렬한 기합을 내지르며 휘두른 공격으로 그 말에 답했다.

"쳇—."

엘렌은 인상을 찡그리며 테리터리를 조작해 자세를 제어한 후, 그 공격을 쳐냈다.

그리고 후방으로 몸을 빼면서 거리를 벌린 엘렌은 마나를 노려보았다. 그러자 마나는 놀리듯 어깨를 으쓱했다.

"어라, 표정이 무시무시하네요. 그렇게 인상을 찡그리다간 주름이 늘 거라고요."

"……헛소리 하지 마세요."

엘렌은 그렇게 대답한 후, 마나를 경계하면서 생각에 잠겼다.

마나는 엘렌의 비행을 저지했다. 그것은 납득이 된다. 엘렌만큼은 아니지만, 마나 또한 상식의 영역을 벗어난 수준에 이른 위저드다. 표적을 포착한 사냥꾼에게 기습을 가하는 것은 그 사냥꾼과 정면대결을 벌이는 것보다도 난이도가 낮을 것이다.

하지만 그러기 위해서는 엘렌이 있는 위치, 그리고 그녀의 목표를 정확하게 파악한다는 전제조건이 이뤄져야 한다.

—마나는, 엘렌이 시도를 노릴 거라는 걸 알고 있었다?

아니다. 설령 그 정보가 새어나갔다 할지라도, 엘렌이 시도를 노리는 포인트까지 파악했다고 보기는 어려웠다.

—그렇다면, 시도가 공격을 받을 가능성을 고려해서 항상 주위를 경계하고 있다?

아니다. 설령 경계를 하더라도, 시도를 중심으로 1만 미터

나 되는 영역을 24시간 경계하는 것은 아무리 우수한 위저드일지라도 불가능할 것이다.

"……흥."

머릿속에 존재하는 몇몇 가능성을 부정한 엘렌은 천천히 머리카락을 쓸어 올렸다.

지금 가장 중요한 것은 마나가 엘렌의 위치를 어떻게 파악한 것인지 알아내는 것이 아니다. 엘렌은 머릿속으로 지령을 내려서, 다른 포인트에 있는 아르테미시아와 통신을 주고받았다.

"아르테미시아. 방해꾼이 나타났습니다. 태세를 정비하도록 하죠. 일단—."

말을 이으려던 엘렌은 그제야 깨달았다.

아르테미시아의 대답 대신 간헐적인 노이즈만이 들려오고 있다는 사실을 말이다.

"이건……."

아르테미시아가 당했다고 보는 것은 어려웠다. 아마 통신이 방해되고 있거나, 엘렌과 마찬가지로 그녀도 습격을 저지한 누군가와 전투 중일 것이다.

엘렌은 혀를 찬 후, 마나를 노려보듯 날카로운 시선을 머금었다.

"뭘 어떻게 한 건지는 모르겠지만, 멋진 솜씨군요."

마나는 그 말을 듣더니 화가 치민 것처럼 인상을 찡그렸다.

"……맞아요. 너무 멋진 솜씨라 짜증이 다 나버릴 지경이군요. 엘렌, 당신만 나타나지 않았다면, 헛소리로 치부해버리고 넘어가 버렸을 텐데 말이죠."

"……예? 뭐라고요?"

마나가 영문 모를 소리를 입에 담자, 엘렌은 미간을 찌푸렸다. 그러자 마나는 더 이상 설명해줄 생각이 없다는 듯이 고개를 저었다.

"당신과는 상관없는 이야기예요. 그것보다, 어떻게 해버릴 거죠? 절호의 타이밍은 이미 놓쳐버린 것 같은데요."

"흥."

마나가 도발하듯 그렇게 말하자, 엘렌은 언짢다는 듯이 코웃음을 치면서 레이저 블레이드의 끝으로 마나를 겨눴다.

"제 습격을 저지한 건 칭찬해드리죠. 하지만 그것은 당신이 저에게 이겨야 비로소 의미를 지닐 겁니다."

"흐음? 그럼 어디—."

그에 마나는 상대해주겠다는 듯이 레이저 블레이드를 치켜들었다.

하지만 엘렌은 마나의 말을 끊으면서 이렇게 말했다.

"—라고 제가 말하는 것을, 당신은 바라고 있겠죠?"

그리고 그 말에 호응하듯 유닛의 백팩이 열리더니, 그 안에 들어있던 것들이 테리터리 안에 전개됐다.

—그것들은 바로 책의 페이지였다.

"종이……?"

마나는 의아하다는 듯한 어조로 그렇게 말하면서 자세를 약간 낮췄다.

아마 엘렌이 취한 행동의 의미를 이해하지 못했기에, 경계하고 있는 것이리라.

엘렌은 훗 하고 웃음을 흘리더니, 검을 쥔 오른손 대신 왼손을 앞으로 내밀었다. 그러자 여러 장의 종이가 규칙적으로 나열됐다.

마나가 엘렌을 이기는 것은 거의 불가능하다. 하지만 웨스트코트가 말한 것처럼, 시간을 버는 거라면 충분히 가능할 것이다.

그렇다면 엘렌이 현재 취해야 할 행동은 마나의 뻔한 도발에 넘어가는 것이 아니라, 한시라도 빨리 임무를 재개하는 것이다.

"……뭘 해버리려는 거죠?"

엘렌이 불가사의한 행동을 취하자, 마나는 그렇게 중얼거렸다.

하지만 그 말은 딱히 엘렌을 향해 한 말이 아니었다. 설령 엘렌이 그 말을 들었더라도, 적에게 자신이 준비한 수를 가르쳐주지는 않을 것이다.

“나오세요, 〈니벨코르〉.”

엘렌은 그렇게 말하면서 손가락을 튕겼다.

그 순간, 엘렌의 주위에 전개되어 있던 종이가 마치 고동치듯 꿈틀거리더니, 그 안에서 여러 명의 소녀가 기어 나왔다.

검은색 옷으로 몸을 감싼— 똑같은 얼굴을 지닌 여러 명의 소녀였다.

“아아—.”

“뭐야…… 벌써 우리 차례야?”

“뭐, 좋아. 아버님을 위한 일이니까 말이야.”

소녀들은 나른한 목소리로 그렇게 말하더니, 각자 기지개를 켜거나 하품을 하며 마나를 쳐다보았다.

“윽……!”

마나는 무심코 숨을 삼켰다.

순간, 환영이나 환각일 것이라 생각했다. 테리터리 안에 환상을 만들어내는 것 정도는 엘렌에게 있어서 식은 죽 먹기일 테니까 말이다.

하지만— 그렇지 않았다.

허공에서 나타난 소녀들은 얼추 스무 명 정도 되어 보였다.

그녀들 모두에게서 환영으로 여겨지지 않을 만큼 명확한 존재감, 그리고 농밀한 힘이 느껴졌다.

그렇다. 마치 〈나이트메어〉 토키사키 쿠루미의 분신과 대면했을 때를 연상케 하는 느낌이 들었다.

그런 마나의 표정을 본 엘렌이 미소를 머금었다.

"그녀들이라면 당신을 충분히 상대해줄 수 있겠죠. 〈니벨코르〉, 저는 표적을 노리겠습니다. 뒷일을 맡기죠."

그리고 그녀들— 〈니벨코르〉에게 지시를 내렸다.

그러자 〈니벨코르〉라 불린 소녀들은 엘렌을 힐끔 쳐다보더니, 손을 가볍게 내저었다.

"아, 그래그래. 다녀와."

"그런데 엘렌은 아버님과 어떤 사이야? 내연관계?"

"에이~, 그럴 리 없다니깐. 그게 사실이라면 아버님은 여자 취향이 완전 꽝이네~."

그녀들은 꺄하하 하고 웃었다.

"뭐……."

엘렌은 그런 소녀들의 반응이 뜻밖이었는지, 눈썹 끝이 꿈틀거렸다.

하지만 마나 앞에서 동요한 모습을 보이는 게 싫었는지 고개를 저으며 정신을 바짝 차린 후, 지상— 시도 일행이 있는 고등학교를 쳐다보았다.

"보, 보내줄 순 없어요……!"

마나는 습격을 저지하기 위해 스러스터를 가동시키려 했다.

하지만 마나가 움직인 순간, 방금까지 여고생들처럼 깔깔거리고 있던 〈니벨코르〉가 일제히 바늘처럼 날카로운 시선으로 그녀를 쳐다보았다.

"큭……."

마나는 인상을 찡그리면서 어금니를 깨물었다.

아마 일대일로 싸운다면 마나는 〈니벨코르〉에게 밀리지 않을 것이다. 하지만 상대방의 숫자가 적어도 스무 명이 넘는데다, 그녀들의 목적이 마나를 쓰러뜨리는 게 아니라 엘렌을 방해하지 못하게 하는 거라면 이야기가 달라진다.

스무 명이나 되는 이들에게 방해를 받으면서, 자신보다 실력이 뛰어난 위저드인 엘렌의 행동을 저지한다— 그것이 얼마나 현실성이 없는 일인지 알기에, 마나의 볼을 타고 식은 땀이 흘러내렸다.

명백하게 인원이 모자랐다. 〈니벨코르〉처럼 다수의 지원을 받지 않는 한—.

"—어머, 어머."

바로 그때였다.

마나가 그런 생각을 하고 있을 때, 갑자기 등 뒤에서 불쾌하기 그지없는 목소리가 들려왔다.

"……응?"

"뭐야? 똑같이 생긴 애가 여러 명 있어. 우와, 왠지 무섭네."

"아하하, 우리가 그런 소리 하면 안 되는 거 아냐?"

마나와 대치하고 있던 〈니벨코르〉들이 그런 소리를 늘어놓았다.

그리고 그 말에 답하듯, 마나의 뒤편에 있던 이들이 앞으로 나섰다.

붉은색과 검은색으로 된 영장. 좌우 불균형하게 묶은 머리카락. 그리고— 째깍째깍 소리를 내며 시간을 새기고 있는 왼쪽 눈.

정령, 토키사키 쿠루미와 똑같이 생긴 분신들이 마치 마나에게 가세하듯 모습을 드러낸 것이다.

"……〈나이트메어〉."

마나가 옆을 보고 지긋지긋하다는 투로 그렇게 말하자, 쿠루미는 재미있다는 듯이 웃으면서 그녀를 쳐다보았다.

"이런 데서 다 보는군요, 마나 양. 난처한 상황에 처한 것 같은데, 도와드릴까요? 이래봬도 저는 약한 사람을 괴롭히는 걸 싫어한답니다."

"그딴 헛소리는 작작 지껄여줬으면 좋겠네요. 그 잘 돌아가는 혀를 확 뽑아버릴 거예요."

"어머, 무서워라. ……하~지~만~, 그렇게 허세를 부릴 상황은 아닐 텐데요? 마나 양 혼자서는 그녀들을 막는 게 어려울 거라고 생각하는데 말이죠."

"……쳇."

마나는 혐오감을 숨기지 않고 드러내며 혀를 찬 후, 레이저 블레이드 〈볼프테일〉를 치켜들었다.

"저들을 다 처리하면, 그 다음에는 당신을 죽여 버리겠어요!"

◇

"—도 씨, 시도 씨."

"……읏!"

쿠루미가 이름을 부르자, 시도는 화들짝 놀라며 눈을 크게 떴다.

"어……, 어……라……?"

시도는 망연자실한 목소리를 내며 주위를 둘러보았다.

시도는 현재 자신이 다니는 라이젠 고등학교의 옥상에 있었다. 그의 맞은편에는 아름다운 석양빛을 온몸으로 받고 있는 쿠루미가 서 있었다.

그 사실을 인식한 후, 시도의 머릿속에 불현듯 이런 생각이 떠올랐다.

—나는 왜 이렇게 당연한 사실을 확인하고 있는 거지?

그렇다. 지금 시도가 확인한 것은 당연하기 그지없는 사실이었다.

몇 초 동안 의식을 잃고, 그 후에 다시 처음부터 기억의 실마리를 찾아나가고 있는 듯한 위화감이 느껴졌다. 게임으로 치자면 리셋 버튼이라도 누른 느낌이다.

"시도 씨, 괜찮으신가요?"

"으, 응……. 미안해. 잠시 얼이 나갔—."

하지만 바로 그때, 시도는 또다시 묘한 위화감을 느꼈다.

석양을 등지고 선 쿠루미의 모습이 아까까지와 조금 다른 것처럼 보인 것이다.

아니…… 정확하게 말하자면, 어딘가가 어떻게 달라진 것은 아니다.

하지만 뭐랄까, 항상 초연하고 여유가 넘치던 쿠루미의 얼굴에 희미하게 피로의 기색이 어려 있는 느낌이 들었다.

"쿠루미……? 너, 뭔가……."

"—어머, 어머?"

시도가 그렇게 입을 열자, 쿠루미의 눈썹 끝이 희미하게 떨렸다. 하지만 그녀는 평소와 다름없는 어조로 이렇게 말했다.

"저한테 혹시 이상한 구석이라도 있나요?"

"……아, 아냐."

쿠루미가 순식간에 시도가 잘 아는 쿠루미의 모습으로 되돌아오자, 시도는 무심코 말끝을 흐렸다.

분명 분위기가 조금 달라 보였는데…… 구체적으로 어디가 어떻게 달랐는지 지적할 수 있을 만큼 확연하지는 않았다.

"—자, 그럼 이야기를 정리해보죠."

시도가 그런 생각을 하고 있다는 것을 알 리 없는 쿠루미가 과장스러운 몸짓을 취하면서 이야기를 이어갔다.

"제 목적은 예전이나 지금이나 변함이 없어요. 시도 씨의 몸에 축적되어 있는 정령의 영력…… 그것을 원할 뿐이랍니다. 복학을 한 이유 또한 지극히 단순해요. 일전에 무쿠로양을 봉인함으로써, 현재 시도 씨의 몸에는 열 명이나 되는 정령의 영력이 축적되어 있죠? 우후후, 슬슬 적당한 때가 되었다는 생각이 들지 뭐예요."

"……."

시도는 쿠루미에게서 시선을 떼지 않은 채, 침묵으로 그 말에 답했다. 그런 시도의 볼을 타고 땀 한 방울이 흘러내렸다.

『영력을 원한다』. 즉, 영력을 시도째로 잡아먹겠다는 뜻이자— 시도의 죽음을 의미했다. 아무리 정령의 부탁이라 할지라도, 시도는 그것을 허락할 수 없었다.

하지만 그 점은 쿠루미 또한 알고 있을 것이다. 그녀는 요염한 동작으로 입술에 손가락 하나를 대더니, 빙긋 웃으면서 말을 이었다.

"그리고 시도 씨의 목적은 제 영력을 봉인하는 것…… 맞죠?"

"……그래. 하지만 그것만으로는 충분하지 않아."

"그게 무슨 소리죠?"

시도의 말에 쿠루미는 고개를 갸웃거렸다. 시도는 그런 쿠루미를 손가락으로 가리키며 말했다.

"네 영력을 봉인하고, 네가 지금까지 지은 죄를 속죄하게 한 후— 네가 행복한 생활을 하게 만들겠어. 그게 나의, 우리의 궁극적인 목표야."

"어머, 어머."

시도가 그렇게 말하자, 쿠루미는 재미있어 죽겠다는 듯이 몸을 굽히며 웃음을 흘렸다.

"우후후, 시도 씨는 상냥하시군요. 하지만 유감스럽게도, 저 또한 그것을 받아들일 수는 없답니다. 시도 씨가 말하는 『행복한 생활』에 흥미가 없는 건 아니지만, 저는 영력을 잃을 수는 없어서 말이죠."

쿠루미는 입술에 댄 손가락을 앞으로 내밀었다.

"자, 난처하게 됐군요. 저와 시도 씨의 소망은 그야말로 평행선을 이루고 있답니다. 이대로 가다간 저희 둘 중 누구의 소망도 이뤄지지 않은 채, 무익하게 시간만 흘러가겠죠……."

쿠루미는 그렇게 말하면서 다른 한 손의 검지를 꼿꼿이 세우더니, 방금 내민 손가락을 향해 내밀었다.

"저기, 시도 씨."

쿠루미는 요염한 미소를 지으며 두 손가락을 맞댔다.

마치— 입맞춤을 하듯이 말이다.

"이대로 두 선이 영원히 교차되지 않으며 서로의 소망이 이뤄지지 않는 것보다, 한쪽의 소망만이라도 성취되는 편이 좋지 않을까요? —설령, 그걸 통해 다른 한쪽이 모든 것을 잃게 되더라도 말이죠."

쿠루미는 고개를 살짝 갸웃거리는 동작을 취하며 그렇게

말했다.

"……윽."

시도는 그 말에 담겨있는 흉흉한 분위기를 감지하고 몸을 긴장시켰다.

잠시 주위에 긴박감이 흘렀다.

하지만 그런 분위기를 자아낸 당사자인 쿠루미는 홀로 웃음을 흘리고 있었다.

"그렇게 긴장할 필요 없어요, 시도 씨. 제가 말했을 텐데요? 저는 시도 씨의 영력을 억지로 빼앗을 생각은 없답니다."

"……그럼 대체 뭘 어떻게 할 건데?"

시도가 미심쩍게 바라보며 묻자, 쿠루미는 그 질문을 기다렸다는 듯이 과장스럽게 손을 펼치면서 입을 열었다.

"우후후, 시도 씨의 방식에 따를까 해요."

"뭐……?"

"후후."

쿠루미는 그 자리에서 빙글 돌더니, 춤을 추듯 신발 바닥으로 가볍게 바닥을 찼다.

"—저와 시도 씨 중, **상대방을 반하게 만든 사람의 승리**……인 걸로 하는 건 어떨까요?"

"…………뭐?"

쿠루미의 뜻밖의 제안에…….

시도는 아연실색하여 멍하게 반응했다.

"반하게 만든 사람의…… 승리?"

"예, 그렇답니다."

쿠루미는 속삭이듯 그렇게 말하더니, 시도를 향해 천천히 다가섰다.

"저는 한동안 이 학교에 다닐 생각이에요. 그 사이에 제가 시도 씨를 사랑하게 된다면, 저는 제 영력을 시도 씨에게 바치겠어요. ……하~지~만~, 만약 시도 씨가 먼저 저를 좋아하게 된다면, 제 승리죠……. 그때는 시도 씨를『잡아먹겠어요』."

"하아…… 지면 죽는다는 걸 뻔히 아는데, 너한테 반했다고 말할 리가 없잖아? 그런 승부가 성립할 리가—."

"과연 그럴까요?"

쿠루미는 말을 끊고 요염한 손놀림으로 시도의 턱을 들어 올렸다.

"저는…… 시도 씨가 자기 목숨을 버리는 한이 있더라도 저에게 헌신하게 만들 자신이 있답니다."

"윽……!"

쿠루미가 자신만만한 목소리로 그렇게 말하자, 시도는 무심코 숨을 삼켰다.

쿠루미는 후훗 하고 웃음을 흘리더니, 시도를 올려다보았다.

"시도 씨는 저를 매료시킬 자신이 없나요? 자신의 모든 것을 포기하고서라도 시도 씨를 선택하게 만들 자신 말이에요."

"나, 는……."

두근, 두근— 시도의 심장이 격렬하게 두방망이질 쳤다.

그것이 선택을 잘못하면 죽을지도 모른다는 공포에서 비롯된 것인지, 눈앞에 있는 소녀의 요염함에 마음을 빼앗겨서 그런 것인지, 시도는 알 수가 없었다.

바로 그때, 시도에게 주의를 주려는 듯이 인터컴에서 코토리의 목소리가 흘러나왔다.

『진정해, 시도. 쿠루미가 이런 조건을 제시한 건 확실히 이상해. 뭔가 다른 속셈이 있을지도 몰라. 레이네, 서둘러 해석을—.』

하지만 그 순간, 인터컴 너머에서 터져 나온 격렬한 경보음이 코토리의 말을 막았다.

『대체 무슨 일이야?!』

『사령관님, 이 반응을 보시죠!』

『아니…… 이건……?!』

코토리의 당황한 목소리가 들려오더니, 그 뒤를 이어 인터컴에서 노이즈가 흘러나왔다. 그리고 그 노이즈 때문에 인터컴에서 흘러나오는 음성을 알아들을 수가 없었다.

"윽……!"

시도가 인터컴을 손가락으로 두드렸지만, 반응이 없었다.

〈프락시너스〉와 통신이 두절됐다. 그것은 한밤중에 바다

위에서 등대의 불빛을 놓친 것이나 다름없었다.

그러나 이런 절체절명이나 다름없는 사태에 직면하면서도, 시도의 마음속에는 초조함이나 당황감보다도 불가사의한 감정이 소용돌이쳤다.

—고양감. 그리고 사명감.

그렇다. 지금 시도에게는 토키사키 쿠루미를 공략할 기회가 주어진 것이다.

분명 예전의 시도라면, 공포 때문에 주저하고 말았을 것이다.

분명 과거의 시도라면, 판단을 내리지 못한 채 망설이고 말았을 것이다.

하지만, 지금 이 자리에 있는 이는 예전의 시도가 아니다. 과거의 시도가 아니다.

열 명이나 되는 정령을 반하게 만들고, 그녀들의 힘을 봉인해 온 남자인 것이다.

토카가, 요시노가, 코토리가, 카구야가, 유즈루가, 미쿠가, 나츠미가, 오리가미가, 니아가, 그리고 무쿠로가, 시도를 등을 살며시 밀어주고 있는 듯한 느낌이 들었다.

지금 쿠루미에게서 고개를 돌리면, 시도를 신뢰하며 힘을 맡겨준 그녀들을 볼 면목이 없다.

"—알았어."

시도는 쿠루미를 손가락으로 가리킨 후, 씨익 웃었다.

“그 승부, 받아주겠어. 네가, 네 모든 것을 버리며, 나를 선택하게 만들어주지.”

시도가 그렇게 말하자, 쿠루미는 즐겁다는 듯이 진한 미소를 지었다.

“우후후, 후후. 시도 씨라면 그렇게 말할 거라 믿었어요. 역시 제가 인정한 분답군요.”

그리고 빙글 뒤돌아 선 후— 장난스러운 어조로 전쟁의 막이 올랐음을 선언했다.

“자— 저희의 전쟁(데이트)을, 시작해볼까요?”

제2장 승패의 행방

"—크윽!"

그날 밤. 덜컹 소리를 내며 현관문이 활짝 열리더니, 귀가한 코토리가 시도의 명치를 향해 힘차게 펀치를 날렸다.

"으억?!"

완전히 허를 찔린 시도는 갑작스러운 충격 탓에 몸을 기역자로 꺾으면서 거실에 쓰러졌다.

"뭐, 뭐하는 거야, 코토리……!"

"그건 내가 할 말이야! 알고 있는 거야?! 지면 죽는단 말이야!"

"……알아. 하지만 그 상황에선—."

코토리는 흥 하고 코웃음을 치더니, 짜증을 내듯 머리를 긁적였다.

"하아, 정말! 쿠루미의 제안을 받아들일 수밖에 없었다는 건 나도 알아. 하지만 머리로 이해했다고 납득할 수 있을 리가 없잖아! 이 바보 오빠, 여전히 자기 안위 같은 건 안중에도 없다니깐……!"

"너, 너어……."

시도가 식은땀을 흘리며 상체를 일으키자, 코토리는 엄지로 자기 자신을 가리켰다.

"자—."

"……자? 그게 무슨 소리야?"

"한 대 때려. ……시도가 결단을 내려야 하는 상황에서 통신이 두절되다니, 서포트 담당으로서 절대 해선 안 되는 추태였잖아."

"어이어이……."

시도는 난처한 표정을 지었다. 코토리는 때때로 이렇게 사나이다운 방식으로 책임을 지려 할 때가 있었다.

그건 코토리의 장점이기도 하지만, 그렇다고 진짜로 때릴 수는 없다. 오빠는 여동생에게 무르니까 말이다. 하지만 대충 얼버무리며 넘어간다면, 코토리는 마음이 편치 않을 것이다.

시도는 하아 하고 한숨을 내쉰 후, 몸을 일으키면서 코토리와 마주섰다.

"……어쩔 수 없네. 코토리, 정말 괜찮은 거지?"

"응. 때려."

코토리는 저항하지 않겠다는 듯이 두 팔을 펼쳤다.

시도는 숨을 들이마신 후—.

“에잇!”

두 손을 재빨리 코토리의 옆구리로 옮겨 꼼지락꼼지락꼼지락…… 하고 격렬하게 손가락을 움직였다.

“앗?! 자, 잠깐만…… 아하, 아하하하하하하핫!”

코토리는 괴로운 듯이 몸을 비틀면서 웃음을 흘렸다. 시도는 소파에 쓰러진 코토리에게 집요하게 간지러움을 태운 후, 손뼉을 쳤다.

“훗. 뭐, 이 정도로 용서해주지.”

“야, 야가빠져써…… 씨도…….”

시도가 연기하는 듯한 투로 그렇게 말하자, 웃다 지친 코토리가 숨을 헐떡이며 힘없는 목소리로 그렇게 말했다.

바로 그때였다.

“—시도! 실례하마!”

바로 그 타이밍에 문이 열리더니, 소녀들이 우르르 거실로 들어왔다.

옷을 갈아입기 위해 이 집 옆에 있는 맨션이나 자기 집에 갔다 돌아온 토카와 오리가미 일행, 그리고 같이 온 요시노, 나츠미, 무쿠로, 겸사겸사 시내에 있는 자택에 사는 니아와 미쿠, 그리고 〈라타토스크〉의 해석관인 레이네까지 거실에 들어왔다. 아마 코토리는 오늘 있었던 일에 대해 이야기를 하기 위해 그녀들을 부른 것이리라.

"……응?"

거실에 있던 시도와 코토리의 모습을 본 그녀들은 놀랐는지 눈을 동그랗게 떴다.

"어…… 소파에 드러누운 코토리가 울먹이며 온몸을 부들부들 떨고 있잖아?!"

"……어, 뭐야? 무슨 일 있었어?"

"아, 그, 그게 말이야……."

시도는 그녀들을 향해 돌아서서, 엄청난 속도로 요상한 추측을 시작한 일부 정령들에게 자초지종을 설명하려 했다.

하지만 시도가 설명을 하기도 전에 코토리가 몸을 벌떡 일으키더니, 그대로 유즈루의 품에 안겼다. 참고로 가장 가까이에 있었던 이는 미쿠였지만, 화려한 스텝으로 그녀를 쏙 지나쳤다.

"우에에에엥~! 다들…… 시도가, 시도가……!"

그리고 우는 척을 하며 유즈루의 가슴에 얼굴을 묻었다. 코토리답지 않은 그 반응에 다른 정령들은 경악을 금치 못하며 시도를 뚫어져라 쳐다보았다.

"시, 시도?! 대체 코토리에게 무슨 짓을 한 거야?!"

"자, 코토리. 이제 괜찮아요."

"아차~. 소년, 미안해. 우리가 방해한 거야?"

"으윽?!"

정령들이 제각각 다른 리액션을 취하자, 시도는 무심코 새된 목소리로 외쳤다.

“자, 잠깐만 있어봐! 그런 게 아니라고! 이건……!”

“의문. 뭐가 아니라는 거죠?”

“아니, 그러니까, 코토리가 한 말은—.”

그 순간, 시도는 화들짝 놀라며 어깨를 부르르 떨었다. 그러고 보니 코토리는 「시도가」 라고만 말했을 뿐, 아무런 거짓말도 하지 않았던 것이다.

그때, 유즈루에게 매달리듯 안겨 있던 코토리가 시도를 힐끔 쳐다보더니 입술 가장자리를 말아 올렸다.

“읔! 나, 나를 함정에 빠뜨렸구나, 코토리!”

“무슨 소리를 하는 거야?! 코토리한테 책임을 전가하지 마!”

“코, 코토리 씨, 괜찮으세요……?”

“아앙~! 코토리 씨한테만 그렇고 그런 짓을 한 거죠~? 약았어요~!”

“역시 여동생? 여동생이 취향인 거야? 입양 서류를 준비해둔 보람이 있겠어. 오빠.”

“저기, 왠지 점점 이상한 쪽으로 빠지고 있는 느낌이 들지 않아?!”

비난인지, 선망인지, 요구인지 분간이 안 되는 말을 그녀들이 차례차례 입에 담자, 시도는 결국 비명에 가까운 목소리로 그렇게 외쳤다.

—10분 후, 그제야 소동이 수습되었다.

더는 못 참겠는지 결국 웃음을 터뜨리고 만 코토리가 그녀들에게 자초지종을 설명한 것이다.

……참고로 그녀들 사이에서 이리 치이고 저리 치이던 시도는 입고 있던 옷 중 몇 개가 사라졌지만, 끝까지 범인은 밝혀지지 않았다. 정확하게는 용의자가 세 명 정도까지 압축됐지만, 그들 중 누구도 꼬리를 잡히지 않았다.

이후, 당시 세 용의자가 결탁을 했다는 사실이 발각되면서, 이 일은 이치(一)·니아(二)·미쿠(九) 사건[#1]이라 불리게 되지만…… 그것은 훗날에 밝혀질 일이다.

"……그렇게 된 거야."

설명을 마친 코토리는 거실에 있는 정령들을 둘러보았다. 요시노와 나츠미는 약간 긴장한 표정으로 마른 침을 삼키고 있었다.

하지만 그것도 무리는 아니었다. 코토리가 이야기한 것은 아까 시도와 코토리 사이에서 있었던 일만이 아닌 것이다.

최악의 정령이라 불리는 쿠루미가 학교에 나타났다.

#1 이치(一) · 니아(二) · 미쿠(九) 사건 원문 문장은 『一 · 二 · 九事件』. 토비이치(鳶一), 니아(二亜), 미쿠(美九)의 이름에 들어간 숫자를 따온 것이다.

그리고— 그 쿠루미가 시도에게 승부를 제안했다.

물론 토카와 오리가미, 야마이 자매는 그 당시에 학교에 있었고, 레이네 또한 〈프락시너스〉에서 지켜보고 있었기에 어떤 일이 벌어졌는지 알고 있다. 하지만 라이젠 고등학교에 다니지 않는 다른 정령들은 그런 일이 있었다는 걸 알 리가 없다. 코토리는 앞으로의 일을 생각해, 다른 이들에게도 자초지종을 설명해두는 편이 좋다고 생각한 것이리라.

"일단 주의를 해둬. 쿠루미의 목적은 정령의 영력이야. 그러니 너희 앞에 나타날 가능성도 제로라고는 할 수 없어."

"예……."

"……알았어. 집밖으로는 한 걸음도 안 나갈게."

나츠미가 겁먹은 듯이 무릎을 꼭 끌어안자, 코토리는 쓴웃음을 지었다.

"아, 그렇게까지 할 필요는 없는데…… 일단 〈라타토스크〉도 경계를 강화할 거야."

그러자 옆에 앉아있던 소녀— 무쿠로가 낮은 신음을 흘렸다.

"흐음…… 하지만 이해가 안 되는구나."

그렇게 말한 무쿠로는 귀엽게 고개를 갸웃거렸다. 그러자 그녀의 긴 금발이 소파 표면에 부드럽게 내려앉았다. 얼마 전에 시도가 머리카락을 잘라 주긴 했지만, 그래도 그녀의 아름다운 머리카락은 정령들 중에서 가장 길었다.

"음? 뭐가 말이냐?"

"정령의 영력을 노린다…… 뭐, 그건 이해했느니라. 그럼 그 쿠루미라는 자는 그 영력으로 뭘 하려는 게지? 영력을 얻는 것 자체가 목적일리는 없지 않느냐."

"그건……."

시도는 그 말을 듣고 낮은 신음을 흘렸다.

무쿠로의 말이 옳았다. 쿠루미가 시도의 앞에 처음 나타난 이후로 반년이 지났다. 적대 관계였던 적도 있지만, 그녀는 시도를 도와준 적도 있었다.

하지만 쿠루미가 영력을 모아서 뭘 하려는 건지에 대해서는 한 번도 들은 적이 없었다.

"훗, 이 몸은 상상이 되는 구나. 정령으로 태어난 이상, 최강을 추구하는 것이 도리일 테니 말이다!"

카구야는 멋진 포즈를 취하며 그렇게 말했다. 옆에 앉아 있던 유즈루는 하아 하고 한숨을 내쉬었다.

"탄식. 쿠루미가 카구야만큼 단순하다면 알기 쉬운 아이일 텐데 말이죠."

"바, 바보 취급 하지 마!"

"부정. 바보 취급한 적 없어요. 이 세상에서는 심플한 것이 최강이니까요. 심플 이즈 베스트예요. 즉, 카구야는 최강인 거죠."

"뭐, 정말?! 크, 크큭……! 그렇지?! 유즈루도 뭘 좀 아는구나!"

카구야가 유즈루의 말에 또다시 멋진 포즈를 취했다. 유즈루는 시도를 향해 「제 말 맞죠?」라고 말하는 듯한 시선을 보냈다. 시도는 그 시선에 뭐라고 답하면 좋을지 감이 오지 않았기에 애매한 쓴웃음만 지었다.

바로 그때, 시도는 깨달았다.

평소 같으면 이런 재미있는 이야기에 동참했을 니아가 뭔가 생각에 잠긴 것처럼 진지한 표정을 짓고 있었던 것이다.

"……응? 니아, 왜 그래? 뭐라도 잘못 먹었어?"

"맞아. 실은 오늘 아침에 말이지, 길에 떨어져 있던 사탕을…… 잠깐, 나를 뭘로 보고 그런 소리를 하는 거야?"

니아는 손으로 제스처를 취하며 태클을 날리듯 그렇게 말했다. 그 반응에 시도는 안도의 한숨을 쉬었다.

"다행이야. 니아는 평소와 다름없네."

"소년~, 그게 어떤 의미야~?"

니아가 도끼눈을 뜨면서 그렇게 묻자, 시도는 「아니, 그냥……」 하며 고개를 숙였다.

"뭐, 좋아. 그것보다 나는 그 쿠루밍의 목적이라는 게 꽤 짐작이 돼~."

"……! 뭐……?!"

니아의 말에 코토리는 경악에 찬 표정을 지었다. 니아는 자못 당연하다는 듯한 반응을 보이며 어깨를 으쓱했다.

"뭐, 놀랄 만도 할 거야. 미안해. 딱히 숨기려던 건 아니지만…….”

“니아, 너는 쿠루미를 『쿠루밍』이라고 부르는 거야……?!”

“어? 그것 때문에 놀란 거야~?!”

니아가 또다시 태클을 날리자, 시도는 무심코 박수를 치고 말았다.

“정말, 여동생 양까지 그러기야?! 이츠카 남매는 나를 대체 어떻게 생각하는 건데~?!”

니아는 불만을 나타내듯 입술을 삐죽 내밀었다. 시도는 쓴웃음을 지으며 코토리와 시선을 마주했다.

“그야…….”

“뭐…….”

“정말~!”

니아는 화났을 때의 만화 속 캐릭터처럼 두 손을 퍼덕거리듯 흔들었다. 코토리는 그런 니아를 달래듯 입을 열었다.

“미안해. ……그것보다, 쿠루미의 목적을 알고 있다는 게 사실이야? 그 말은 완전한 〈섭고편질(囁告篇帙)〉(라지엘)을 지녔을 때 조사했다는 거야?”

“으음…… 뭐, 그래. 반은 맞고 반은 틀려.”

니아는 마음을 다잡듯 가볍게 헛기침을 한 후, 이야기를 시작했다.

“그러니까, 소년에게 영력을 봉인당하기 전에 말이지……. 내가 방에 있을 때, 갑자기 그림자에서 검은 정령이 튀어나오지 뭐야~."

"윽! 니아 너, 쿠루미와 만난 적이 있는 거야?!"

"게다가 이야기를 듣자하니 우연히 만난 건 아니네. 대체 뭘 위해서……."

시도와 코토리가 경악에 찬 목소리로 그렇게 말하자, 니아는 진정하라는 듯이 손바닥을 펼쳐 보이면서 이야기를 계속했다.

"그러니까~, 내 〈라지엘〉로 조사해 줬으면 하는 게 있었던 것 같아. 이야~, 솔직히 말하자면 확 거절하고 싶었지만, 쿠루밍의 천사를 조사해 보니 엄청 강한 것 같지 뭐야~. 아무래도 못 이길 것 같아서 순순히 조사해 줬어. 못난 애라 죄송합니다."

"……아냐. 현명한 판단이야. 그나저나, 대체 쿠루미는 뭘 알고 싶어 했던 거야?"

코토리의 물음에 니아는 안경을 고쳐 쓰면서 이렇게 말했다.

"―시원(始原)의 정령."

"시원의……."

"정령……?"

정령들은 니아의 말에 의문에 찬 표정을 지으며 고개를 갸웃거렸다.

"응. 30년 전에 이 세상에 처음으로 나타났다는 정령이야. 쿠루밍은 그 정령이 나타난 정확한 위치와 날짜, 그리고 그 정령의 힘을 알고 싶어 하는 것 같았어. —그 녀석을, 죽이기 위해서 말이야."

"뭐……."

니아가 그런 불온한 정보를 입에 담자, 시도는 무심코 미간을 찌푸렸다.

"죽여……? 시원의 정령을? 그게 쿠루미의 목적인 거야?"

"적어도 내가 알기로는 말이야. 그래도 왜 죽이고 싶어 하는 건지는 몰라."

니아는 볼을 긁적이면서 「그때는 〈라지엘〉을 빼앗길 거라고는 꿈에도 생각 못했거든~」이라고 중얼거렸다.

그러자 코토리는 포장을 벗긴 막대 사탕을 입에 넣고 막대 부분을 까딱거리면서 표정을 굳혔다.

"시원의 정령을 죽인다……. 그렇다면 시원의 정령이 지닌 힘을 알고 싶어 하는 건 이해가 되지만, 이 세계에 나타난 위치와 날짜까지 알고 싶어 한다는 건……."

"—30년 전의 시점에서, 그 정령의 존재를 『없었던 것』으로 만들기 위해서야."

코토리의 중얼거림에 답하듯 오리가미가 그렇게 말했다. 코토리는 놀란 표정을 지으며 고개를 들었다.

"어? 뭐 아는 거 있어?"

"그런 건 아냐. 하지만 일전에—『예전 세계』에서 내가 쿠루미에게 도움을 청했을 때, 그녀는 그런 말을 한 적이 있어."

오리가미는 차분한 어조로 그렇게 말했다.

그렇다. 오리가미는 과거에 자신의 부모님을 죽음의 운명으로부터 구하기 위해, 쿠루미의 천사 〈자프키엘〉의 힘으로 시간을 초월한 적이 있었다.

"그래……. 쿠루미의 천사 〈자프키엘〉이라면, 시간을 초월할 수 있어. 그래서 시도가 지금까지 봉인한 영력이 필요한 거구나. 그리고 30년 전에 나타난 시원의 정령을 죽여서, 그 정령이 존재했다는 사실을 역사에서 지우려는 거야……."

코토리는 거기까지 말한 후, 인상을 찡그리며 머리를 거칠게 긁적였다.

"하아, 정말……. 모르는 게 더 늘어났네. 쿠루미가 영력을 원하는 건 과거로 거슬러 올라가는 탄환을 쓰기 위해서이고…… 그녀의 목적은 시원의 정령을 죽이는 것이라고? 대체 왜 그런 짓을 하려는 거지?"

"거기서부터는 추측에 불과해. 그리고 정보가 부족한 단계에서 너무 깊이 파고드는 건 위험하지. 우리가 모르는 게 무엇인지 확실해진 것만으로도 충분히 의미가 있어."

오리가미는 코토리의 눈을 응시하면서 담담한 목소리로 말했다. 그러자 코토리는 한숨을 내쉬면서 고개를 끄덕였다.

"……응, 맞아. 충고 고마워."

코토리는 마음을 진정시키려는 듯이 심호흡을 한 후, 손가락으로 자신의 이마를 두드렸다.

"하지만 쿠루미와 싸우기 위해서는 빨리 그 점에 대해 파악해야만 할 거야. 우리 목적은 들켰는데 상대방의 소망을 알지 못하는 건, 솔직히 말해 너무 불리해."

"으……."

코토리가 그렇게 말하자, 시도는 식은땀을 흘렸다.

그녀의 말이 옳았다. 상대방에게 반한 쪽이 패배, 라는 승부에서 상대방이 원하는 게 뭔지 안다는 것은 강력한 이점이다. 현재 상황을 비유하자면, 갑옷으로 온몸을 감싼 쿠루미 앞에 맨몸으로 서 있는 거나 마찬가지다.

자신의 경솔함을 자각한 시도는 씁쓸한 표정을 지었다.

그런 시도의 표정을 본 코토리가 어깨를 으쓱했다.

"비 맞은 치와와 같은 표정 짓지 마. 아까도 말했지? 그 상황에서는 쿠루미의 제안을 받아들일 수밖에 없었어. 설령 통신이 두절되지 않았더라도 결과는 마찬가지였을 거야. 그러니 앞으로의 일에 대해서나 이야기하자."

"그, 그래……."

시도는 그 말을 듣고 고개를 끄덕였다.

그리고 기합을 넣듯 볼을 찰싹 소리가 나게 때렸다. 이런 상황에서 불안한 표정을 지어서 여동생을 걱정시키다니, 오빠 실격이다.

그 순간, 시도는 코토리가 방금 한 말을 듣고 어떤 사실을 떠올렸다.

"아…… 그런데 코토리. 아까 통신이 두절됐을 때, 무슨 일이 있었던 거야? 네가 꽤 당황한 것 같아서 걱정했다고."

"아……."

코토리는 표정을 굳히더니, 팔짱을 끼며 입을 열었다.

"그러고 보니 아직 이야기를 안 했구나. ……실은 〈프락시너스〉의 레이더에 이상한 반응이 잡혔어."

"이상한 반응?"

"응. 믿기지는 않겠지만……."

"거기서부터는 내가 설명해버릴게요."

바로 그때, 코토리의 말을 끊듯 뒤편에서 그런 목소리가 들려왔다.

목소리가 들려온 곳을 향해 고개를 돌린 시도는— 그곳에 있는 인물을 보고 눈을 동그랗게 떴다.

코토리와 키가 비슷한 소녀였다. 머리카락을 하나로 모아 묶었으며, 눈가에는 눈물점이 있었다. 그런 소녀의 몸 곳곳에는 습포와 반창고가 붙어 있었다.

"마나?!"

그렇다. 그녀는 바로 시도의 친동생을 자처하는 소녀, 타카미야 마나였다.

"어느새 돌아온…… 그것보다, 어쩌다 그렇게 다친 거야?! 괜찮아?!"

"별거 아니에요. 전부 작은 생채기예요."

마나가 웃으면서 손을 내젓자, 코토리는 언짢은 표정을 지으며 그녀를 노려보았다.

"너…… 내가 메디컬 포드에 들어가 있으라고 했을 텐데?"

"아하하…… 미안해요. 이야기를 마치면 돌아가 버릴게요. 실은…… 오라버니와 여러분에게 알려줘야 할 게 있거든요."

마나는 얼굴에서 미소를 지우더니, 진지한 눈빛으로 시도 일행을 응시했다.

"우리한테 알려줄 것……?"

"예. 아까 오라버니가 〈나이트메어〉— 토키사키 쿠루미와 이야기를 나누고 있을 때, 어떤 일이 벌어졌었는지를 말이죠."

마나는 그렇게 말하더니, 빈 의자에 앉아 이야기를 시작했다.

—엘렌 메이저스가 시도를 노렸으며, 그녀가 수많은 소녀들을 소환했다는 이야기를 말이다.

"뭐……?"

시도는 뜻밖의 정보를 듣고 숨을 삼켰다.

아니, 시도만이 아니었다. 이 자리에 있는 모든 정령들이 놀란 표정을 지었다.

"어, 어째서……."

"그런 일이 일어난 거죠……?"

"크으…… 위기에 처한 이를 몰래 구하다니…… 젠장, 멋지네. 나도 그런 일을 하고 싶어."

“그나저나, 엘렌이 소환했다는 여자아이는 대체…….”

시도의 의문에 마나는 천천히 고개를 저었다.

“몰라요. 하지만 그 정도로 똑같이 생긴 얼굴을 한꺼번에 본 건 〈나이트메어〉와 대치했을 때 이후로 처음이에요. 정상적인 존재가 아닌 건 틀림없겠죠.”

마나는 두 손 두 발 다 들었다는 듯이 어깨를 으쓱했다.

하지만 코토리는 그런 마나에게 다른 질문을 던졌다.

“—거기까지는 우리도 파악했어. 설마 그런 이야기를 하려고 여기에 온 건 아니겠지? 너는 시도와 마찬가지로 앞뒤 가리지 않는 경향이 있지만, 필요한 일과 필요하지 않은 일을 구별하지 못할 정도로 바보는 아니잖아.”

코토리의 말에 마나는 입술을 살며시 말아 올렸다.

“코토리 씨가 그렇게 말해주니 영광이네요. —뭐, 실은 맞아요. 아직 코토리 씨에게도 이야기하지 않은 일이 하나 있거든요.”

“……어떻게 엘렌의 습격을 예측했느냐, 말이지?”

코토리가 눈을 가늘게 뜨면서 그렇게 말하자, 마나는 「딩동댕」 하고 고개를 끄덕였다.

“……뭐? 그게 무슨 소리야? 코토리가 마나에게 호위를 부탁한 게 아니었어?”

“그럴 리가 없잖아. 만약 DEM이 습격을 계획하고 있다는 걸 알았다면 너희에게도 바로 알려줬을 거야. ……무엇보다 안정을 취해야 하는 마나에게 그들에 대한 대처를 맡길 생각도 없고 말이야. —결과적으로 덕분에 다들 무사해서 참고 있지만, 솔직하게 말하자면 확 패서라도 제재를 가하고 싶은 심정이거든?"

코토리가 마나를 노려보며 그렇게 말하자 마나는 얼버무리듯 아하하 하고 웃었다.

"뭐, 뭐…… 그 이야기는 일단 제쳐두죠. 아무튼, 저는 엘렌의 습격 계획을 사전에 알아버렸어요. 결행 시각과 엘렌이 나타날 정확한 좌표까지 말이죠."

"그게 이해가 안 돼. 엘렌은 완벽한 스텔스 상태였어. 전투가 벌어질 때까지 〈프락시너스〉의 레이더가 포착하지 못할 정도로 말이야. 마나, 너는 대체 어떻게 그 사실을 안 거야?"

코토리의 물음에 마나는 조용히 한숨을 내쉬었다.

"이유는 간단해요. 누가 가르쳐 주더라고요."

"가르쳐 줘? 대체 누가 말이야?"

"—〈나이트메어〉, 토키사키 쿠루미가요."

"뭐……?"

시도는 마나의 말에 어안이 벙벙한 표정을 지었다.

"자, 잠깐만 있어봐. 쿠루미가 가르쳐 줬다고? 그게 무슨 소리야?"

"무슨 소리긴요. 방금 말한 그대로예요. —어제, 제 방에 그 여자가 느닷없이 나타났어요. 저를 죽이러 왔나 싶어서 다짜고짜 목을 베어버렸죠."

"……."

마나는 아무렇지도 않게 무시무시한 소리를 했다. 악연으로 얽힌 상대라고 해도 목을 베다니, 여전히 공격적인 소녀다.

하지만 마나는 딱히 개의치 않으며 말을 이었다.

"그런 짓을 계속 반복했더니, 나중에 등장한 분신이 할 이야기가 있다고 지껄이더라고요. 뭐, 유언 정도는 들어줄까 싶어서 그 분신의 목에 칼을 댄 상태에서 들어봤더니—."

"엘렌이 시도를 습격할 거라는 이야기를 한 거구나."

"그래요."

마나는 고개를 끄덕였다. 코토리는 인상을 찡그리더니, 마나를 도끼눈으로 노려보았다.

"……그래서, 총명한 마나 양께서는 왜 그 사실을 지금까지 나한테 비밀로 한 걸려나?"

"윽……!"

마나는 어깨를 부르르 떨더니, 메마른 미소를 지으면서 이렇게 말했다.

"오, 오해하지 마세요, 코토리 씨. 저는 딱히 숨길 생각은 없어버렸어요. 하지만 그 여자의 말을 믿는 게 이상하잖아요?"

"하지만 너는 쿠루미의 말을 믿었으니까 그 장소에 간 거잖아?"

"그게…… 분명 함정을 쳐둔 게 틀림없다고 생각해버렸거든요……. 코토리 씨한테 이야기했다간 절대 보내주지 않아 버릴 것 같아서……."

"호오~? 잘 아네. 그 건에 대해서는 나중에 차부우우우운~하게 이야기를 나누자."

"으윽, 지병이……."

마나가 가슴을 움켜쥐면서 그 자리에서 풀썩 쓰러졌다.

하지만 코토리는 깔끔하게 무시하면서 손을 흔들었다.

"아~, 그렇구나. 큰일이네. 다음에는 경비가 더 철저한 의료기관에 수용해야겠네."

"으…… 아, 아무래도 내 착각이었던 것 같아요."

마나는 멀쩡한 표정을 지으며 몸을 일으켰다.

코토리는 한숨을 내쉬면서 그런 마나를 쳐다보더니, 마음을 다잡듯 고개를 들었다.

"아무튼, 지금 신경 써야 할 건 쿠루미야."

"그래. 쿠루미는 대체 왜 마나에게 엘렌의 습격 사실을 알려준 걸까? 애초에 어떻게 해서 그 정보를 알아낸 거지……?"

시도의 말에 오리가미는 얼굴을 살짝 들면서 말했다.

"엘렌의 습격 정보를 제공한 건 마나가 그 습격을 저지해 주기를 바라서가 아닐까? 토키사키 쿠루미는 시도의 영력을 노리고 있어. 그걸 DEM이 채가는 건 그녀로서도 바람직하지 않은 일일 거야. 그리고 그녀는 수많은 분신을 이용해 항상 첩보활동을 하고 있잖아. 그 과정에서 DEM의 습격 계획을 알았다고 해도 이상할 건 없다고 봐."

오리가미는 담담한 목소리로 그렇게 말했다. 시도는 낮은 신음을 흘리면서 턱에 손을 댔다.

"으음…… 뭐, 그건…… 그래."

"미심쩍은 구석이라도 있어?"

"아…… 그런 건, 아닌데……."

시도는 애매하게 대답했다.

오리가미의 말은 앞뒤가 맞았다.

하지만 왜일까— 오늘 봤던 쿠루미의 표정이 머릿속을 스치고 지나간 순간, 묘한 위화감 같은 것이 시도의 생각을 방해했다.

하지만 그런 애매한 이유로 다른 이들을 혼란스럽게 하는 건 좋지 않을 거라고 생각한 시도는 가볍게 고개를 저었다.

"아무 것도 아냐. 아무튼, 지금은 내일 일에 대비하자."

"응. 나도 계속 조사하겠지만, 가장 중요한 과제는 시도, 네가 쿠루미에게 반하지 않는 거야. 정신 바짝 차려."

"응…… 알아."

쿠루미는 여전히 수많은 수수께끼를 안고 있다. 그런 그녀와 승부를 하게 되었으니 불안함을 느끼지 않는 게 이상할 것이다.

하지만 시도가 이긴다면, 그녀의 영력을 봉인할 수 있다.

시도는 마음을 진정시키려는 듯이 고개를 끄덕였다.

◇

하지만, 다음날 아침…….

"으음…… 윽?!"

하룻밤을 들여 겨우 되찾았던 평상심이 일찌감치 박살나고 말았다.

왜냐하면…….

"—우후후. 안녕하세요, 시도 씨. 좋은 아침이에요."

학교에 가기 위해 현관문을 열자, 검은색 코트를 걸친 쿠루미가 끝내주는 미소를 지으며 현관 앞에 서 있었던 것이다.

"쿠, 쿠루미……?!"

"예. 시도 씨, 왜 그런 표정을 지으시는 거죠?"

쿠루미는 이상하다는 듯이 웃음을 흘렸다. 시도는 어깨를 부르르 떨더니, 가슴을 진정시키기 위해 심호흡을 했다. 어제 그렇게 큰 소리를 쳐놓고, 이렇게 당황한 모습을 보이는 건 꼴사납다는 생각이 들었던 것이다.

"그게…… 놀라는 게 당연하잖아. 네가 왜 이런 곳에 있는 거야?"

"어머, 어머. 클래스메이트가 같이 등교하려고 찾아오는 게 그렇게 이상한 일인가요?"

"……아니. 하나도 이상하지 않아."

시도는 볼을 타고 땀이 흐르는 걸 느끼면서 그렇게 대답했다.

그렇다. 하나도 이상하지 않다. 쿠루미와의 승부는 이미 시작된 것이다. 오히려 방심을 한 시도가 반성을 해야만 할 것이다.

하지만 계속 당하기만 할 수는 없다. 시도는 자신만만한 미소를 지으면서 입을 열었다.

"그런데 일부러 이렇게 마중까지 온 걸 보면…… 너, 혹시 나한테 마음이 있는 거야?"

"우후후, 글쎄요."

쿠루미는 재미있다는 듯이 웃으면서 경쾌한 스텝을 밟으며 시도에게 다가간 후, 그와 팔짱을 꼈다.

그리고 그대로 몸을 밀착시켰다. 갑작스러운 일이었기에 시도는 눈을 깜빡였다.

"—윽!"

"자, 가죠."

시도는 쿠루미에 의해 반강제적으로 걸음을 옮겼다.

하지만 이대로 당하기만 하는 것도 좋지 않다. 시도는 아직 자유로운 손을 호주머니에 넣어 안에 들어있던 소형 인터컴을 꺼내 귀에 꽂았다.

그와 동시에 인터컴이 켜지더니, 몇 초 후에 목소리가 흘러나왔다.

『……으음. 신, 무슨 일이야?』

시도를 특이한 호칭으로 부르는 졸린 목소리가 들렸다. 이 목소리의 주인은 레이네가 틀림없다.

이 상황을 제삼자의 입장에서 지켜보고 있는 서포터가 존재한다는 사실만으로도, 마음은 어느 정도 안정되기 마련이다. 시도는 후우 하고 숨을 내쉰 후, 쿠루미에게 들키지 않도록 작은 목소리로 말했다.

"……레이네 씨, 죄송한데 긴급사태가 벌어졌어요."

『……쿠루미구나.』

레이네는 곧 상황을 눈치챘는지 그렇게 말했다. 시도는 침묵으로 그 말을 긍정했다.

『……생각보다 빨리 손을 쓰는걸. 지금 바로 코토리를 부를 테니까, 일단 그녀와의 대화에 주력해. 계속 입을 다물고 있는 건 좋지 않을 거야.』

이 인터컴은 통신 상대를 지정하지 않는 한, 텐구 시 상공에 떠 있는 공중함 〈프락시너스〉의 함교에 연결되도록 되어 있다. 보통 시도가 통신을 보내면 사령관인 코토리가 응답하지만, 그녀가 현재 집에 있다는 사실은 시도가 누구보다 잘 알고 있다.

시도는 알았다는 듯이 고개를 끄덕인 후, 쿠루미와 다시 대화를 나누기 시작했다.

"그건 그렇고, 오늘도 춥네. 2월이니까 추운 게 당연하려나?"

"예. 하지만 이러면 따뜻할 거예요."

쿠루미는 그렇게 말하면서 몸을 더욱 밀착시켰다.

"……윽?!"

시도의 몸이 딱딱하게 굳어졌다. 그에 따라 걸음걸이 또한 로봇처럼 부자연스러워졌다.

하지만 그것도 당연했다.

확실히 쿠루미는 무시무시한 존재다. 지금까지 수많은 인간을 먹어치운 그녀는『최악』이라는 단어에 걸맞은 정령이다.

하지만 그 이전에— 그녀는, 너무나도 가련했다.

윤기 넘치는 흑발, 매끄러운 피부, 그리고 단정하기 그지없는 용모— 뿐만이 아니다.

문득 풍겨 오는 희미한 향기와, 만지면 그대로 부러질 것만 같은 가녀린 손가락의 감촉……. 세세한 부분 하나하나마저도 시도가 지닌 남자의 본능을 강렬하게 자극하고 있었다.

"으윽……."

『……신, 진정해. 심박수가 상승하고 있어.』

레이네가 말한 것처럼 이 감정에 계속 몸을 맡겼다간, 그 끝에 존재하는 것은 파멸이다. 시도는 마음을 진정시키기 위해 머릿속으로 반야심경(대충 외웠음)을 읊조렸다.

하지만…….

"……후……."

"하윽……."

쿠루미가 갑자기 시도의 귀에 숨결을 불어넣었다. 그 뜻밖의 감촉 탓에, 시도는 무심코 신음을 흘리고 말았다.

"어머, 어머."

그런 시도의 반응이 귀여운지, 쿠루미는 진심으로 즐거워하며 웃었다.

"시도 씨는 이런 귀여운 목소리도 낼 줄 아는군요."

"너……."

왠지 쿠루미의 손바닥 위에서 놀아나고 있는 느낌이 들었다.

이대로는 안 된다. 시도는 마음을 다잡기 위해 어험 하고 헛기침을 했다.

하지만 바로 그 타이밍에, 쿠루미가 시도를 또 잡아당겼다. 그리고 그대로 시도의 평소 통학로에서 벗어났다.

"어이, 쿠루미. 지금 어디 가는 거야?"

"우후후, 수업 시간까지 아직 여유가 있답니다. 그러니 잠시 딴 짓을 해도 괜찮지 않을까요?"

"뭐……? 무슨 소리를……."

시도는 말을 이으면서 판단을 구하듯 인터컴을 손가락으로 가볍게 두드렸다.

그러자 곧 인터컴에서 레이네가 아니라 다른 이의 목소리가 흘러나왔다.

『—일단 쿠루미가 하자는 대로 하자. 위험한 상황에 처하면 우리 쪽에서 지원해줄게.』

귀에 익은 그 목소리는 바로 코토리의 음성이었다. 아무래도 집에서 〈프락시너스〉로 서둘러 이동한 것 같았다.

시도는 쿠루미와 코토리, 두 사람에게 전부 알았다는 뜻을 전하기 위해 고개를 끄덕였다.

"……좋아. 뭐, 가끔은 그러는 것도 괜찮겠지. 어디 들르고 싶은 곳이라도 있어?"

"아뇨. 그저 시도 씨와 잠시라도 더 함께 있고 싶을 뿐이랍니다."

"하하…… 그렇게 말해주니 기쁜걸."

시도는 웃으면서 그렇게 대답한 후, 생각에 잠겼다.

이대로 가다간 계속 수세에 처할 수밖에 없다. 어떻게든 쿠루미의 여유를 조금이라도 무너뜨릴 방법은 없을까—.

그 순간, 시도는 「아」 하고 짤막한 탄성을 터뜨렸다.

"그렇지. 그럼 나와 같이 어디 좀 안 갈래? 실은 쿠루미에게 보여주고 싶은 장소가 있어."

"……흐음."

시도의 제안에 쿠루미는 눈을 가늘게 떴다. 마치 시도의 반격을 재미있어 하듯이 말이다.

"그거 참 기대되는군요. 우후후, 잘 부탁드릴게요."

"그래. 그럼 가자."

"예."

쿠루미는 미소를 지으며 그렇게 대답했다. 시도는 쿠루미와 팔짱을 낀 채, 걸음을 옮겼다.

그리고 몇 분 후, 두 사람은 뒷골목에 들어갔다.

다음 순간, 시도는 팔을 통해 움찔 하는 감촉을 느꼈다.

"……시도 씨, 여기는……."

쿠루미는 눈앞에 펼쳐진 광경을 보면서 떨리는 목소리로 입을 열었다.

하지만 그것도 무리는 아니었다. 이 뒷골목에는 다양한 종류의 고양이들이 여러 마리 모여 있었던 것이다.

그렇다. 쿠루미에 관한 정보는 다른 정령에 비해 적지만—그녀가 동물(특히 고양이)을 좋아한다는 사실만큼은 시도도 알고 있었다.

"아, 얼마 전에 우연히 발견했어. 이 근처에 사는 길고양이들이 모이는 장소지. 쿠루미는 고양이를 좋아하지?"

"따, 딱히 좋아하지는 않아요."

쿠루미는 약간 무리하는 듯한 어조로 그렇게 말했다. 쿠루미의 얼굴을 힐끔 쳐다보니, 그녀의 볼은 희미하게 홍조를 띄고 있었다.

의외로 반응이 꽤 괜찮아 보였다. 시도는 고양이들을 자극하지 않기 위해 살금살금 다가간 후, 그대로 무릎을 굽히고 몸을 동그랗게 만 호피무늬 얼룩 고양이의 등을 상냥하게 쓰다듬었다.

"봐, 사람한테 꽤 익숙한 것 같아. 쿠루미도 쓰다듬어 볼래?"

"……읏! 뭐, 시도 씨가 그렇게까지 말씀하시는데 사양하는 건 예의가 아니겠죠."

쿠루미는 그 말을 기다렸다는 듯이 환한 표정을 짓더니, 시도의 옆에서 몸을 굽히고 고양이를 향해 손을 뻗었다.

하지만 쿠루미의 손이 닿기 직전, 고양이가 경계하듯 고개를 치켜들었다.

그러자 쿠루미는 시도가 예상하지 못한 행동을 취했다.

"괜찮아요. 무서워할 필요 없답니다. 냐옹~."

간드러지는 목소리로 고양이 울음소리를 내더니, 손가락을 강아지풀처럼 흔들기 시작한 것이다.

"……어엇?"

시도는 무심코 경악에 찬 표정을 지었다. 고양이를 좋아한다는 건 알고 있었지만, 다른 이도 아니고 쿠루미가 고양이 울음소리까지 낼 것이라고는 생각도 못한 것이다.

"냐옹~ 냐옹~."

쿠루미는 그런 시도의 반응을 눈치채지 못한 건지, 천천히 손가락을 내밀었다.

하지만 얼룩 고양이는 쿠루미를 미심쩍어하듯 쳐다보더니, 그대로 재빨리 몸을 일으켜 도망쳤다.

"아……."

쿠루미는 충격을 받은 듯한 표정을 짓더니, 고양이가 사라진 방향을 쳐다보았다.

쿠루미가 평소와 다르게 코미컬한 표정을 짓자, 시도는 안 됐다고 생각하면서 슬며시 웃음을 터뜨리고 말았다.

"……윽!"

쿠루미는 그 웃음소리에 부끄러워하면서 숨을 삼켰다.

"시, 시도 씨, 왜 웃는 거죠?"

"아…… 하하, 미안해. 딱히 나쁜 뜻이 있는 건 아닌데……."

시도가 미소를 머금으면서 그렇게 말하자, 쿠루미는 불만을 표시하듯 입술을 삐죽 내밀었다.

그 표정도 정말 귀여웠지만, 쿠루미를 언짢게 만들고 싶지는 않았다. 시도는 아직 땅바닥에 몸을 동그랗게 말고 있는 다른 고양이를 손가락으로 가리켰다.

"자, 다른 고양이를 쓰다듬어 보는 건 어때?"

"괜찮아요. 딱히 쓰다듬고 싶은 건 아니니까 말이죠. 어차피 또 도망칠 게 뻔해요."

쿠루미는 삐친 듯한 어조로 그렇게 말했다. 시도는 쓴웃음을 지으면서 쿠루미를 달랬다.

"너무 그러지 말라고. 자, 이번에는 괜찮을 거야. 냐옹~."

"……윽!"

시도가 아까 전의 쿠루미를 흉내내듯 그렇게 말하자, 그녀는 볼을 새빨갛게 붉혔다.

그리고 원망하듯 시도를 쳐다본 후, 뭔가를 떠올린 것처럼 눈을 가늘게 떴다.

"……그런가요. 그럼—."

쿠루미는 그렇게 말하더니, 장난기 섞인 미소를 지으면서 시도의 목덜미를 간질였다.

"으햣?!"

"우후후, 정말이군요. 이번 아이는 얌전해요."

"어, 어이……."

기습 공격을 당한 시도가 볼을 붉히면서 당황하자, 쿠루미는 우후후 하고 웃으면서 이번에는 그의 머리를 쓰다듬었다.

"우후후, 착한 아이군요. 자, 아까처럼 울어보세요. 냐옹~?"

"……으윽. 냐, 냐옹."

자기 입으로 이번에는 괜찮을 거라 말한 이상, 시도는 쿠루미의 손을 떨쳐낼 수 없었다. 시도는 한동안 쿠루미가 꽤 즐거워하며 해주는 쓰다듬을 순순히 받고 있을 수밖에 없었다.

—약 20분 후, 시도와 쿠루미는 수업 종이 울리기 직전에 학교에 도착했다.

"시도!"

"시도."

교실에 들어가자, 먼저 학교에 와 있던 토카와 오리가미가 약간 당황한 어조로 시도를 불렀다. 시도는 그런 두 사람을 향해 손을 들어 보이며 입을 열었다.

"아, 토카, 오리가미. 좋은 아침이야."

"음, 좋은 아침이다. ……그것보다, 시도는 괜찮은 것이냐?! 정말 걱정했다!"

토카는 미간을 찌푸리면서 그렇게 말했다.

하지만 그것도 무리는 아닐 것이다. 시도의 집 바로 옆에 있는 맨션에서 살고 있는 토카는 항상 시도와 함께 등하교를 했다. 그리고 항상 같이 등교하던 시도가 집에서 나오지 않는다면, 걱정을 하는 게 당연했다.

시도가 그 점에 대해 사과를 하려던 순간, 오리가미가 먼저 입을 열었다.

"오늘 아침에 2번가 교차로에서 교통사고가 났어. 평소보다 시도가 늦게 등교한 바람에, 그 사고에 휘말린 건 아닌가 걱정했어."

"뭐……?"

시도는 그 교차로를 잘 안다. 시도가 매일 아침 지나는 통학로인 것이다.

하지만 시도는 오리가미의 말을 들을 때까지 그곳에서 사고가 일어났다는 걸 알지 못했다.

시도가 지나간 후에 사고가 벌어진 것은 아니다. 그저 시도가 오늘 아침에는 그 길을 지나지 않았을 뿐이다. 왜냐하면—.

"—우후후, 좋은 아침이에요. 토카 양, 오리가미 양."

순간, 시도의 뒤편에서 쿠루미의 목소리가 들려왔다. 토카와 오리가미의 얼굴에 경계심이 어렸다.

"으음…… 쿠루미."

"역시, 네 짓이구나."

"말이 너무 심하시군요. 저는 그저 시도 씨와 함께 등교하고 싶었을 뿐이랍니다. 그러면 안 되는 건가요?"

두 사람이 날카로운 시선을 보냈지만, 쿠루미는 태연한 어조로 그렇게 말했다. 그 모습을 본 클래스메이트들이 「수라장이야……」「수라장이네……」 하고 소곤거리는 소리가 들렸다.

"자, 곧 선생님이 오실 거랍니다. 우후후— 오늘 하루도 정말 기대되는군요, 시도 씨."

쿠루미는 귀여운 어조로 그렇게 말한 후, 자신의 자리를 향해 걸어갔다.

"……."

시도는 아무 말 없이 그녀의 등을 바라보았다.

딱히 별다른 이유가 있어서 본 것은 아니다.

하지만, 뭐라고 할까…….

천천히 걸어가는 쿠루미의 등을 보니, 왠지 불가사의한 분위기가 느껴졌던 것이다.

"음……? 시도, 왜 그러느냐?"

"읏! 아…… 아무 것도 아냐."

토카가 갑자기 말을 걸자, 시도는 어깨를 부르르 떨었다.

"아무 것도 아냐. ……쿠루미가 말한 것처럼 곧 선생님이 오실 테니, 자리에 앉자."

시도는 그렇게 말하면서 책상에 가방을 놓았다.

토카는 잠시 영문을 모르겠다는 듯이 고개를 갸웃거렸지만, 교실에 선생님이 들어오자 순순히 자기 자리로 돌아갔다.

◇

"쿡쿡쿡."

"쿡쿡쿡."

"어땠나요? 『저』."

"예. 이쪽은 『예정』 대로였어요."

"193번째 『저』는……."

"연락이 끊겼답니다."

"아마, 이미……."

"어머, 어머."

"238번째 『저』는……."

"그쪽도……."

"방금……."

"어머, 어머 어머."

"슬프군요."

“안타깝군요.”

“무정하군요.”

“덧없군요.”

“아아, 하지만—.”

“예, 걸음을 멈출 틈은 없답니다.”

“곧 다음 『예정』 시간이군요.”

“그럼, 다녀오겠어요.”

“예, 예.”

“다녀오세요, 『저』.”

“또 언젠가 다시 만나요.”

“예, 예.”

“언젠가 황천에서 봐요.”

“언젠가 지옥에서 봐요.”

◇

4교시 수업이 끝났음을 알리는 종소리가 학교 전체에 울려 퍼졌다.

“…….”

시도는 기합을 넣듯 주먹을 말아 쥐었다.

당연했다. 4교시가 끝났다는 것은 이제부터 점심시간이 시작된다는 것과 같은 의미인 것이다.

즉, 이 종소리는 점심시간이라는 싸움의 시작을 알리는 것이나 다름없는 것이다.

시도는 어제부터 쿠루미와 서로를 반하게 만들기 대결을 시작했다. 오늘 아침에는 허를 찔렸지만, 사실 시도는 이 점심시간을 노리고 있었다.

시도는 교과서를 넣은 후, 그 대신 가방에서 도시락(무기)을 꺼냈다.

그러자 마치 이때를 기다렸다는 듯이 시도의 시야 구석에 누군가가 나타났다. —바로 쿠루미였다.

"우후후. 저기, 시도 씨. 괜찮다면 함께 점심을 드시지 않겠어요?"

쿠루미는 가지고 있던 도시락 가방을 들어 보이면서 미소를 지었다. 하지만 그 환한 미소의 이면에는 위험한 분위기가 감돌고 있었다.

아무래도 쿠루미 또한 같은 생각을 하고 있는 것 같았다.

하지만 시도 또한 나름대로 대책을 준비해왔기에, 약간 긴장하면서도 쿠루미의 제안을 받아들이기 위해 자리에서 일어났다.

"응. 물론이지. 여기는 좀 그러니까, 옥상으로 가자."

"예. 좋아요."

쿠루미는 미소를 지으며 고개를 끄덕이더니, 시도의 옆에서 경계심에 찬 눈길로 쳐다보고 있는 토카와 오리가미를 향해 시선을 보냈다.

"—토카 양과 오리가미 양도 같이 드시지 않겠어요? 카구야 양, 유즈루 양도 부르죠. 어제처럼 문에 찰싹 붙어 있는 것도 힘들 테니까요."

"뭐……?!"

"……윽."

쿠루미가 웃으면서 한 말에, 토카와 오리가미가 반응을 보였다.

시도는 쿠루미가 무슨 말을 하는 건지 바로 눈치채지 못했지만— 곧 깨달았다.

"토카, 오리가미. 너희들, 설마……."

"""……."""

시도가 바라보자 두 사람은 거북한 표정을 지으며 그의 시선을 피했다. ……어제 시도가 쿠루미와 이야기를 나눌 때, 아무래도 그녀들은 옥상 문 너머에서 귀를 쫑긋 세우고 있었던 모양이다.

시도는 폼을 잡으면서 교실을 나섰지만, 역시 그녀들에게 걱정을 끼치고 만 것 같았다. 시도는 쓴웃음을 지으면서 「고마워」라고 말했다.

"……아무튼, 가자. 귀중한 점심시간을 헛되이 하고 싶지 않거든."

"예. 그렇게 해요."

시도와 쿠루미는 서로를 향해 고개를 끄덕이더니, 함께 걸음을 내디뎠다. 토카와 오리가미는 그런 두 사람의 뒤를 따랐다.

그 후, 옆 반에서 카구야와 유즈루를 불러 그대로 다 같이 계단을 통해 옥상으로 향했다.

옥상에는 어제와 다르게 기분 좋은 햇살이 쏟아지고 있었다. 가볍게 기지개를 켜며 펜스 쪽으로 걸어간 시도는 천천히 벤치에 걸터앉았다.

시도는 옆에 앉은 쿠루미와 시선을 교환하면서 도시락의 뚜껑을 열었다.

"……앗!"

쿠루미는 시도가 준비한 도시락의 내용물을 보더니 작게 숨을 삼켰다.

그것도 그럴 것이, 시도의 오늘 도시락은 한 입 사이즈로 만든 고양이 모양 주먹밥이 잔뜩 들어있는, 특제 야옹이 캐릭터 도시락인 것이다.

"응? 쿠루미, 왜 그래? 내 도시락이 이상하기라도 한 거야?"

"……아뇨. 귀여운 도시락이라는 생각이 들어서요."

쿠루미는 볼을 희미하게 붉히면서, 미묘하게 시선이 흔들리는— 한 마디로 말해 뭔가를 참고 있는 듯한 반응을 보였다.

쿠루미가 자신이 기대한 반응을 보이자, 시도는 주저 없이 전쟁의 막을 올렸다.

"하하, 고마워. —**잔뜩 만들어 왔으니까, 쿠루미도 맛을 좀 보지 않을래?**"

"……읏!"

시도의 의도를 눈치챈 쿠루미의 눈썹이 희미하게 떨렸다.

이 야옹이 캐릭터 도시락은 겉모습만 신경 쓴 게 아니다. 맛 또한 시도가 지닌 기술과 아이디어를 전부 쏟아 부어서 만든 특별 사양인 것이다.

그렇다. 시도는 지금까지 열 명이 넘는 정령들을 접하고, 이야기를 나눴으며, 또한 봉인해 왔다.

그 과정에서 얻은 경험을 종합해 볼 때, 공략 방법이나 각자의 심금을 울리는 포인트는 정령마다 달랐지만, 그녀들 대부분에게 유효했던 것이 바로 『입맛을 사로잡는다』라는 방법이었던 것이다.

맛있는 음식은 얼어붙은 마음을 녹인다. 물론 음식만으로 쿠루미를 농락할 수 있을 거라고 생각하지는 않는다. 하지만 난공불락인 쿠루미성(城)의 견고한 성문에 금이라도 만들 수 있다면 성과로서는 충분할 것이다.

"……."

쿠루미는 흥분을 억누르듯 천천히 숨을 토하더니, 빙긋 웃었다.

"예……. 그럼 호의를 받아들이도록 하죠. 하지만 얻어먹기만 해선 마음이 편하지 않을 것 같군요."

쿠루미는 그렇게 말하면서 자신의 도시락 뚜껑을 열었다.

"그러니, 교환을 하는 건 어떨까요……?"

"……윽!"

시도는 쿠루미의 도시락에 든 내용물을 보자마자 숨을 삼켰다.

밥은 잘게 나뉘어 있었으며, 적색, 황색, 녹색 반찬이 밸런스를 이루며 깔끔하게 배치되어 있었다. 메뉴 자체는 전형적이지만, 시도는 그 반찬 하나하나에 정성이 들어가 있다는 것을 한눈에 알아볼 수 있었다.

시도는 그 도시락을 보고 확신했다. 상대를 『찌르기』 위해 『칼』을 간 이는 시도만이 아니라는 사실을 말이다.

"훗……."

"……우후후."

시도와 쿠루미는 누가 먼저랄 것 없이 웃음을 흘렸다.

그런 두 사람을 본 정령들의 이마에 땀방울이 맺혔다.

"으, 으음…… 둘 다 대체 뭘 하고 있는 거지?"

"격렬한 공방전이 펼쳐지고 있어."

"달인들이 서로의 실력을 가늠하고 있는 거야……! 만화에서 본 적 있어!"

"이해. 왠지 엄청난 오라가 뿜어져 나오고 있는 것 같아요."

시도와 쿠루미를 방해하지 않기 위해서인지, 토카 일행은 작은 목소리로 이야기를 나눴다.

시도는 입가에 미소를 머금고, 야옹이가 잔뜩 들어있는 도시락을 쿠루미에게 내밀었다.

“자— 먹어봐.”

시도는 자신만만한 미소를 지으면서 도시락을 내밀었다.

그런 그에게서 위압감을 느낀 쿠루미는 마른 침을 삼켰다.

—설마 이런 식으로 공격을 해올 줄이야. 아무래도 시도를 너무 얕본 것 같다.

하지만 이대로 약점을 드러낼 수는 없다. 쿠루미는 평정을 가장하면서 천천히 손을 내밀었다.

“예. 잘 먹을게요.”

하지만— 쿠루미는 도시락을 향해 손을 내밀려다 움직임을 멈췄다.

그럴 만도 했다. 도시락 안에서는 윤기 넘치는 쌀로 만들어진 하얀 고양이와, 김으로 표면을 감싼 검은 고양이, 또한 가다랑어포를 이용해 만든 얼룩 고양이 등, 다양한 생김새의 야옹이가 「나를 먹어줘, 나를 먹어줘」(야옹~ 야옹~) 하고 어필하고 있었던 것이다. 이 안에서 한 마리만 고르는 그런 잔혹한 짓을 할 수 있을 리가 없다.

“크……!”

“응? 왜 그래? 안 먹을 거야?”

시도는 그렇게 말하면서 고개를 갸웃거렸다.

그 말과 표정은 평소와 다름없지만, 쿠루미는 시도가 사악한 미소를 짓고 있는 악역처럼 보였다. 또한 시도의 뒤편에 존재하는 공간에서, 다양한 품종의 고양이가 「냐옹~ 냐옹~」 하면서 고개를 내미는 환각이 보였다. ……아니, 보인 듯한 느낌이 들었다.

이대로 무릎을 꿇을 수는 없다. 쿠루미는 결의를 다진 후, 검은 고양이 주먹밥을 쥐었다.

"……이, 이걸 먹겠어요."

그리고 그 귀여운 얼굴을 꼼꼼히 살펴본 후, 단숨에 입에 밀어 넣었다.

"……윽!"

—충격을 받았다.

시도가 요리를 좋아한다는 것은 분신의 조사를 통해 이미 알고 있었다. 하지만 이 정도 실력을 갖췄을 것이라고는 생각도 못했다.

향긋한 김의 향기가 코 깊숙한 곳부터 자극했다. 그리고 다음 순간, 지금까지 뭉쳐져 있었다는 게 거짓말처럼 느껴질 정도로 쌀알이 매끄럽게 흩어지며 입안을 가득 채웠다. 마치 수많은 고양이들 사이에서 이리저리 치이는 듯한 이미지가 쿠루미의 머릿속에 펼쳐졌다. 아하하하하. 우후후후후.

하지만, 그게 다가 아니었다. 쌀알이 흩어진 순간, 그 안

쪽에 숨겨져 있던 주인공, 육즙을 가득 품은 고기 완자가 모습을 드러낸 것이다.

애초부터 한 입 크기였던 주먹밥 안에 고기 완자를 넣어두는 교묘함, 그리고 쌀과의 밸런스를 고려해 최대한 농후한 맛을 담은 데리야키 소스의 파상 공격……. 쿠루미는 수많은 고양이들이 부드러운 털에 감싸인 앞발로 자신을 향해 날려대는 고양이 펀치를 맞는 듯한 쾌감을 느끼며 몸부림쳤다.

"아아……."

입, 코, 식도, 위— 자신의 손이 닿지 않는 몸속 깊숙한 곳까지 애무당하는 느낌이 들었다. 쿠루미는 비틀거리며 손으로 머리를 짚더니, 겨우겨우 미소를 지었다.

"역……시, 시도 씨는 대단하군요. 정말 맛있어요."

"그래? 잘 됐네. 마음에 들었다니 다행이야."

시도는 빙긋 미소를 지었다.

하지만— 이번에는 쿠루미의 차례다. 쿠루미는 젓가락을 손에 쥐더니, 닭튀김을 집어서 시도를 향해 내밀었다.

"—자, 시도 씨. 『아~』 해보세요."

쿠루미는 그렇게 말하면서 닭튀김을 내밀었다.

"큭……!"

이 구도가 자아내는 파괴력을 깨달은 순간, 시도는 몸을 딱딱하게 굳혔다.

그렇다. 지금 두 사람이 하고 있는 것은 서로를 자신에게 반하게 만드는 대결이다. 즉, 상대방에게 마음을 빼앗긴 사람이 패배하는 승부인 것이다.

그렇다면, 승부는 요리의 완성도로 갈리지 않는다. 어떻게 상대방에게 먹여줄지도 중요한 포인트가 되는 것이다.

그런 점에서 볼 때, 쿠루미가 취한 수단은 합리적일 뿐만 아니라 효과적이었다. 귀여운 여자아이가 『아~』를 해주는데 기뻐하지 않을 남자 고등학생이 이 세상에 존재할 리가 없는 것이다. 자신의 이점을 완벽하게 살린 이상적인 한 수라 할 수 있을 것이다.

"어머? 시도 씨, 안 드실 건가요?"

"아냐…… 먹을게."

시도는 볼을 타고 흘러내린 땀을 닦은 후, 입을 크게 벌리고 쿠루미의 닭튀김을 먹었다.

"……윽."

그 순간, 시도는 자신의 온몸에 전류가 흐르는 느낌을 받았다.

—맛있다. 품질이 뛰어난 고기를 썼을 뿐만 아니라 손질에도 정성을 들였으며, 조리 방식 또한 완벽했다. 밑간의 베이스로 마늘이 아니라 생강을 이용함으로써 여성스러움을 자아낸 점 또한 굿이었다.

하지만, 이 닭튀김의 진가는 그런 게 아니었다.

시도는 머릿속으로 오늘 아침의 부엌 풍경을 떠올렸다. 교복 위에 앞치마를 두르고, 블라우스 소매를 걷은 쿠루미가 즐겁게 요리를 하는 모습이 눈앞에 어른거렸다.

쿠루미의 목적은 시도가 지닌 영력일지도 모르지만, 그를 생각하며 이 도시락을 만들었다는 것은 엄연한 사실이다. 먹는 이를 배려하는 마음이, 쿠루미가 성심성의를 다해 이 요리를 하게 만들었고, 그 결과 이 맛이 탄생하게 된 것이다.

이것은 요리를 할 줄 알기에 남이 만들어주는 요리를 맛볼 기회가 적은 시도의 숨통을 끊어놓고도 남을 필살의 송곳니였다.

"우후후. 시도 씨, 어떤가요?"

"……윽!"

시도는 쿠루미의 말을 듣고 어깨를 부르르 떨더니, 금방이라도 흘러내릴 듯한 눈물을 닦으며 겨우겨우 미소를 지었다.

"……응, 맛있어. 눈물이 날 정도로 말이야."

"어머어머, 과장이 심하시군요."

쿠루미는 조신한 태도를 취하며 웃음을 흘렸다.

하지만 시도의 눈에 맺힌 불꽃이 아직 사라지지 않았다는 사실을 눈치챈 그녀는 입가에 자신만만한 미소를 머금었다.

"……."

"……."

시도와 쿠루미는 서로의 간격을 재듯 시선을 교환한 후, 동시에 행동을 시작했다.

"한 개 더, 먹어보겠어?"

"달걀말이도 잘 만들어졌답니다."

키잉! 하는 소리를 내면서 서로가 휘두른 칼이 맞부딪친 듯한 느낌이 들었다. 시도와 쿠루미는 식은땀을 흘리며 입가를 일그러뜨리더니, 또 동시에 도시락을 내밀었다.

"오…… 오오! 잘은 모르겠다만, 왠지 엄청난 광경을 보고 있는 것 같구나……!"

"토카, 물러나. 말려들면 위험해."

오리가미가 토카의 어깨를 잡으며 주의를 줬다. 그러자 카구야는 왠지 분하다는 듯이 「크으……」 하고 신음을 흘리며 주먹을 말아 쥐었다.

"쳇, 둘이서 폼이란 폼을 다 잡고 있네……! 유즈루! 우리도 승부하자!"

"호응. 받아주죠. —에잇, 아까 매점에서 사온 카레빵이에요."

"냐암…… 응, 맛있어. 평범하게 말이야. —그럼 나는 피보다 붉은 빵(딸기잼)!"

"음미. ……맛있어요. 평범하게요."

야마이 자매는 영문을 모르겠다는 듯이 함께 고개를 갸웃거렸다.

그러는 사이에도 시도와 쿠루미의 싸움은 계속되었다. 시도가 가다랑어포를 넣은 얼룩 고양이를 내밀자, 쿠루미는 반격하듯 시금치 무침을 먹여줬다.

"크…… 이, 가다랑어포…… 평범한 간장으로 간을 한 게 아니군요……!"

"너야말로, 김만이 아니라 참치도 같이 넣어서 무쳤구나……!"

"우후후…… 이쯤에서 이걸 써보도록 할까요?"

"……윽?! 보, 보온병에 든 된장국……?!"

약 30분에 걸쳐 공방전이 펼쳐지는 사이, 어느새 두 사람의 도시락에 든 내용물은 전부 사라지고 말았다.

"하아……, 하아……."

"우후후, 후후……."

두 사람은 동시에 자신의 볼에 붙은 밥풀을 왕년의 액션스타처럼 엄지로 훔치더니 혀로 핥아먹었다.

"오늘은 무승부— 인 걸로 봐도 될까요?"

"훗…… 좋아."

시도와 쿠루미는 또 동시에 각자의 손바닥을 맞대더니, 「잘 먹었습니다」 하고 고개를 살짝 숙였다.

주위에 있던 정령들이 그 광경을 보며 「오오……」 하고 외치면서 박수를 쳤다.

"……어머?"

바로 그때, 뭔가를 눈치챈 것처럼 쿠루미의 눈썹이 약간 움직였다. 그리고 그녀는 입가에 요염한 미소를 머금으면서 시도에게 슬며시 다가갔다.

"저기, 시도 씨……."

"왜, 왜 그래……?"

"잠시만 가만히 있어 주세요."

시도가 얼어붙은 것처럼 꼼짝도 하지 않자, 쿠루미는 그를 향해 천천히 얼굴을 내밀었다.

아름다운 살결이 시야를 가득 채우더니, 희미하게 달콤한 향기가 시도의 코를 희롱했다. 쿠루미의 숨결이 목덜미를 쓰다듬을 때마다, 시도는 머릿속에서 번개가 치는 듯한 감각을 느꼈다.

"어…… 뭐, 뭐……."

쿠루미가 갑작스럽게 그런 행동을 취하자, 시도의 머릿속은 물음표로 가득 찼다. ―대체 뭘 하려는 거지? 설마, 이 타이밍에 키스를 하려는 걸까?

물론 시도의 목적도 키스를 하는 것이니 거절할 이유는 없다. 하지만 정령이 시도에게 반하지 않은 상태에서 키스를 해봤자 영력이 봉인될 리가 없다. 상대는 쿠루미다. 시도도 선전을 하기는 했지만, 설마 도시락 하나로 그녀가 자신에게 반했을 리가 없다. 즉, 이것은 아무런 의미도 없는 키스다. 하지만 거꾸로 보면 어디까지나 순수한 키스이기에, 시도로서는 대체 이걸 어떻게 받아들이면 좋을지 알 수 없었다. 그러는 와중에도 쿠루미의 부드러운 입술이 점점 다가오더니—.

다음 순간, 쿠루미의 혀가 시도의 볼에 닿았다.

"히익……!"

뜻밖의 감촉에 시도는 새된 비명을 질렀다.

"후훗, 시도 씨. 이쪽 볼에도 밥풀이 붙어 있었답니다."

쿠루미는 미소를 지으면서 자신의 입술을 혀로 핥았다. 시도는 눈을 동그랗게 뜨고 방금 간지러운 감촉이 느껴졌던 볼을 매만졌다.

"어……? 정말이야? 거짓말이지……?"

시도는 얼굴을 붉히면서 볼을 매만졌다. 도시락 전쟁에 열중하고 있었다고는 해도, 양쪽 볼에 밥풀이 붙었을 줄이야.

쿠루미는 그 말을 듣더니 빙긋 웃었다.

"어머, 용케도 알아챘군요."

"……어이."

쿠루미가 즐거운 듯이 그렇게 말하자, 시도는 무심코 도끼눈을 떴다. ……아무래도 시도를 동요시키기 위해 그냥 볼을 핥았을 뿐인 것 같았다.

쿠루미는 그런 시도를 재미있다는 듯이 쳐다본 후, 그제야 정령들이 이 자리에 있다는 것을 눈치챈 것처럼 그녀들을 쳐다보았다.

"우후후. 여러분, 왜 그러시죠? 그렇게 쳐다보시니 부끄럽군요."

"……윽!"

"따, 딱히 쳐다본 적 없거든?!"

"동조. ……저희들은 평소와 마찬가지로 점심을 먹었을 뿐이에요."

"……."

쿠루미의 말에 정령들은 제각각 다른 반응을 보였다.

그러자 쿠루미는 또 웃음을 흘리더니, 천천히 몸을 일으켰다.

"쿠루미?"

"우후후. 그럼 저는 이만 실례하겠어요, 시도 씨. 도시락, 정말 맛있었답니다."

"네 도시락도 꽤 맛있었어."

시도가 그렇게 대답하자, 쿠루미는 몸을 앞으로 숙이며 또 시도를 향해 얼굴을 내밀었다.

그리고 손가락 끝으로…… 시도의 턱을 매만졌다.

"……윽!"

"저기…… 시도 씨. 다음 주 수요일 방과 후에 뭔가 볼일이 있으신가요?"

"수요일……?"

시도는 그 갑작스러운 질문을 듣고 잠시 고개를 갸웃거렸지만…… 곧 쿠루미가 자신과 약속을 잡기 위해 이런 말을 하는 것이라는 사실을 깨달았다.

딱히 그 날에 다른 볼일이 있는 것은 아니고, 현재 시도에게 있어 쿠루미 공략보다 중요한 우선사항은 존재하지 않았다. 그러니 대답은 예스뿐이다.

"……."

하지만 시도는 잠시 생각에 잠긴 후, 도전적인 눈길로 쿠루미를 쳐다보며 입을 열었다.

"미안하지만 그날에는 중요한 볼일이 있어."

"어머, 그런가요?"

"그래. ―내 눈앞에 있는 여자아이에게, 데이트 신청을 할 생각이거든."

시도가 그렇게 말하자, 쿠루미는 놀란 것처럼 눈을 동그랗게 떴다.

"어머, 어머."

그리고 시도의 말이 재미있다는 듯이 미소를 짓더니, 이렇게 말했다.

"마음이 통했군요, 시도 씨. 그럼 그날에는 저에게 시간을 내주세요."

"응. 물론이야. ……아, 『시간을 달라』는 게, 말 그대로의 의미는 아니겠지?"

시도가 눈을 흘기며 물었다. 딱히 이상한 표현은 아니었지만, 인간의 『시간』을 먹는 쿠루미가 그 말을 입에 담으니, 불온한 이중적인 의미를 내포하고 있는 것처럼 들린 것이다.

쿠루미도 시도가 한 말의 의미를 눈치챘는지, 어깨를 희미하게 흔들면서 웃음을 흘렸다.

"우후후, 재미있는 말씀을 하시는군요. 물론 관용구적인 의미로 받아주시면 된답니다. 하지만—"

쿠루미는 말을 멈추고, 시도의 턱에 댄 손가락을 볼 쪽으로 이동시켰다.

"방금 시도 씨가 상상한 의미 쪽도 그날 실현시킬 생각이기는 하지만 말이죠."

"윽……!"

쿠루미가 환하게 웃는 가운데, 쿠루미의 왼쪽 눈이 요사스럽게 빛났다.

너무나도 아름답고, 너무나도 냉철하며, 너무나도 처절한 의지의 빛. 흔들림 없는 각오가 담긴 쿠루미의 눈빛을 본 시도는 무심코 숨을 삼켰다.

"—그럼 이만 실례하죠. 시도 씨, 그날을 고대하고 있겠어요."

쿠루미는 곧 표정을 풀더니, 빙글 뒤돌아서면서 치맛자락을 잡은 후, 무릎을 살짝 굽히면서 인사를 했다.

그리고 그녀는 가벼운 발걸음으로 옥상 문 너머로 사라졌다.

그녀의 등이 시야에서 사라지고, 약 10초 후…….

"……, 하아……!"

시도는 그제야 긴장의 끈이 풀린 것처럼 숨을 크게 내쉬었다.

"시, 시도, 괜찮으냐?"

그러자 맞은편에 앉아있던 정령들이 걱정스러운 표정으로 시도를 쳐다보았다.

"그, 그래……. 괜찮아. 걱정 끼쳐서 미안해. 알고는 있었지만…… 어, 저기, 아파. 오리가미 양, 아프다고요."

오리가미는 물티슈로 집요하게 시도의 볼을 닦았다. 얼굴이 마구 구겨지고 있는 시도의 볼을 타고 땀방울이 흘러내렸다.

그 뒤를 이어, 시도의 공로를 치하하듯 인터컴에서 코토리의 목소리가 흘러나왔다.

『수고했어. 꽤 괜찮았네. 항상 평상 수치를 유지하고 있던 쿠루미의 감정 수치가 꽤 흔들렸어.』

"저, 정말이야?"

『응. 뭐, 어디 사는 누구 씨의 수치도 그에 못지않게 흔들리긴 했어. 특히 마지막에 말이야.』

"윽……."

시도는 그 말을 듣고 말문이 막혔다.

최악의 정령과 벌인 이 대결이 어떤 의미를 지니고 있는지는 시도 또한 충분히 알고 있다. 그렇기 때문에 대책을 세웠으며, 시도 나름대로 건투를 했다고 생각한다.

하지만 직접 쿠루미와 대면하고, 이야기를 나누고, 몸을 맞대고, 서로의 숨결을 느끼자— 견고하다고 생각했던 각오가 흐물흐물 녹아내렸다.

"하지만……."

시도가 반성을 하고 있을 때, 카구야가 표정을 굳히면서 턱에 손을 댔다.

"저기, 쿠루미는 왜 다음 주 수요일에 데이트를 하자고 한 걸까? 무슨 날이야?"

"으음, 글쎄……."

시도가 카구야의 질문을 듣고 고개를 갸웃거리는데, 뭔가를 눈치챘는지 눈을 크게 뜬 이가 한 명 있었다. —오리가미였다.

"다음 주— 수요일……."

오리가미는 그렇게 중얼거리더니, 스마트폰을 꺼내서 조작하기 시작했다.

그리고 잠시 후, 납득을 한 표정을 지으면서 스마트폰의 화면을 다른 이들에게 보여줬다.

"토키사키 쿠루미의 꿍꿍이를 알겠어. 그녀는 분명 그날, 결판을 낼 심산이야."

"그게 무슨…… 아……."

말을 이으려던 시도는 스마트폰의 화면을 보자마자 말을 멈췄다.

오리가미는 고개를 끄덕였다.

“다음 주 수요일. 즉, 2월 14일. 그 날은— 세인트 밸런타인데이.”

조용하지만 희미한 초조함이 묻어나는 목소리로 오리가미가 그렇게 말한 순간, 경보처럼 수업 예비 종이 울렸다.

제3장 소녀의 시간

"다들, 이렇게 모여 줘서 고마워."

그날 밤. 코토리는 정령 맨션의 한 방에 모인 이들을 둘러보며 그렇게 말했다.

어찌된 건지 방의 조명은 어둡게 설정되어 있었으며, 불빛은 테이블 위만 스포트라이트처럼 비추고 있었다.

그런 상황에서 코토리가 테이블에 두 팔꿈치를 대고 양손으로 깍지를 꼈다. 왠지 모르겠지만, 코토리가 평소보다 더욱 사령관다워진 것 같았다.

이 방에는 토카, 오리가미, 요시노, 카구야, 유즈루, 미쿠, 나츠미, 니아, 무쿠로, 이렇게 정령 올스타즈가 전부 모여 있었다. 그녀들은 모두 원탁에 둘러앉아서 턱을 괴거나 기지개를 펴고 있었다.

"흐음, 이런 시간에 대체 무슨 일인 게냐……."

무쿠로는 하암…… 하고 하품을 하면서 물었다.

하지만 그것도 무리는 아니었다. 현재 시각은 밤 12시. 착한 아이는 이미 꿈나라에 있을 시간인 것이다. 무쿠로 이외에도 졸린 듯한 표정을 짓고 있는 이가 있었다. ……뭐, 어찌된 영문인지 낮 시간대보다 기운이 넘쳐 보이는 니아 같은 예외도 있지만 말이다.

코토리는 고개를 살며시 끄덕인 후, 무쿠로의 질문에 답하듯 말을 이었다.

"상황은 이미 설명한 대로야. 오늘 낮, 토키사키 쿠루미는 시도에게 데이트 신청을 했어. 2월 14일, 밸런타인데이에 말이야."

토카는 그 말을 듣더니 팔짱을 끼면서 고개를 갸웃거렸다.

"으음, 애초에 그 밸런타인데이라는 것은 대체 무엇이냐?"

"아…… 미안해. 그러고 보니 아직 그걸 설명하지 않았네. 으음, 밸런타인데이란……."

코토리가 설명을 하려던 순간, 니아가 끼어들었다.

"그건 말이지……. 연인들의 수호성인이라 불리는 성 발렌티누스가 잔인하게 처형당한 날이야~!"

"뭐……?!"

"무, 무시무시한 날……인가요?"

토카와 요시노가 깜짝 놀란 표정을 질렀다. 한편, 코토리는 니아의 머리를 딱 소리가 나게 때렸다.

“기원 자체는 맞지만, 표현방식이 잘못 됐잖아!”

“에헤헤, 미안해. 뭐~, 그 발렌티누스를 기념해 여자가 남자한테 선물을 하는 날, 정도로 생각하면 돼.”

“흠, 선물을 하는 것이냐.”

“질문. 뭘 선물하면 되죠?”

야마이 자매는 좌우대칭으로 고개를 갸웃거리면서 물었다.

“글쎄……. 꼭 뭘 줘야 한다고 정해져 있지는 않지만, 일본에서는 일반적으로 초콜릿을 선물해.”

“호오!”

코토리의 말에 토카가 눈을 반짝였다.

“초콜릿을 선물하는 것이냐……. 그런 멋진 날이 있는 줄은 몰랐다!”

“……저기, 토카. 찬물을 끼얹는 소리를 해서 미안한데, 여자가 남자한테 주는 거야. 네가 주는 입장이란 말이야.”

토카가 손을 내저으며 흥분하자, 나츠미는 미심쩍은 눈빛을 띠면서 그렇게 말했다.

“음? 으음, 나도 안다. ……어? 그렇구나. 나는 먹을 수 없는 거구나. 아니…… 음, 그래도 괜찮다……. 시도에게 선물을 할 수 있다는 것만으로도 충분히 기쁘니 말이다…….”

“눈에 띄게 텐션이 떨어졌네…….”

나츠미는 볼을 땀으로 적시면서 그렇게 말했다. 그러자 코토리는 한숨을 내쉬면서 어깨를 으쓱했다.

"걱정하지 마, 토카. 요즘은 우정 초콜릿이라는 것도 유행하거든. 게다가 그 다음달 14일은 화이트데이야. 이건 밸런타인데이 때 초콜릿을 받은 남자가 초콜릿을 준 여자한테 답례를 하는 날이야."

"오, 오오……!"

토카는 신탁을 받은 성직자처럼 코토리를 우러러 보았다. 그 모습을 본 주위 사람들은 쓴웃음을 지었다.

"으음, 코토리 양. 그런데 그게 왜 문제인 거죠~? 확실히 달링과 밸런타인데이 데이트를 한다니, 부럽기는 하지만……."

미쿠는 손가락을 턱에 대면서 귀엽게 물었다.

이에 코토리는 고개를 끄덕이면서 이렇게 대답했다.

"쿠루미는 그 데이트 때 결판을 낼 심산인 게 분명해. 그리고 만약 시도가 진다면 영력뿐만이 아니라 목숨을 빼앗길 거야. 그러니 가만히 두고 볼 수는 없어."

"……하지만, 아무리 시도라도 자신의 목숨이 걸렸다는 걸 뻔히 알면서도 패배를 인정하지는 않을 거라고 생각하는데……."

"나도 그렇게 생각해. 하지만 쿠루미가 승산도 없으면서 그런 제안을 할 리 없다는 것도 엄연한 사실이야. 그러니 대비를 하는 편이 좋을 거야."

"질문. 구체적으로 어떻게 대비를 한다는 거죠?"

유즈루가 손을 들고 질문을 했다. 그러자 코토리는 고개를 끄덕이면서 손가락 두 개를 세웠다.

“크게 나눠서 방침은 두 가지야. 하나는 우리도 시도에게 초콜릿을 선물하는 거야.”

“타당한 수단이야. 그리고 애초부터 초콜릿을 선물할 생각이었어.”

“맞~아~. 내가 남자였어도, 쿠루밍 한 명한테만 초콜릿을 받는다면 솔직히 뿅 가버릴 거야.”

니아는 농담투로 그렇게 말하며 어깨를 으쓱했다. 그러자 코토리도 그 심정을 이해한다는 듯이 쓴웃음을 지었다.

“하지만 그건 어디까지나 14일에 할 일이야. 초콜릿을 만드는 것도, 당일까지만 준비하면 문제될 건 없어. 굳이 문제가 되는 건 다른 하나야. 밸런타인데이 전까지 최대한 시도가 내성을 길러줬으면 해.”

“내성……?”

토카가 팔짱을 끼면서 고개를 갸웃거리자, 코토리는 보충 설명을 하듯 말을 이었다.

“그래. 당일에 시도가 쿠루미에게 농락당하지 않도록, 미리 면역을 길러주는 거야.”

“흐음. 하지만 무엇에 대한 면역을 길러주려는 게지?”

무쿠로가 묻자, 코토리는 손가락 하나를 세우면서 말했다.

“즉— 어른의 매력이야.”

““““……읏?!””””

코토리의 말에 정령들이 술렁거렸다.

코토리는 그런 정령들을 둘러보면서 말을 이었다.

"라이젠 고등학교에 다니는 애들은 낮에 봐서 알고 있겠지만…… 쿠루미의 가장 큰 위험요소는 바로 남자를 자기 손바닥 위에 올려놓고 가지고 노는 악녀의 여유야. 요염한 수작으로 상대를 홀리는 몽마의 농간이지. 시도가 지금까지 봉인했던 정령 중에는 이런 타입은 없었으니까, 이참에 익숙해질 필요가 있어."

""""……""""

정령들은 그 말을 듣고 마른 침을 삼켰다.

그때 그런 분위기를 깨부수듯, 두 소녀가 힘차게 손을 들었다. 바로 미쿠와 니아였다.

"저요~ 저요~! 저는 달링보다 한 살 많아요~! 누나라고요~!"

"나도, 나도~! 어른의 매력을 풀풀 풍긴다고요!"

두 사람은 자랑하듯 가슴을 쫙 펴면서 그렇게 외쳤다.

하지만 코토리는 인상을 찡그리면서 고개를 저었다.

"문제는 나이가 아냐. 내가 말하는 건 어디까지나 정신연령이거든? 머릿속이 성장하지 않은 사람은 그저 몸집만 커다란 어린애에 불과해."

"으극!"

"끄악!"

미쿠와 니아는 언어로 된 무자비한 나이프에 의해 그대로 격침당했다.

"으으으, 코토리 양은 인정사정이 없군요……. 저는 몸매만 본다면 연상 느낌이 물씬 난단 말이에요……."

"나, 나도, 저기…… 밤샘이 특기인데……."

"……."

미쿠와 니아가 그런 소리를 늘어놓자, 어찌된 영문인지 오리가미가 그녀들의 어깨를 가볍게 두드렸다. 그러자 두 사람은 감정이 북받쳐 오른 것처럼 「우엥~!」 하고 울음을 터뜨리며 오리가미를 끌어안았다. ……뭐, 미쿠는 왠지 손놀림이 좀 엉큼했지만 말이다.

아무튼 세 사람이 그러는 가운데 회의는 계속 진행됐다.

"꽤 골치 아프네. 아무리 허세를 부리더라도, 남자는 연상의 누님에게 농락당하고 싶다는 욕구, 그리고 어리광을 부리고 싶다는 마음을 가지고 있어."

"크큭, 남자는 나이를 얼마나 먹든 결국 어린애라는 것이냐."

"수긍. 카구야는 남자애였군요. 납득했어요."

"그게 무슨 소리야?! 대체 뭘 납득한 건데!?"

"진정해…… 어, 어라?"

바로 그때, 코토리가 갑자기 말을 멈췄다.

"아까 그 세 사람은 어디 간 거야?"

"음?"

코토리의 물음에 토카가 방금까지 오리가미와 미쿠, 니아가 있던 곳을 쳐다보았다.

코토리가 방금 말한 것처럼, 아까까지만 해도 거기에 있었던 세 사람이 어느새 사라진 것이다.

"글쎄……."

"화장실에 간 게 아니겠느냐?"

정령들이 고개를 갸웃거리자, 코토리는 문을 힐끔 쳐다본 후, 말을 이었다.

"뭐, 좋아. 금방 돌아오겠지. ―아무튼, 그 감각을 일시적으로라도 만족시켜 준다면, 쿠루미가 어떤 수를 쓰더라도 시도의 마음은 평온을 유지할 거야. 그러니 우리가 시도의 누나가 되어서, 내성을 길러주자는 거지."

"하, 하지만, 코토리 씨. 저희는 시도 씨보다 몸집이 작아요……."

요시노가 눈썹을 살짝 찌푸리며 그렇게 말하자, 코토리는 표정을 굳히며 고개를 끄덕였다.

"뭐, 어른의 여유를 갖추게 된다면 실제 연령에 상관없이 연상의 매력을 얻을 수 있을 거야. 물론 진짜로 어른이 된다면 효과는 끝내주겠지만, 솔직히―."

"저기……."

코토리가 말을 이으려던 순간, 한 소녀가 머뭇거리면서 손을 들었다.

"어쩌면, 진짜로 가능할 지도 몰라……."

◇

"으……음……."

시도가 낮은 신음을 흘리면서 침대에서 천천히 눈을 떴다.

몽롱하던 의식이 천천히 맑아졌다. 그에 따라 주위의 상황을 점점 파악할 수 있었다.

주위가 아직 어두운 걸 보면, 아직 날이 밝지 않은 것 같았다. 딱히 평소보다 일찍 잠자리에 들지도 않았는데…….

바로 그때였다.

"……음?"

아직도 머릿속에 몽롱한 가운데, 돌아누우려던 시도는 미간을 찌푸렸다.

—몸이, 움직여지지 않았다.

한순간 가위에 눌린 거라고 생각했지만…… 뭔가 좀 달랐다. 정확하게는, 누군가가 자신을 끌어안고 있는 느낌이 들었다.

따뜻하고, 부드러운 감촉이었다. 자신 이외의 누군가가 이불 안에 있는 게 틀림없었다.

"……."

시도는 잠시 동안 아무 말 없이 생각에 잠긴 후, 작게 한

숨을 내쉬었다.

평소 같으면 꿈이나 심령현상을 의심했을지도 모르지만…… 다행인지 불행인지, 시도는 이 현상의 원인을 짐작할 수 있었다.

"오리가미……? 아니면 미쿠? 아, 혹시 니아……?"

시도가 눈을 가늘게 뜨면서 그렇게 말하자 그의 몸을 옥죄고 있던 힘이 약해지더니, 그와 동시에 이불이 걷혔다.

"역시 시도."

"역시 달링!"

"역시~ 소년~."

"우와앗?!"

이불 안에서 나타난 세 사람을 본 시도는 경악에 찬 비명을 질렀다.

설마 용의자 세 명이 전부 다 있을 거라고는 생각도 못했다. 그것도 원인 중 하나지만—.

무엇보다 세 사람이 베이비돌이나 가터벨트 같은 선정적인 속옷을 걸치고 있었던 것이다.

"너, 너희들……?"

시도가 지금 무슨 일이 일어나고 있는 것인지 이해하지 못한 가운데, 그의 얼굴에 당혹스러움이 어렸다.

그러자 세 사람은 미소를 지으면서 시도와 몸을 밀착시켰다.

미쿠의 풍만한 가슴, 그리고 오리가미의 희미하게 갈라진

복근이 좌우에서 시도를 압박했다. 예전에도 피부를 맞댄 적이 있지만, 그녀들의 현재 모습을 봤더니 예전과는 전혀 다른 긴장감과 흥분이 시도의 머릿속에서 소용돌이쳤다.

"자, 잠깐…… 어, 어이……."

"시도, 그냥 우리에게 몸을 맡겨."

"그래요~. 이 누나들이 어리광을 받아줄게요~."

"맞아맞아. 이참에 확 현자가 되어버리면, 쿠루밍도 전혀 무섭지 않을 거야~."

세 사람은 그런 소리를 하면서 시도에게 다가왔다. 평소와 다르게 요염한 그 모습들이 시도의 심장 박동을 격렬하게 만들었다.

하지만—.

"그나저나 남자는 정말 불가사의한 생물이네. 마법사가 되려면 서른 살이 될 때까지 여성을 경험하지 않아야 되는데, 현자는 금방 될 수 있잖아. ……아, 맞아. 그 전에 먼저 바람둥이가 되기 때문이구나! 소년은 바람둥이~."

니아가 평소와 다름없는 어조로 농담을 늘어놓은 덕분에, 뜨겁게 달아올랐던 머릿속이 딱 적절하게 식었다.

"……하아, 정말! 무슨 속셈인지는 모르겠지만, 일단 방으로 좀 돌아가라고!"

시도는 고함을 지르면서 그녀들의 등을 밀며 방 밖으로 쫓아냈다.

"어쩔 수 없네. 다시 올게."
"꺄아~! 강압적인 달링도 멋져요~!"
"으음, 역시 소년은 엉덩이 파구나~."
세 사람은 그런 소리를 하면서 방에서 나갔다.
"정말……."
시도는 고개를 저으며 한숨을 내쉰 후, 어느새 이마에 맺혀 있던 땀을 닦으면서 다시 이불 속으로 들어갔다.
……하지만, 좀처럼 잠이 오지 않았다.
어중간한 시간에 잠에서 깬 데다, 이불 안에 오리가미 일행의 체취가 희미하게 남아있었기 때문에 심장이 격렬하게 뛴 것이다.
그리고—.
"……응?"
그로부터 얼마나 흘렀을까. 시도는 갑자기 눈썹을 찌푸렸다.
창밖— 베란다에서 작은 소리가 들렸다.
"무슨 소리지……?"
마치 누군가가 창문에 노크를 하는 듯한 소리다. 침대에 누워 있던 시도는 미심쩍은 표정을 지으면서 몸을 일으켰다. 그리고 눈을 비비면서 창가로 걸어간 후, 커튼을 움켜잡았다.
하지만 그 순간, 시도는 움직임을 멈췄다.
졸음 때문에 판단력이 떨어진 탓인지, 지금까지 생각이 미치지 않았다. ―이런 한밤중에 시도의 방 창문에 노크를 하는 방문자가 나타난 사태가 얼마나 비정상적인지를 말이다.

"설마, 쿠루미……?"

시도는 미간을 찌푸리면서 그렇게 중얼거렸다. 그렇다. 한밤중에 이런 방법으로 시도를 찾아올 사람은 흔치―.

"……아, 꽤 될지도 모르겠네."

방금 자신의 침대 속에 침입했던 이들의 얼굴을 떠올린 시도는 깊은 한숨을 내쉬었다. ……그리고 쿠루미보다는 그 세 사람이 다시 습격을 감행했을 가능성이 크다는 생각이 들었다.

하지만 이대로는 아무 것도 알 수 없다. 시도는 심호흡을 한 다음, 각오를 다지며 커튼을 걷었다.

하지만…….

"어라……?"

창밖에는 아무도 없었다. 그뿐만 아니라 시도가 커튼을 걷은 순간, 방금까지 들리던 소리까지 멎었다.

"이상하네. 분명……."

시도는 고개를 갸웃거리면서 창문을 열고 베란다로 나갔다. 서늘한 공기가 따뜻한 이불 속에서 방금 빠져나온 시도의 몸을 덮쳤다.

"으으…… 추워."

시도는 샌들을 신고 주위를 두리번거렸지만, 역시 수상한 인물이나 꼭두새벽부터 날아다니는 새는 보이지 않았다.

잠이 아직 덜 깬 걸까……. 시도는 머리를 긁적이면서 방 안으로 들어가려 했다.

그러자, 바로 그 순간…….

"—후후, 후후."

"……윽?!"

어딘가에서 들려오는 웃음소리에 시도는 몸을 부르르 떨었다.

"뭐, 뭐야……?"

느닷없이 들려온 목소리에 놀란 시도는 다시 주위를 둘러보았다.

그러자 방금 그 목소리의 뒤를 잇듯 여러 목소리가 줄지어 들렸다.

"흐음, 얘가 이츠카 시도야?"

"음…… 평범하네. 좀 의외야."

"그래? 꽤 귀여운 것 같지 않아?"

"이, 이게 대체……."

시도는 당혹스러운 표정을 지으며 목소리가 들려오는 곳을 찾기 위해 주위를 둘러보았다. 하지만 주위에는 아무도 없었다.

쿠루미의 분신들이 그림자 안에서 말하고 있는 건 아닐까 하고 의심했지만— 그렇지 않았다. 주위에서 들려오는 목소리는 쿠루미의 목소리와 명백하게 달랐다.

"누구야?! 왜 나를 찾아온 거냐고!"

시도는 그렇게 외쳤다. 그러자 정적이 감도는 밤하늘에 시도의 목소리가 울려 퍼졌다.

바로 그때, 그 말에 답하듯 주위에서 많은 이들의 웃음소리가 들려왔다.

그리고, 그와 동시에—.

하늘에서 종이 몇 장이 떨어졌다.

"종이……?"

시도는 고개를 갸웃거리면서 몸을 숙여 그 종이를 주우려 했다.

하지만 시도가 종이에 손을 댄 순간, 베란다에 떨어진 종이가 흐릿한 빛을 뿜더니—.

"짜잔!"

종이에서 여자아이가 튀어나왔다.

"우왓……?!"

시도는 그 갑작스러운 일에 놀란 나머지 엉덩방아를 찧었다. 그러자 소녀는 그런 시도가 재미있다는 듯이 웃음을 흘렸다.

"아하하하! 너무 놀라는 거 아냐?"

"너, 너는……."

망연자실한 표정으로 소녀의 얼굴을 올려다보며, 그런 어이없는 질문을 던진 시도는 곧 숨을 삼켰다.

아직 멍하던 의식이 그 충격적인 광경 때문에 억지로 깨어난 것 같았다.

이게 꿈이 아니라 현실이라면, 종이에서 사람이 튀어나올 리가 없다.

그리고 시도는 마나에게서, 이런 소녀가 존재한다는 이야기를 이미 들었다.

"설마, DEM의……?!"

시도가 경악을 금치 못하며 그렇게 말하자, 주위에 흩어져 있던 종이에서 똑같이 생긴 소녀들이 차례차례 기어 나왔다.

그것은 쿠루미의 분신들이 일제히 모습을 드러내는 광경을 연상케 했다. 이 세상에 존재하는 법칙을 완전히 무시하는 그 부조리한 현상을 본 시도는 잠시 동안 말문이 막히고 말았다.

"흐음, 나를 아는 구나?"

"하지만, 『DEM의』라는 표현은 좀 그렇지 않아?"

소녀들은 불만을 표시하듯 입술을 삐죽 내밀었다.

하지만 시도는 그 말에 대꾸하지 못했다.

사방에서 들려오는 수많은 말 중, 한 소녀가 입에 담은 말이 믿기지 않았기 때문이다.

"그래, 맞아. 우리도— 일단은 **정령**이거든."

그 말을 들은 순간—.

"뭐……?!"

시도는 경악하며 눈을 치켜떴다.

"저, 정령……?!"

그렇다. 방금 한 소녀는 분명 그렇게 말했다.

머릿속이 혼란스러웠다. 확실히 정령 중에는 쿠루미처럼 분신을 만드는 힘을 지닌 자가 있을지도 모른다. 하지만 왜 정령이, 정령을 죽이려 하는 DEM에게—.

시도가 당혹스러워하자, 또 다른 정령이 말을 이었다.

"응. 〈니벨코르〉라고 해. 괜찮은 이름이지?"

"뭐, 아버님이 우리를 만들었으니까, 네가 아는 정령들과는 좀 다를지도 모르지만 말이야."

"그, 그게 무슨 소리야……?"

시도가 얼이 나간 채 그렇게 되묻자, 소녀— 〈니벨코르〉는 어깨를 으쓱했다.

"후후, 알고 싶어?"

"가르쳐 줘도 되지만, 딱히 의미는 없지 않을까?"

"왜냐하면 너는— 지금 이 자리에서 죽을 테니까 말이야."

〈니벨코르〉는 태연하기 그지없는 어조로 그렇게 말했다.

그 목소리에서는 악의는 고사하고 살의조차 느껴지지 않

았다. 별생각 없이 나누는 인사, 혹은 볼일을 보러 가는 이에게 뭘 좀 사다달라고 부탁하는 것처럼 태연했다.

그 말을 들은 시도가 한순간 얼이 나가버릴 정도로 말이다.

"……윽!"

하지만 시도는 일반적인 남자 고등학생에 비해 매우 빠르게 반응했다. 그다지 고맙지는 않지만, 몇 번이나 생명의 위기를 겪은 경험이 시도가 몸을 움직이게 한 것이다. 시도는 뒤돌아서 〈니벨코르〉에게서 도망치듯 베란다를 박찼다.

하지만—.

"어……?"

다음 순간, 시도는 자신의 목에서 흘러나온 그 목소리를 들었다.

그와 동시에 시야가 흔들리더니, 시도는 그대로 베란다에 내동댕이쳐졌다.

그제야 자신의 몸을 쳐다본 시도는 깨달았다.

—도망치려했던 자신의 두 발이 깨끗하게 잘려나갔다는 사실을 말이다.

"크…… 아, 아아아아아아아아아아아아아악!"

다음 순간, 뇌를 으스러뜨리는 듯한 엄청난 고통이 시도를 덮쳤다.

어두운 밤하늘이 번쩍이고 있는 듯한 착각이 들었다. 흥분과 긴장으로 인해 심장이 격렬하게 뛰더니, 다리의 절단면에서 엄청난 양의 피가 쏟아져 나왔다.

"도망칠 수 있을 것 같아?"

"무리야, 무리. 아버님한테 지시를 받았거든."

"너는 이미 죽은 거나 다름없어."

〈니벨코르〉는 여전히 느긋한 어조로 말을 이었다.

하지만 다음 순간, 시도에게서 흘러나오는 피를 뒤집어쓰고도 꿈쩍 하지 않던 〈니벨코르〉의 눈썹이 꿈틀거렸다.

"어……? 이게 뭐야? 대단하네."

"다리가 불타고 있잖아? 어, 잘려나간 다리가 붙으려고 하네?"

카마엘
"흐음…… 이게 〈작란섬귀(灼爛殲鬼)〉의 재생능력이구나. 쓸 만해 보이네."

그녀들은 입을 모아 그렇게 말하며 흥미롭다는 듯이 시도의 발을 쳐다보았다. 마치 길을 가다 신기한 벌레를 발견한 어린아이 같은 반응이었다.

확실히 〈니벨코르〉의 말대로 시도의 다리에 생긴 절단면에는 불꽃이 맺혀 있었다. 극심한 고통에 엄청난 열기가 더해지더니, 시도의 통각을 극도로 자극하고 있었다.

불꽃은 〈니벨코르〉가 말한 것처럼 잘려나간 시도의 발을 붙여주려 하고 있었다. 그것은 코토리의 천사 〈카마엘〉이 지닌 치유의 불꽃이었다.

"아하, 이것 때문에 성가신 거구나."

"응. 죽여도 죽지 않는다니, 왠지 약아빠졌네."

"이래서야 아버님의 부탁을 들어드릴 수가 없겠어. 어떻게 하지?"

〈니벨코르〉는 고개를 갸웃거리더니, 상의를 하듯 서로를 쳐다보았다. 그리고 고개를 끄덕이더니, 다시 시도를 향해 고개를 돌렸다.

"뭐, 이 방법밖에 없겠네."

"응. 이 방법밖에 없겠어."

"—완전히 숨통이 끊어질 때까지, 계속 죽이자."

〈니벨코르〉가 그렇게 말한 순간, 시도의 온몸에 어마어마한 충격이 가해졌다.

"……읏?!"

그 뒤를 이어 시야가 새빨갛게 변하더니, 극심한 통증이 엄습했다.

마치 통각신경이 자아를 가진 채, 격렬하게 날뛰고 있는 듯한 느낌이었다. 시도가 〈카마엘〉의 가호를 지니지 않았다면, 순식간에 쇼크사했을 정도의 통증이었다.

시도는 이제 알아들을 수조차 없는 목소리로 울부짖었다.

가브리엘
소리의 천사 〈파군가희(破軍歌姫)〉로 통증을 가라앉히려 했지만— 무리였다.

〈니벨코르〉가 끊임없이 퍼부어대는 순수하게 느껴질 정도로 무자비한 공격이, 재생을 반복하는 시도의 몸에 구멍을 내고, 으스러뜨리고, 갈가리 찢었다.

이윽고, 시도의 의식은 어둠에 빠져들었다.

◇

"……으아아아아아아아아악?!"

목청껏 절규를 지르며— 시도는 침대에서 벌떡 몸을 일으켰다.

"……윽?! 으윽?!"

몇 초 후, 시도는 망연자실하게 눈을 크게 뜨고 주위를 둘러보았다. 눈에 익은 자신의 방이었다. 창문 너머를 쳐다보니, 꽤 높이 떠오른 태양에서 햇살이 쏟아져 들어오고 있었다.

"……윽!"

잠시 후, 시도는 허둥지둥 자신의 몸 곳곳을 손으로 매만졌다.

그리고 구멍이 뚫리지 않은 배와 가슴, 잘려나가지 않은 두 발, 그리고 몸을 살필 두 손이 존재한다는 사실을 확인하고 안도의 한숨을 내쉬었다.

"……아무리 악몽이라도 이건 너무 심하잖아……."

시도가 이마의 땀을 닦자, 소매가 땀에 의해 홍건하게 젖었다. 단순히 자다가 땀을 좀 흘린 정도가 아니라, 자는 사이에 장대비라도 맞은 것 같았다.

시도는 방금까지 자신이 꿨던 악몽을 — 떠올리고 싶지도 않지만 반강제적으로 — 떠올리더니, 무심코 몸을 부르르 떨었다.

대체 어떤 마음의 불안을 안고 있으면 그런 악몽를 꾸게 되는 걸까. ……아니, 대체 어디서부터 어디까지가 악몽인 걸까.

시도는 아직도 뇌리에 남아있는 극심한 통증을 떨쳐내려는 듯이 고개를 내저은 후, 젖은 이불을 걷어내며 몸을 일으켰다.

그리고 자신의 가슴 언저리를 향해 손으로 부채질을 하면서, 샤워를 하기 위해 1층으로 향했다.

"……어?"

계단을 내려가던 도중, 시도의 눈썹 끝이 희미하게 떨렸다.

1층 쪽에서 좋은 냄새가 풍겨오더니, 탁탁탁…… 하고 식칼과 도마가 자아내는 리드미컬한 소리가 들려왔던 것이다.

마치— 누군가가 아침 식사를 준비하고 있는 것처럼 말이다.

"코토리일까……?"

시도는 고개를 갸웃거리면서 그렇게 중얼거렸다.

이 집에는 현재 시도와 코토리만 살고 있으니, 아마 그녀가 틀림없을 것이다. 아침 식사…… 아니, 대부분의 식사는 시도가 만들지만, 어젯밤에 꿈자리가 뒤숭숭했던 탓에 오늘은 좀 늦게 일어났다. 어쩌면 코토리가 시도를 배려해서 아침 식사를 대신 준비하고 있는 것일지도 모른다.

하지만 시도는 위화감을 느꼈다. 코토리가 이렇게 경쾌한 칼질을 할 줄 알았던가……?

그런 생각을 하면서 1층으로 내려간 시도는—.

"……어?"

거실에 있는 이들을 보고 얼이 나가 버렸다.

"응? 아, 시도. 좋은 아침이야."

소파에 걸터앉아 있던 여성이 손을 흔들면서 인사를 했다.

하지만 시도는 그 인사에 답하지 못했다. 그저 입을 쩍 벌린 채, 망연자실하게 눈만 크게 떴다.

그럴 만도 했다. 그녀는 바로, **시도보다 나이가 많은 코토리**였던 것이다.

그 열두 문자 안에는 말도 안 되는 모순이 담겨 있었다. 시도는 자신이 아직도 꿈을 꾸고 있다고 생각하며 볼을 꼬집었다. 아팠다.

나이는 스무 살 정도일까. 쭉 뻗은 팔다리와 어른스러운 얼굴을 지닌 그녀는 머리카락을 묶지 않았으며, 검은색 리본을 손목에 차고 있었다.

하지만 가장 먼저 눈에 들어온 것은 바로 그녀의 가슴이었다. 같은 또래 소녀에 비해 약간 조신했던 코토리의 가슴이 부자연스러울 정도로 팽창되어 있었던 것이다.

그런 누님 코토리는 알몸에 와이셔츠 한 장만 걸친 채, 소파에 걸터앉아 나른한 눈길로 텔레비전을 보고 있었다. 그런 그녀의 모습은 출근하기 전의 여성 회사원 같아 보였다.

"왜 멍하니 서있는 거야? 아, 혹시 이 누나의 각선미에 매료된 거야? 흐음, 시도도 남자는 남자구나."

시도가 경악을 금치 못하며 눈을 치켜뜨고 있자, 코토리는 장난기 섞인 미소를 지으면서 일부러 다리를 바꿔 꼬았다. 와이셔츠 자락 아래로 쭉 뻗은 요염한 다리가 자아내는 각선미를 본 시도는 무심코 숨을 삼켰다.

"……읏! 그, 그런 게 아니라! 코토리…… 맞지? 자, 잠깐만, 어? 대체 뭐가 어떻게 된 거야……?"

"응? 뭐가 말이야?"

"아니, 네가 이렇게 성장한 걸로 모자라 가슴 언저리가 너무 부자연— 커억?!"

말을 이으려던 시도의 얼굴에 코토리가 던진 쿠션이 작렬하자, 그는 무심코 몸을 젖혔다.

"시도 씨."

시도가 쿠션에 정통으로 맞은 콧등을 매만지고 있을 때, 이번에는 부엌 쪽에서 목소리가 들려왔다.

부엌을 향해 고개를 돌려보니, 성장한 요시노가 아침 식사 준비를 하고 있는 광경이 눈에 들어왔다.

머리카락을 모아 묶고, 상의 소매를 걷어 올렸으며, 심플

한 디자인의 앞치마를 걸치고 있는 그 모습은 그야말로 새색시라는 말에 걸맞아 보였다.

참고로 그런 요시노의 발치에는 조그마한 여자아이 세 명이 있었다. 시도는 한순간 혼란에 빠졌지만, 곧 그 여자아이들이 오리가미와 미쿠, 그리고 니아가 작아진 모습이라는 걸 깨달았다. 어찌된 영문인지 그녀들은 목에 『저희는 새치기를 했습니다. 정말 잘못했습니다.』 라고 적힌 팻말을 걸고 있었다.

"실수했어. 하지만 나는 포기하지 않을 거야. 연하는 누나가 될 수 없다고 누가 정한 것도 아니잖아."

"너무해요~! 왜 저희는 어려진 거냐고요~! 저도 달링을 더 유혹하고 싶단 말이에요~!"

"아하하. 뭐, 비교 대상이 있으면 더 어른스러워 보일 테니까 말이야. 우리가 있는 덕분에 단순한 새색시가 어머님 속성을 가지게 되잖아."

"헉……?! 그, 그것도 괜찮은 것 같네요……!"

미쿠는 니아의 말을 듣더니 하늘의 계시라도 받은 듯한 표정을 지었다. 그리고 어리광을 부리듯 요시노의 다리를 꼭 끌어안았다.

요시노는 쓴웃음을 지으면서 그런 미쿠의 머리를 상냥히 쓰다듬어준 후, 시도를 쳐다보았다. 그와 동시에 요시노가 왼손에 낀 토끼 모양 퍼핏 인형 『요시농』(어찌된 영문인지 수

염이 달려 있다)이 손짓을 했다.

『시도, 엄마가 간 좀 봐줬으면 하는 것 같아. 참고로 나는 아빠야.』

"저기…… 부탁드려도, 될까요? 아니지, 저기, 부탁해도, 되겠니……?"

"응……? 아, 알았어……."

시도는 얼떨떨한 표정을 지으면서 순순히 요시노에게 다가갔다. 그리고 요시노가 내민 조그마한 접시에 담긴 된장국을 맛봤다.

"으음…… 맛있어. 육수도 제대로 우러난 것 같네."

"정말? 그럼…… 저기, 다행이야."

요시노는 그렇게 말하면서 옅은 미소를 지었다.

평소의 다르게 단아함과 포용력이 우러나오는 분위기가 요시노에게서 느껴지자, 시도는 무심결에 가슴이 뛰었다.

하지만 이내 마음을 가라앉히며 고개를 세차게 저었다.

"……아, 아니, 그것보다! 대체 뭐가 어떻게 된 거야?! 어젯밤의 그 일은 꿈이 아니었던 거야?!"

시도가 고함을 지르듯 그렇게 외치자, 발치에 있던 조그마한 오리가미가 입을 열었다.

"이건 훈련의 일환이야."

"후, 훈련……?"

"그래. 시도는 이번 달 14일에 토키사키 쿠루미의 색기에 현혹되지 않도록, 내성을 쌓아야 해."

"내성…… 어떻게 말이야?"

"시도는 평소처럼 지내면 돼. 하지만 시도의 심박수 및 흥분 수치를 모니터링하고 있어. 그 수치가 일정 수준을 벗어나지 않도록 평상심을 유지해줬으면 해."

"하아……."

그 설명에 시도는 볼을 긁적이면서 한숨을 내쉬었다. 그러자, 뒤편에 있던 코토리가 덧붙이듯 이렇게 말했다.

"아, 그리고 벌칙도 준비해뒀으니까 안심해. 흥분 수치가 요주의 레벨에 들어서고 10초가 지날 때마다, 시도가 옛날에 그렸던 일러스트가 SNS에 한 장씩 업로드 되게 해뒀어."

"젠장! 요즘 들어 그런 일을 안 당해서 정말 좋았는데……!"

시도가 새된 목소리로 그렇게 외치자, 코토리는 아하하 하고 즐거운 듯이 웃었다. 그 모습은 영락없이 동생을 놀리는 누나 그 자체였다.

불만이 없는 건 아니지만, 이렇게 되면 하는 수밖에 없다는 사실을 시도는 경험을 통해 알고 있다. 그는 한숨을 내쉬면서 오리가미를 향해 고개를 돌렸다.

"……그런데 코토리와 요시노는 왜 누님으로 변한 거야?"

"시도는 누님에게 대시를 받으면 그대로 넘어갈 것 같기 때문이야."

"그건 너무 실례되는 소리 아냐?!"

시도가 무심코 외치자, 오리가미는 고개를 갸웃거렸다.

"그럼, 대시를 받아도 괜찮은 거야?"

"그, 그야, 나도 목숨이 걸려 있잖아……. 지금도 어찌 보면 사회적으로 매장당할 위기에 처했다고……."

"그렇구나."

오리가미는 짤막하게 대답한 후, 곧바로 손가락을 튕겼다.

그러자 두 사람의 이야기를 듣고 있던 니아와 미쿠가 반응하더니, 요시노가 입은 옷의 자락을 움켜쥐고 단숨에 잡아당겼다.

다음 순간, 요시노의 옷이 좌우로 찢어지더니 그녀는 앞치마만 걸친 상태가 되었다. 정숙한 새색시가 순식간에 한밤중의 요부로 변모한 것이다.

"꺄, 꺄아……!"

"으윽……?!"

눈앞에서 그런 갑작스러운 일이 벌어지자, 시도는 경악했다. 하지만 놀란 사람은 시도만이 아니었다. 요시노는 얼굴을 새빨갛게 붉히면서 그 자리에 털썩 주저앉았다.

누님에게 대시를 당하는 것과는 정반대의 상황이다. 하지만 이 비도덕적인 느낌, 그리고 요시노에게서 풍겨져 나오는 색기 때문에 시도는 그대로 딱딱하게 굳어버렸다.

그 순간, 거실 어딘가에서 경보음이 들려왔다. 아무래도 시도의 심박수가 일정 수치를 넘어선 것 같았다.

"으윽……!"

어떻게든 심박수를 낮춰야만 한다. 시도는 허둥지둥 고개를 돌리더니, 의자 등받이에 놓여 있던 상의를 요시노의 어깨에 걸쳐줬다.

하지만 그 순간, 다음 자객이 시도의 눈앞에 나타났다.

"시도……가 아니지! 이츠카 군! 수업을 시작하겠다! ……시작하겠어요!"

안경을 쓰고, 가슴이 강조되는 정장을 입은 여교사 스타일의 토카가 어느새 나타난 것이다.

그녀 또한 시도보다 연상인 20대 정도로 몸이 성장해 있었다. 게다가 옷 사이즈가 약간 작은지 꽤나 육감적인 실루엣이 강조되고 있었기에, 시도는 무심코 그녀의 가슴 언저리에 눈길을 주고 말았다.

"음? 이츠카 군, 왜 그러느냐?"

"아, 아무 것도 아냐……."

시도는 고개를 돌리면서 얼버무리듯 어험 하고 헛기침을 했다.

그런 시도를 본 토카는 영문을 모르겠다는 표정을 지었다. 흉기에 가까운 에로틱함이 온몸에서 뿜어져 나오고 있는데도, 그녀는 전혀 자각하지 못한 것 같았다. 그 갭이 시도의 마음을 더욱 동요하게 만들었다.

하지만 그 사실을 전혀 눈치채지 못한 토카는 모델 같은 걸음걸이로 시도에게 다가가더니, 그의 손을 잡아끌고 가서 부엌의 의자에 앉혔다.

그리고 옆에 의자를 하나 놓고 시도에게 붙어 앉았다.

“으, 으음……?”

“자, 이츠카 군. 토카 선생님의 벌꿀처럼 달콤한 수업을 시작하겠다. 나와 함께…… 음?”

말을 하던 토카가 갑자기 눈썹을 찌푸리더니, 호주머니에서 메모를 꺼내 거기에 적혀 있는 문장을 확인했다.

“아, 맞다. 불건전한 과외수업을 하기로 했었지. 각오는 됐느냐? 으음, 우선 보건체육부터 가르쳐주마. 암술과 수술이…….”

“대체 누가 이딴 식으로 캐스팅을 한 거야?!”

시도는 비명에 가까운 목소리로 그렇게 외치면서 벌떡 일어섰다.

“이츠카 군, 어디 가는 것이냐!”

“세, 세수 좀 하고 올게……!”

시도는 새빨개진 볼과 달아오른 얼굴을 식히기 위해 세수를 하러 갔다. 경보음은 아까부터 계속 울리고 있었다. 이대로는 안 된다. 어떻게든 이 상황을 타개해야만 한다.

“우왓……?!”

하지만, 화장실의 문을 연 시도는 또 딱딱하게 굳어버렸다.

이유는 단순했다. 목욕수건 한 장만 몸에 두른 나츠미가 그곳에 있었기 때문이다.

물론 나츠미 또한 평소의 그녀가 아니었다. 천사 〈위조마녀(하니엘)〉를 사용해 어른으로 변한 나츠미였다.

혼란에 빠진 시도는 그 모습을 보고서야 누가 다른 이들을 변신시켰는지 깨달았다.

"어머……?"

나츠미는 미소를 머금으면서 시도를 쳐다보았다. 샤워라도 한 것인지 촉촉이 젖은 머리카락이 새하얀 피부에 달라붙어 있는 모습이 정말 요염하기 그지없었다.

"우후후. 안녕, 시도 군. 아쉽게 됐네. 1분만 일찍 왔다면 나는 수건을 두르지 않았을 거야."

"……윽! 너, 너, 지금 무슨 소리를……."

그 뜻밖의 말은 안 그래도 빨갛던 시도의 얼굴을 그야말로 홍당무로 만들었다. 나츠미는 그런 시도의 턱을 손가락으로 매만지면서 즐거운 어조로 말했다.

"혹시 나를 벗기기 위해 일부러 기다린 거야? 후후…… 나쁜 아이네."

나츠미는 그렇게 말하면서 시도의 손을 잡더니, 자신의 가슴 쪽으로 가져갔다.

"자, 잠깐만……?!"

시도는 허둥지둥 손을 뒤쪽으로 뺐다. 하지만 너무 힘을 준 바람에 뒤편으로 벌러덩 쓰러지고 말았다.

"아얏!"

등과 머리를 바닥에 찧은 시도는 인상을 찡그리며 뒤통수를 손으로 문질렀다.

바로 그때, 누군가의 그림자가 시도에게 드리워졌다.

"어……?!"

시도는 숨 쉴 겨를도 없이 또 눈을 치켜떴다.

그럴 만도 했다. 이번에 나타난 이는 정장 위에 흰색 가운을 걸친 여의사 스타일의 카구야와, 치마가 매우 짧은 간호사복을 입은 유즈루였던 것이다.

"크큭, 왜 그러느냐. 어디 아픈 것이냐? 어디, 이 몸이 아픈 곳을 살펴봐주마."

"지적. 카구야, 나츠미가 어른으로 만들어줬는데 그런 말투를 쓰면 말짱 꽝이에요."

"……윽! 시, 시끄러워! 그러는 유즈루도 말투는 변함없잖아!"

두 사람은 평소와 마찬가지로 또 다투기 시작했다.

그것 자체는 딱히 아무런 문제도 없었다. 문제는— 짧은 치마를 입은 두 사람이 바닥에 드러누운 시도의 얼굴 위에서 말다툼을 벌이고 있다는 점이었다.

"……윽!"

시끌벅적한 경보음이 들리자, 시도는 허둥지둥 몸을 일으키고 복도를 향해 걸어갔다.

우선 심장부터 진정시켜야 한다고 생각한 시도는 일단 집

밖으로 나가기 위해 현관으로 향했다.

하지만, 그곳에는 최후의 수문장처럼 누군가가 기다리고 있었다.

"흐음. 나리, 어디에 가려는 게냐?"

"무쿠로……?!"

그렇다. 다른 이들과 마찬가지로 어른이 된 무쿠로가 기모노 차림으로 현관을 막아서듯 서 있었던 것이다.

게다가 무쿠로가 입은 것은 평범한 기모노가 아니었다. 눈부신 무늬가 새겨진 허리띠가 앞쪽으로 매듭이 매여 있었으며, 어깨가 대담하게 드러나 있었다.

흔히, 기녀 스타일이라고 하는 복장이었던 것이다.

"우와……."

안 그래도 키에 비해 육감적인 몸매를 지니고 있었던 무쿠로가 나츠미의 힘으로 성장하자, 핵폭탄에 버금가는 파괴력을 지니게 되었다. 그리고 간들거리는 걸음걸이로 다가올 때마다 그녀의 풍만한 가슴이 흔들리며 시도의 시선을 유혹했다.

경보음이 아까보다 크게 울렸다. 시도는 자신을 향해 다가오는 무쿠로를 어찌어찌 돌파한 후, 현관문을 열고 밖으로 나가려 했다.

하지만—.

"으음. 기다리거라, 나리."

"우왓?!"

문을 연 순간, 무쿠로에게 바지자락을 밟힌 시도는 균형을 잃으며 앞쪽으로 쓰러졌다.

하지만— 시도는 넘어지지 않았다.

정확하게 설명하자면, 현관문 앞에 서 있던 인물의 가슴에 시도의 얼굴이 그대로 파묻혀 버렸다.

"어…… 뭐…… 어엇?!"

"……음?"

혼란에 빠진 시도의 머리 위에서 차분한 목소리가 들려왔다. 시도가 머뭇거리면서 고개를 들어보자, 그 사람은 〈라타토스크〉의 해석관인 무라사메 레이네였다.

"레, 레이네 씨……! 죄송해—."

"……아."

시도가 말을 끝까지 잇기도 전에…….

레이네는 뭔가를 납득한 것처럼 고개를 끄덕이더니, 시도의 뒤통수에 손을 대고 그대로 그의 얼굴을 자신의 가슴에 밀착시켰다. 그리고 겸사겸사 그의 머리를 상냥하게 쓰다듬어줬다.

"……착하다, 착해."

"—으윽?!"

시도가 당혹스러워하며 혼란에 빠진 가운데, 뒤편에 있던 정령들이 「오오……」 하고 탄성을 외치며 박수를 쳤다.

◇

시도의 집에서 소동이 벌어지고 몇 시간이 지난 후…….

나츠미의 〈하니엘〉로 원래 모습으로 돌아온 코토리 일행은 텐구 시 대로에 있는 제과재료 전문점에 와 있었다.

코토리는 다른 이들을 둘러본 후, 허리에 손을 대고 입을 열었다.

"자, 주목. 으음~, 제1차 시도 훈련은 너희 덕분에 어느 정도 성과를 거뒀어."

코토리의 말에 니아와 미쿠는 소곤소곤 이야기를 했다.

"정말일까~. 그냥 레이넷찌의 공로인 것 같은 느낌이 드는데 말이야."

"역시 저희도 참전하는 편이 좋았을 것 같네요~."

"어험!"

코토리는 다 들린다는 듯이 일부러 헛기침을 했다.

"그런고로, 다음 작전을 시행할까 해."

그렇다. 바로 그 다음 작전 때문에 그녀들은 이곳을 방문한 것이다.

즉, 14일에 시도에게 줄 초콜릿 제작이다.

"각자 마음에 드는 재료를 찾아봐. 꼭 필요한 게 뭔지는 아까 설명해줬지만, 혹시 뭘 사면 좋을지 모르겠으면 나나 레이네에게 물어보도록 해. 알았지?"

"음!"

"예……!"

"알았어."

정령들이 대답을 한 후, 가게 곳곳으로 흩어졌다. 코토리는 그런 그녀들의 등을 쳐다본 후, 한숨을 내쉬면서 「자—」 하고 말했다.

"그럼 우리도 가자."

"……응. 좋아."

코토리가 그렇게 말하자, 옆에 서 있던 레이네가 대답했다.

현재 레이네는 〈라타토스크〉의 제복이나 학교에 있을 때의 흰색 가운 차림이 아닌, 고급스러운 색상의 튜닉[#2]으로 몸을 감싸고 있었다. 호주머니에서 고개만 쏙 내밀고 있는 흉터투성이 곰 인형이 왠지 섬뜩한 분위기를 자아냈다.

레이네는 아까 우연히 시도의 집을 방문한 게 아니었다. 원래 코토리가 레이네에게 초콜릿 재료 선정 및 제작 감독 역할을 부탁했던 것이다.

"자, 그럼 우선 베이스가 될 초콜릿부터 골라볼까……."

코토리는 그렇게 중얼거리면서 레이네와 함께 가게 안쪽으로 걸어갔다.

이 가게도 이 시기가 대목인지 커다란 진열대에 여러 종류의 초콜릿이 줄지어 놓여 있었으며, 곳곳이 화려한 홍보 패

#2 튜닉(tunic) 허리 밑까지 내려오며 띠를 두르는, 여성용의 낙낙한 블라우스 혹은 코트.

널과 초콜릿 레시피로 꾸며져 있었다.

"흐음, 종류가 꽤 많네."

하나같이 편의점에서 파는 흔한 제품과는 달랐으며, 내용물이 보이게 포장이 되어 성분표만 붙어 있는 간소한 패키지였다. 각각 카카오의 산지와 배합비율이 다른 것 같았으며, 멀리서 보니 아름다운 그라데이션을 이루고 있었다.

그리고 그 선반 앞에는 네 명의 소녀가 서 있었다. 토카, 요시노, 나츠미, 무쿠로였다. 다들 진지한 표정으로 줄지어 놓인 초콜릿과 눈싸움을 벌이고 있었다.

"다들 어때? 괜찮아 보이는 게 있어?"

코토리가 말을 걸자, 네 소녀는 그녀를 향해 고개를 돌렸다.

"오오, 코토리. 으음…… 전부 맛있어 보인다만, 종류가 너무 많구나."

"예……. 어느 게 좋은지 몰라서 고민이 돼요."

"……맞아. 좀 얕본 것 같네."

"흐음, 나리의 여동생이여. 이 베네수엘라산(産) 카카오와 콜롬비아산 카카오는 대체 어떻게 다른 게지?"

"뭐……?"

무쿠로의 뜻밖의 물음에, 코토리의 볼을 타고 땀방울이 흘러내렸다.

아까는 잘난 척 하듯 「당연히 수제 초콜릿을 선물해야지」 라고 말하기는 했지만, 코토리는 옛날에 어머니와 함께 시판되는 수제 초콜릿 세트로 엉성한 초콜릿을 만들어본 경험이 다였다. 그런 그녀가 산지에 따른 풍미의 차이 같은 것을 설명할 수 있을 리가 없었다.

하지만 모르는 게 있으면 물어보라고 말해놓고 이제 와서 모른다는 소리를 할 수는 없었다. 이러지도 저러지도 못하는 상황에 처한 코토리는 당황한 채 시선을 계속 피했다.

"으, 으음…… 그게 말이지……."

바로 그때, 코토리의 고뇌를 눈치챈 누군가가 그녀의 어깨에 손을 얹었다. ―바로 레이네였다.

"레이네……?"

"……응."

레이네는 자기한테 맡기라는 듯이 고개를 끄덕인 후, 정령들을 둘러보며 말했다.

"……카카오는 향이 좋은 크리오요 종, 질병에 강한 포라스테로 종, 그리고 그 두 가지의 장점을 이어받은 트리니타리오 종이 있는데……."

"……으,음……?"

토카는 레이네의 설명을 듣고 당혹스러운 표정을 지었다.

아니, 토카만이 아니었다. 다른 세 사람도 영문을 모르겠다는 표정을 짓고 있었다.

하지만 레이네도 그녀들이 이런 반응을 보일 거라는 걸 예상한 것 같았다. 그녀는 검지를 세우면서 말을 이었다.

"……굳이 따지자면 그런 구분보다는 카카오와 밀크의 배합비율을 살펴보는 편이 좋을 거야. 기본적으로 색깔이 진한 건 쓰고, 옅은 건 달콤하다고 생각하면 돼."

"오오! 그런 것이냐!"

토카는 손뼉을 친 후, 다시 진열대를 쳐다보았다. 요시노, 나츠미, 무쿠로 또한 초콜릿을 물색하기 시작했다.

"고마워. 덕분에 살았어."

"……괜찮아."

코토리의 인사에 레이네는 대답을 하면서 그녀를 쳐다보았다.

"……그것보다, 코토리는 어떤 초콜릿을 선물할 생각이야?"

"으음…… 솔직하게 말해 아직 고민 중이야. 그냥 초콜릿을 녹여서 틀에 넣어 굳히기만 하는 건 너무 수수하지만, 그렇다고 손이 많이 가는 건 실패할 것 같거든……."

"……흠. 너무 어렵게 생각할 필요는 없을 것 같은데 말이야. 굳힌 후, 화이트 초콜릿 같은 걸로 꾸며주기만 해도 충분히 개성적일 거야. 진부한 표현이지만, 중요한 건 마음이잖아."

"으음…… 그럴까?"

"……응. 너희가 초콜릿을 주려는 상대는 손이 덜 가는 간단한 초콜릿을 받으면 난색을 표할 것 같은 남자야?"

"……아!"

코토리는 그 말을 듣고 눈을 동그랗게 떴다. 그리고 아하하 하고 웃음을 흘렸다.

"그것도 그러네. 맞아. 내가 너무 어렵게 생각한 것 같아."

코토리는 어깨를 으쓱하면서 그렇게 말했다. 확실히 시도라면 그 어떤 초콜릿이라도 기쁘게 받아줄 것 같은 느낌이 들었다.

"고마워, 레이네."

"……응."

코토리는 레이네에게 고맙다고 말한 후, 다른 정령들과 함께 진열대를 살펴보았다. 그리고 그 안에서 단맛과 쓴맛의 균형이 잡힌 듯한 밀크 초콜릿을 골라 바구니에 담았다.

그 후, 그녀는 옆에 있는 코너를 쳐다보았다.

그곳에는 펜 형태의 초콜릿이나 조그마한 하트 모양 사탕과자 등, 초콜릿의 데커레이션에 쓰일 듯한 재료가 줄지어 놓여 있었다.

먼저 그곳을 살펴보고 있던 야마이 자매는 은색으로 빛나고 있는 장식용 알갱이와 식용 금박 등을 살펴보며 눈을 반짝이고 있었다.

"어? 말도 안 돼. 이거, 포장지가 아니라 먹어도 되는 거야?"

"확인. 패키지에는 식용이라고 적혀 있어요."

"진짜……? 크, 크큭……. 이것만 있으면 내 인광(燐光)의 십자가(크로이츠)를 현세에 현현시키는 것도 가능할 터……."

카구야가 금박을 손에 쥐며 음흉한 미소를 지었다.

그런 광경을 보며 코토리가 쓴웃음을 짓고 있을 때, 미쿠와 니아가 옆에서 자신을 부르는 목소리가 들렸다.

"코토리 씨, 레이네 씨. 제가 만들고 싶은 초콜릿이 있는데, 어떤 재료가 필요한지 모르겠어요~."

"아, 나도 그래~. 요리와는 그다지 인연이 없었거든."

"어떤 걸 만들고 싶은데?"

코토리가 묻자, 미쿠와 니아는 손짓발짓을 섞어가면서 말을 이었다.

"그게 말이죠, 이렇게 상온에서도 끈적끈적하면서 굳지 않는 초콜릿을 만들고 싶은데……. 아, 하지만 완전한 액체는 아니었으면 해요~. 구체적으로는 제 몸에 바를 수 있을 정도로 점성을 지녔으면 좋겠어요~."

"나는 말이지, 한 알만 먹어도 소년의 소년이 기운 100배가 될 것 같은 걸 만들고 싶은데, 뭘 넣으면 될까? 역시 자라가 좋을까?"

"평범한 거나 만들어!"

코토리는 두 사람을 향해 일갈을 터뜨린 후, 하아 하고 한숨을 내쉬었다.

미쿠와 니아는 정령들 사이에서 연장자에 속하지만, 왠지 커다란 어린아이를 상대하고 있는 듯한 느낌에 사로잡혔다.

바로 그때였다.

"……응?"

어떤 사실을 눈치챈 코토리가 갑자기 주위를 둘러보았다.

초콜릿 코너와 데커레이션 재료 코너, 그 어느 쪽에도 없는 정령이 있었던 것이다.

"……어? 오리가미는 어디 간 거지?"

코토리는 오리가미가 포장용 상자와 리본을 살펴보고 있나 싶어서 가게의 입구 쪽을 쳐다보았다.

그러자 오리가미가 코토리 일행이 있는 제과재료점 맞은편에 있는 생활용품 종합 점포에서 나오는 모습이 눈에 들어왔다.

"……어?"

코토리가 미심쩍다는 듯이 눈썹을 찌푸리자, 양손에 쇼핑백을 든 오리가미가 제과재료점 안으로 들어왔다.

"어디 갔던 거야? 우리가 초콜릿 재료를 사러 왔다는 건 알고 있지?"

"물론이야. 필요한 걸 조달해왔어."

오리가미는 자신만만한 목소리로 그렇게 말하면서 쇼핑백을 가리켰다.

그 안을 보니, 어디에 쓰려는 건지 모르겠지만 원통형 용기가 잔뜩 들어 있었다.

"……이게 뭐야?"

"실리콘."

"……뭐하는 데 쓸 거야?"

"본뜨기."

"……뭘?"

"나."

오리가미는 주저 없이 그렇게 대답했다.

그 간결한 대답을 듣고 그녀가 무슨 속셈인지 드디어 깨달았다. ―즉, 오리가미는 실물 크기의 오리가미 모양 초콜릿을 만들려는 것이다.

코토리는 아까보다 크게 한숨을 내쉬었다.

"……저기, 관둬. 아무리 시도가 마음이 넓더라도 분명 질리고 말 거야."

"하지만, 토키사키 쿠루미에게 대항하기 위해서는 이 방법밖에 없어."

오리가미는 지극히 진지한 표정으로 그렇게 말했다. …… 표정을 보아하니, 진심으로 그렇게 생각하는 것 같았다. 오리가미는 머리가 좋은데, 왜 항상 이런 결론에 도달하고 마는 걸까. 코토리는 이해할 수가 없었다.

바로 그때, 레이네가 자기한테 맡기라는 듯이 앞으로 나서며 입을 열었다.

"……흠. 엄청난 아이디어야, 오리가미. ……하지만 문제가 하나 있을 것 같네."

"문제?"

"……초콜릿양이야. 인간의 부피는 상상을 초월할 정도지. 하지만 상냥한 신은 너희가 준 초콜릿을 함부로 하지 않을 게 분명해. 그 결과, 그는 초콜릿의 유통기한 안에, 과도한 당질을 섭취하게 될 거야."

"……아!"

오리가미는 레이네의 말을 듣고 눈을 크게 떴다.

"내 생각이 모자랐구나. 부끄러워."

"……그것도 신을 생각하다 보니 그렇게 된 거잖아. 앞으로는 신의 건강도 고려한 플랜을 짜도록 해."

오리가미는 그 말을 듣고 고개를 끄덕였다.

"그렇게 할게. 퀄리티를 유지하면서 사이즈를 줄이는 건 수작업으론 힘들어. 서둘러 3D 프린터를 준비해야겠어."

"……."

오리가미는 결의에 찬 눈빛으로 주먹을 말아 쥐었다. 그 모습을 본 레이네는 말로 형용하기 힘든 표정을 지으며 볼을 긁적였다.

코토리는 한숨을 내쉬면서 레이네의 어깨에 손을 얹었다.

"……모처럼 쉬는 날인데 폐를 끼쳐서 미안해, 레이네. ……수당에 보너스를 두둑하게 챙겨줄 테니까 이해해줘."

"……아, 괜찮아. 애초에 초콜릿 재료를 사러 갈 생각이었거든. 이참에 내 몫의 재료도 사갈까 해."

레이네는 평소처럼 졸린 듯한 어조로 그렇게 말했다.

코토리는 뜻밖의 대답을 듣고 눈을 동그랗게 떴다.

"레이네도 초콜릿을 만들 거야? 어, 누구한테 줄 건데?"

"……음? 뭐, 평소에 신세를 지고 있는 사람들에게 줄 거야. 〈프락시너스〉의 승무원들과 학교 직원들…… 신에게도 줄까 하는데, 정령들한테서 초콜릿을 잔뜩 받을 테니 부담이 되겠지?"

레이네는 턱에 손을 대더니, 생각에 잠기면서 그렇게 말했다.

코토리는 하아, 하고 작게 한숨을 내쉬면서 어깨를 으쓱했다.

"뭐야, 그런 거야? 나는 레이네한테 좋은 사람이라도 생겼나 했어."

"……기대에 부응하지 못해서 미안하지만, 요즘 들어 그런 일과는 인연이 없네."

레이네는 그렇게 말한 후, 휴우 하고 한숨을 내쉬었다.

코토리는 고개를 들고 레이네의 외모를 살펴보았다.

늘씬한 팔다리, 그리고 그런 팔다리에 어울리지 않을 만큼 풍만한 가슴을 지닌 레이네는 눈가의 짙은 다크서클 때문에 건강이 나빠 보이지만, 그런 면을 메우고도 남을 만큼 아름다운 외모를 지녔다.

또한 머리도 좋고, 못하는 게 없으며, 나이 차이가 꽤 나는 코토리를 얕잡아 보거나 과하게 숭배하는 일 없이 마음을 터놓을 수 있는 친구로서 대할 만큼 도량이 넓은 여성이다.

레이네는 코토리가 동경하는 여성 순위에서 틀림없이 상위에 놓일 인재다. 이 세상 남성들이 그런 그녀를 놔둘 리가 없지만, 어찌된 영문인지 레이네가 누군가와 사귄다는 이야기는 들어본 적이 없었다.

"요즘 들어…… 없다는 거구나."

"……응?"

코토리는 레이네가 방금 한 말을 중얼거렸다. 그러자 레이네는 고개를 갸웃거리며 코토리를 쳐다보았다.

"그러고 보니, 레이네한테서 그런 쪽 이야기는 들은 적이 없네. 역시 옛날에는 있었던 거야? 그러니까— 연인이 말이야."

"……흐음."

코토리가 호기심으로 눈을 반짝이며 묻자, 레이네는 난감하다는 듯이 머리를 긁적였다.

레이네가 평소에 보여주지 않는 반응이었다. 기분이 좋아진 코토리는 입가를 씰룩거리면서 레이네의 옆구리를 손가락으로 콕콕 찔러댔다.

어느새 레이네의 사랑 이야기에 관심을 보인 정령들이 주위에 몰려들어서 귀를 쫑긋 세우고 있었다. 정령들 또한 여자아이다. 이런 이야기에 관심이 있을 것이다. ……뭐, 토카처럼 다른 아이들이 모이니 덩달아 따라온 듯한 표정을 짓고 있는 이도 있지만 말이다.

"이야기한다고 닳는 것도 아니잖아. 자, 순순히 실토해."

코토리가 다른 이들을 대변하듯 즐거운 어조로 그렇게 말하자, 레이네는 체념한 것처럼 한숨을 내쉬었다.

"……으음, 뭐, 맞아. 있긴 있었어. —딱 한 명뿐이었지만 말이야."

레이네는 아련한 눈길로 어딘가를 바라보며 중얼거리듯 그렇게 말했다. 정령들은「호오……」하며 그 말에 흥미를 가졌다.

"흐음, 그랬구나. 레이네라면 더 인기가 많을 것 같은데 말이야."

"맞아. 할 거 다 하고 있지 않아~? 이실직고해~. 소개팅하러 나온 것도 아니니까 새침데기인 척 할 필요 없어~."

"……글쎄. 나는 너희가 생각하는 만큼 이성에게 인기가 있는 편이 아냐."

레이네는 애매하게 말끝을 흐렸다.

코토리는「흐음, 그래?」하고 그 겸손한 발언을 대충 흘려 넘긴 후, 말을 이었다.

"뭐, 좋아. 그것보다, 그 연인은 어떤 사람이었어? 레이네가 좋아한 걸 보면, 꽤 괜찮은 사람이었을 거 아냐."

"……맞아. 상냥한 사람……이었어. 정말, 상냥한 사람이었지."

레이네는 자기 말을 되새기듯 그렇게 중얼거리더니, 살며시 눈을 감았다.

"……아마 앞으로도, 나한테 있어서 그 사람보다 더 괜찮은 남자는 나타나지 않을 거야. 내 첫사랑이자, 분명 마지막 연인이야."

"……."

애수에 찬 그 말은 잠시 동안 코토리의 말문을 막히게 했다.

바로 그때, 카구야가 영문을 모르겠다는 듯이 고개를 갸웃거리면서 물었다.

"……어, 그럼 왜 헤어진 거야? 왠지 지금도 좋아하는 것처럼—."

"그만해."

코토리는 짤막한 한 마디로 카구야의 말을 막았다.

카구야 또한 그제야 눈치챘는지 미안해하듯 고개를 돌렸다.

—레이네의 말투로 볼 때, 그것은 옛날이야기 같았다. 하지만 레이네는 지금도 그를 마음에 품고 있었다.

그 사랑의 전말이 궁금하지 않다면 거짓말이겠지만, 그걸 억지로 캐내는 것은 실례되는 짓일 것이다. 코토리는 숨을 짧게 내쉬더니, 가슴 속에서 샘솟은 말을 입에 담았다.

"멋지네."

레이네는 그 말을 듣고 약간 놀랐는지 눈을 약간 크게 떴다.

"……그래?"

"응. 네가 그렇게까지 생각해주고 있잖아. 그 사람은 정말 행복할 거야."

코토리가 그렇게 말하자, 정령들도 동의한다는 듯이 고개를 끄덕였다.

"예……. 정말, 멋지다고 생각해요."

"수긍. 레이네에게 그런 달콤쌉싸름한 과거가 있다니, 정말 놀랐어요."

"맞아~. 현실은 만화보다 기이하네~. 그런 쪽은 창작물이 리얼에 미치지 못한다니깐. 현실은 복선이나 전개 같은 걸 개의치 않으면서 펼쳐지거든~."

"우후후……. 정말 아름다운 이야기군요. 조금 부러워요."

—바로 그때였다.

다들 한 마디씩 하고 있는 가운데, 귀에 익은 목소리가 들리자 코토리의 눈썹이 희미하게 떨렸다.

그 목소리의 주인을 기억 속에서 찾아내는 데는 약 3초가 걸렸다. 코토리는 긴장하며 부리나케 돌아보았다.

"쿠루미……?!"

그렇다. 어느새 그곳에는 최악의 정령, 토키사키 쿠루미가 서 있었다.

"앗……!"

"—윽!"

코토리의 외침, 혹은 코토리보다 먼저 그녀의 존재를 눈치챈 정령들의 얼굴이 경계심으로 물들었다.

하지만 쿠루미는 그런 정령들의 반응을 보고도 딱히 당황하지 않았다. 그녀는 그저 재미있다는 듯이 미소를 지을 뿐이었다.

"어머, 어머. 여러분, 왜 그러시죠?"

"……아무 것도 아냐. 네가 느닷없이 말을 걸어서 좀 놀랐을 뿐이야."

코토리는 흥 하고 코웃음을 치면서 긴장을 푼 후, 자신만만한 어조로 그렇게 말했다.

현재 쿠루미는 영장을 걸치지 않았으며, 그 대신 귀여운 디자인의 흑백 컬러 코트를 걸치고 있었다. 보아하니 전투태세를 취하고 있는 것 같지는 않았다. —어디까지나, 겉보기에는 말이다.

"그런데 쿠루미, 너야말로 무슨 일이야? 우리한테 볼일이라도 있는 거야?"

코토리가 팔짱을 끼면서 묻자, 쿠루미는 문뜩 생각난 것처럼 가볍게 손뼉을 쳤다.

"아, 그게 말이죠. 저, 실은 쇼핑을 하러 왔어요."

"쇼핑……?"

"예. 시도 씨에게 드릴 초콜릿의 재료를 살까 해서요."

""""……윽!""""

쿠루미의 대답에 정령들이 약간 술렁거렸다.

역시 예상이 적중한 것 같았다. 결전의 날을 14일로 설정한 것은 밸런타인데이라는 이벤트를 자신의 편으로 만들기 위해서인 것이다.

바로 그때, 쿠루미가 뭔가를 눈치챈 것처럼 눈을 깜빡였다.

"혹시 여러분도 초콜릿 재료를 사러 온 건가요?"

"……맞아. 용케도 알아챘네."

"우후후, 알아채지 못하는 게 이상하지 않을까요? 이 시기에 제과재료점을 찾을 목적이라면 뻔하니까 말이죠. 게다가 여러분이 들고 있는 쇼핑바구니를 보면 그야말로 일목요연—."

말을 이으며 다른 이들을 차례차례 둘러보던 쿠루미는 오리가미가 들고 있는 쇼핑바구니를 보고 말을 멈추더니, 왠지 불가사의한 표정을 지었다. ……뭐, 무리도 아니다.

"……초콜릿을 만들려는 것, 맞죠?"

"……일단은 그럴 작정이야."

쿠루미는 잠시 의문에 휩싸였지만, 곧 가볍게 헛기침을 하면서 마음을 다잡더니 고개를 들면서 이렇게 말했다.

"그럼 제가 제안을 하나 해도 될까요?"

"제안……?"

쿠루미의 말에 코토리는 미심쩍은 표정을 지었다.

—그리고, 약 한 시간 후…….

"……뭐가 어떻게 된 거야?"

쇼핑을 마치고, 다 같이 초콜릿을 만들기 위해 정령 맨션의 한 방에 온 코토리는 작은 목소리로 그렇게 중얼거렸다.

하지만 그러는 것도 당연했다. 왜냐하면―.

"어머, 어머. 이곳이 여러분이 사는 곳이군요. 우후후, 멋진 곳이네요."

코토리의 뒤편에서는 최악의 정령, 토키사키 쿠루미가 넓은 부엌을 둘러보며 즐거운 목소리로 그렇게 중얼거리고 있었던 것이다.

그렇다. 쿠루미가 아까 한 제안은 바로―.

『저도 재료를 사면 바로 초콜릿을 만들 생각이었답니다. 괜찮다면 같이 만들지 않겠어요?』

―라는, 그야말로 뜻밖이자 말도 안 되는 것이었다.

확실히 쿠루미는 정령이다. 〈라타토스크〉에게 있어 공략대상이자 보호대상인 것이다. 그녀의 경계심을 누그러뜨리기 위해, 이런 식의 교류가 필요한 경우도 있다.

하지만 그녀는 다른 정령들과 명백하게 경우가 달랐다.

〈라타토스크〉와 시도의 목적을 알고 있을 뿐만 아니라 승부를 제안하기까지 한 것이다. 뭔가 다른 꿍꿍이가 있다고 생각해야 하리라.

"……."

하지만……. 코토리는 쿠루미를 힐끔 쳐다보았다.

쿠루미는 분명 위험한 정령이다. 영력을 충분히 갖췄을 뿐만 아니라, 『숫자』로 승부를 하게 되면 승산이 없다. 단 한순간도 방심해선 안 되는 상대인 것이다.

하지만, 그렇기 때문에 지금 이 상황은 그녀에 대한 정보를 수집할 절호의 기회라고도 할 수 있었다.

다음 주 수요일, 2월 14일. 시도와 쿠루미가 『결전』을 치를 날. 그때까지 쿠루미에 대해 조금이라도 더 알아두고 싶은 코토리는 이 제안을 받아들일 수밖에 없었다.

"……코토리."

코토리가 그런 생각을 하고 있을 때, 레이네가 작은 목소리로 그녀에게 말을 걸었다.

"……나는 일단 〈프락시너스〉로 돌아가겠어. 흔치 않은 기회를 얻은 만큼, 가능한 한 쿠루미의 감정 수치와 호감도를 관측해둘까 해."

"응, 부탁해. 이쪽은 내가 어떻게든 해보겠어."

"……알았어. 무운을 빌게."

레이네는 그렇게 말한 후, 고개를 들고 방을 나섰다.

쿠루미는 그런 레이네의 등을 의아하다는 듯이 쳐다보며 고개를 갸웃거렸다.

"어머, 무라사메 선생님은 돌아가시는 건가요?"

"응. 다른 볼일이 있나 봐."

코토리가 대충 얼버무리자, 쿠루미는 「흐음……」 하고 중얼거리면서 가늘게 뜬 눈으로 레이네가 나간 문을 쳐다보았다.

코토리는 한순간 자신의 거짓말이 들통난 줄 알았지만—그렇지 않은 것 같았다. 잘은 모르겠지만, 쿠루미의 시선에 미심쩍은 기색이 어려 있는 듯한 느낌이 들었다.

"왜 그래? 레이네에게 할 말이라도 있는 거야?"

"아뇨. 그런 건 아니랍니다."

코토리가 그렇게 묻자, 쿠루미는 평소 같은 표정을 지으면서 고개를 저었다.

"—그것보다, 바로 시작하도록 할까요?"

그리고 마음을 다잡듯 손뼉을 치더니, 제과재료점의 로고가 그려진 비닐봉투를 조리대 위에 올려놓았다.

현재 그녀들은 정령들이 사는 방이 아니라, 맨션 1층에 있는 주방 공간에 있었다.

이곳은 정령들이 사는 맨션이기에, 거실 이외에도 다양한 시설이 준비되어 있었다. 오락용 영화방, 건강 유지를 위한 헬스장, 그리고 이 주방도 그런 시설 중 하나다.

물론 각자의 방에도 부엌이 있지만, 밸런타인데이나 크리스마스 같은 이벤트 때, 여러 정령들이 함께 요리를 할 일이 있을지도 모르기에 이런 공간을 만들어둔 것이다.

정령들이 나란히 서서 작업을 할 수 있을 만큼 커다란 조리대에는 동서양을 막론한 다양한 조리기구 및 업소용 고화력 가스버너까지 준비되어 있었다.

작년에 맨션이 완성됐을 때, 이곳에 왔던 시도가 쇼윈도 너머의 트럼펫을 본 소년 같은 눈빛으로 한참동안 이곳에 있었을 정도로, 설비가 잘 갖춰져 있었다.

"우후후, 과자는 오래간만에 만들어보는군요. ……어머?"

즐거운 듯이 준비한 재료들을 조리대 위에 펼쳐놓던 쿠루미는 문득 뭔가를 눈치챈 것처럼 눈을 동그랗게 떴다.

그런 쿠루미의 반응에 대한 이유는 곧 알 수 있었다. 정령들이 경계심에 찬 표정으로 구석에 모여 있었던 것이다.

"으음…… 쿠루미, 대체 무슨 꿍꿍이인 것이냐?"

"더, 덤빌 거면 얼마든지 덤벼봐……!"

"참전. 유즈루도 가만히 있지 않겠어요."

다들 그런 말을 하면서 무시무시한 눈길로 쿠루미를 쳐다보고 있었다.

하지만 그것도 무리는 아니었다. 상대는 바로 시도를 잡아먹어서 영력을 빼앗겠다고 공공연하게 말했던 정령인 것이다. 경계하지 않는 게 오히려 이상할 것이다.

하지만 그녀들이 그런 반응을 보일 거라는 점을 이미 예상했는지, 쿠루미는 후훗 하고 웃으면서 아까보다 더 큰 목소리로 이렇게 말했다.

"어머, 여러분은 초콜릿을 안 만들 건가요? 우후후, 그럼 시도 씨의 하트는 제가 독점하겠어요."

""""윽……!""""

쿠루미의 말에 정령들은 미간을 찌푸렸다.

그것은 뻔한 도발이었다. 하지만 그 사실을 알면서도(일부는 모르는 것 같지만) 그냥 흘려들을 수는 없었다. 정령들은 발끈하더니, 조리대를 향해 저벅저벅 걸어갔다.

"그렇게는 안 된다……! 시도는 내가 지킬 거란 말이다! 우물우물."

"저, 저도…… 열심히 만들 거예요!"

"음. 무쿠의 나리를, 그대가 뜻대로 하게 둘 수야 없지."

다들 그렇게 말하면서 준비해 온 재료들을 조리대에 펼쳐 놓았다.

그 모습을 본 쿠루미는 즐거워하듯 웃음을 흘렸다.

"우후후, 저도 질 수야 없죠."

쿠루미는 팔을 걷어붙이더니, 비치되어 있던 앞치마를 걸친 후, 손을 깨끗하게 씻었다.

다들 쿠루미의 뒤를 따르듯 조리 모드로 스타일 체인지한 후, 다시 조리대로 돌아왔다. 씻은 손을 가슴 높이로 들면서 조리대 앞에 서는 모습은 수술에 임하는 외과 의사를 연상케 했다.

"……."

"……."

"……우물우물."

하지만 조리대 좌우에 선 집도의, 아니, 정령들은 작업을 시작하지 않았다.

수십 초 동안 침묵을 지킨 후, 토카는 난감한 표정을 지으며 코토리를 쳐다보았다.

"코토리, 이제부터 어떻게 하면 되느냐? 우물우물."

"응? 아, 맞아."

코토리는 한순간 눈을 동그랗게 떴지만, 이내 고개를 끄덕였다. ―그러고 보니 필요한 재료는 가르쳐줬지만 아직 초콜릿을 만드는 법을 상세하게 설명해주지는 않았다.

"뭐, 간단히 말해 이 딱딱한 초콜릿을 녹인 다음, 준비한 틀에 넣어. 그리고 그걸 냉장고에 넣어서 굳힌 후, 자기 취향대로 데커레이션을 해주면 돼."

"호오, 그렇구나! 우물우물."

"……저기, 토카. 아까부터 왜 입을 계속 우물거리고 있는 거야?"

나츠미는 의아한 눈빛으로 토카를 쳐다보며 그렇게 물었다.

그러고 보니 아까부터 토카의 목소리가 좀 어눌했던 것 같았다. 코토리는 토카 쪽을 힐끔 쳐다보더니― 곧 그 원인을 발견했다.

토카는 사온 초콜릿의 포장을 뜯어 안에 든 내용물을 집어먹고 있었던 것이다.

"잠깐…… 토카, 뭐하는 거야? 그러다간 시도에게 줄 몫까지 다 먹어버릴지도 몰라!"

"음? 헉……! 어느새……?!"

코토리의 말을 듣고서야 자신의 손이 무슨 짓을 하고 있는지 깨달은 토카는 경악에 찬 표정을 지었다.

"쿠, 쿠루미, 네 이 녀석…… 이런 무시무시한 공격을…… 우물우물."

"……남한테 책임 전가 하지 마. 게다가 아직도 계속 먹고 있잖아."

"우후후, 아무래도 효과가 있는 것 같군요. 더욱 먹고 싶어지는 주문을 걸어드리죠."

"으윽?! 머, 멈출 수가 없다……! 우물우물……."

"쿠루미도 어울려주지 마!"

코토리는 고함을 지르며 토카에게서 초콜릿을 빼앗은 후, 피곤한 듯이 한숨을 내쉬었다.

"하아…… 혹시나 싶어서 넉넉하게 사기를 잘했네. —자, 그럼 시작하자."

"음!"

코토리가 그렇게 말하자, 토카는 힘차게 고개를 끄덕였다.

하지만 그녀는 곧 고개를 갸웃거렸다.

"……으음. 코토리, 이걸 어떻게 녹이면 되느냐?"

"뭐? 무슨 소리를 하는 거야. 그야 간단하잖아. 초콜릿을……."

말을 이으려던 코토리는 갑자기 입을 다물었다.

아니, 입만이 아니었다. 코토리는 몇 초 동안 꼼짝도 하지 않았다. 그저 땀방울만이, 또르륵…… 하는 소리를 내며 천천히 볼을 타고 흘러내렸다.

"……코토리 씨?"

"왜 그러세요~?"

"자, 자, 잠깐만 기다려."

정령들이 의아한 표정을 지으며 말을 걸자, 코토리는 그제야 마비에서 풀려났다. 그녀는 땀을 닦으면서 생각에 잠기더니, 옛날에 어머니와 함께 초콜릿을 만들었던 기억을 어찌어찌 떠올렸다.

하지만 머릿속에 떠오른 기억은 녹인 초콜릿을 틀에 붓는 장면부터였다. ……그렇다. 그때는 불을 사용하는 건 위험하다면서 어머니가 대신 초콜릿을 녹여줬던 것이다.

설마 레이네가 〈프락시너스〉에 돌아간 폐해가 이런 식으로 나타날 줄은 생각도 못했다. 코토리는 이마에 손을 대고 이를 갈았다.

바로 그때, 그런 코토리를 본 쿠루미가 웃음을 흘렸다.

"어머, 코토리 양. 템퍼링을 할 줄 모르나요? 원하신다면 제가 가르쳐드릴 수도 있는데 말이죠."

"……윽! 시, 시끄러워. 나, 나도 그 정도는 할 줄 알아!"

코토리는 발끈하며 그렇게 외쳤다.

하지만 다음 순간, 그녀의 머릿속은 물음표로 가득 찼다.

—템퍼링? 템퍼링이 대체 뭐지? 초콜릿을 녹이는 것? 템퍼링…… 천연파마?[#3]

"……."

코토리는 나츠미를 힐끔 쳐다보았다. 그러자 나츠미가 화들짝 놀라면서 어깨를 부르르 떨었다.

"……왜, 왜 그래?"

"아, 아무 것도 아냐. —일단, 초콜릿을 녹이자. 아무튼 녹이기만 하면 되니까, 그렇게 어렵게 생각할 필요 없어."

코토리는 허세를 부리며 그렇게 말하더니, 선반에서 냄비를 꺼내 버너 위에 올려놓았다.

그리고 초콜릿 덩어리를 냄비에 넣은 후, 버너를 켰다. 중화요리점에서 쓰일 법한 식당용 버너의 어마어마한 화력이 냄비를 가열했다.

그러자 냄비 바닥에 닿아있던 초콜릿이 흐물흐물해지더니, 그대로 녹았다. 토카를 비롯한 정령들은 「오오……」 하고 탄성을 터뜨렸다.

"대단하구나, 코토리! 진짜로 초콜릿이 녹았다!"

"음, 정말 멋지구나."

"오, 여동생 양도 꽤 하는걸? 역시 소년의 동생이야."

다들 입을 모아 코토리를 칭찬했다. 코토리는 약간 불안

#3 천연파마 템퍼링과 일본어로 천연파마를 가리키는 『天パ』가 비슷하다는 점을 이용한 언어유희. 그리고 나츠미는 천연파마다.

했지만, 그래도 잘난 척 하듯 가슴을 펴며 입을 열었다.

"그, 그래? 뭐, 나한테 걸리면 이 정도 쯤이야—."

"……저기, 타는 냄새가 나는 것 같지 않아?"

"뭐?"

나츠미가 그렇게 말하자, 코토리는 허둥지둥 냄비를 쳐다보았다.

"히익—!"

녹은 초콜릿이 냄비 바닥에서 부글부글 끓어오르더니, 순식간에 타들어가고 있는 광경이 눈에 들어왔다. 이윽고 냄비에서 검은 연기가 뭉게뭉게 피어오르더니, 탄내가 주위를 가득 채웠다.

"크, 큰일 났어! 물! 물 가져와!"

"오…… 오오!"

"아, 예! 여기요……!"

코토리는 건네받은 유리잔 안에 든 물을 냄비에 투입했다. 슈우우우우우우……! 그런 소리가 나더니, 아까보다 더 많은 연기가 피어올랐지만— 곧 사태가 진정됐다.

"하아……, 하아……."

"가, 가슴이 철렁했어……."

"저기, 여동생 양. 초콜릿이라는 건 원래 이렇게 만드는 거야?"

"으윽……."

니아의 물음에 코토리의 이마에 식은땀이 맺혔다.

냄비 안에는 아예 시꺼멓게 된 액체와 아직 녹지 않은 초콜릿이 둥둥 떠 있었다. 이걸 틀에 부어서 굳혀봤자 맛있을 것 같지는 않았다.

"어머, 어머."

바로 그때, 코토리는 쿠루미와 시선이 마주쳤다.

쿠루미는 코토리와 눈이 마주치자, 상냥한 미소를 머금었다. ―마치 「언제든 도와드릴게요」라고 말하는 것처럼 말이다.

"큭……."

코토리는 분해 죽겠다는 듯이 얼굴을 찡그렸다. 가르침을 구하고 싶기는 하지만, 쿠루미에게 도움을 청하는 것은 자존심이 용납하지 않았다.

"……저, 저기, 카구야, 유즈루. 너희는 옛날에 초콜릿 만들기 대결 같은 건 한 적 없어?"

코토리는 쿠루미에게 들리지 않도록 작은 목소리로 야마이 자매에게 물었다. 그러자 두 사람은 으음 하고 낮은 신음을 흘리며 턱에 손을 댔다.

"창생(創生)은 이 몸과 함께하지 못하니라. 파괴와 섬멸이 이 몸의 기원이기 때문이지."

"번역. 유감이지만 초콜릿은 만들어본 적이 없어요. 빨리 먹기 승부라면 한 적이 있지만요."

"그, 그렇구나……."

코토리가 고개를 푹 숙이자, 카구야는 「하지만」 하고 이어 말했다.

“저 칠흑의 응집체를 융해시킬 방법이라면 짐작 가는 게 있느니라.”

“동의. 텔레비전에서 보니, 뜨거운 물을 이용해서 녹였던 것 같아요.”

“뜨거운 물…….”

코토리는 두 사람의 말을 듣고 눈을 크게 떴다.

그러고 보니 어머니가 냄비로 물을 끓였던 게 생각이 났다. 그렇게 하면 초콜릿이 탈 걱정을 할 필요가 없을 것이다.

“바로 그거야!”

코토리는 다른 냄비를 준비하더니, 거기에 물을 담고 불 위에 얹었다.

이윽고 물이 부글부글 끓으면서 김이 나기 시작했다.

“좋아.”

코토리는 초콜릿을 쥐고, 그걸 뜨거운 물에 넣었다. 그때, 나츠미가 「아……」 하고 말한 듯한 느낌이 들었지만, 아마 잘못 들은 것이리라.

뜨거운 물에 들어간 초콜릿은 곧 흐물흐물해지더니 점점 물에 녹기 시작했다.

“자, 녹았어. 이제 이걸 굳히기만 하면 돼.”

“흐음…… 나리의 여동생이여, 왠지 무쿠가 아는 초콜릿과는 좀 다른 것 같은 느낌이 든다만……."

코토리의 손 언저리를 쳐다보던 무쿠로가 의아한 표정을 지으며 그렇게 말했다. 코토리는 그 말을 듣더니 웃음을 터뜨렸다.

"뭐, 수제 초콜릿을 만들 때가 아니면 이 상태의 초콜릿을 볼 일은 없거든. 괜찮아. 틀에 넣고 굳히면 흔하게 보던 초콜릿처럼 될 거야. 정 걱정이 되면 맛이라도 한 번 볼래?"

"음, 그렇게 하마."

"아! 코토리! 나도! 나도 맛을 보겠다!"

토카가 눈을 반짝이면서 손을 번쩍 들었다. 코토리는「알았어」라고 대답한 후, 조그마한 접시에 녹인 초콜릿을 담아서 두 사람에게 건네줬다.

두 사람은 동시에 초콜릿을 핥았다.

하지만—.

"……으, 음……?"

"코토리……? 왠지 맛이 옅은 것 같다만……."

"뭐?"

코토리는 미간을 찌푸리더니, 자신도 맛을 봤다.

그리고— 두 사람과 같은 표정을 지었다.

"우웩…… 이게 뭐야. 맛없어……."

"……아니, 뭐, 초콜릿을 탄 물이니까 맛있을 리가 없잖아……."

나츠미가 눈을 가늘게 뜨며 그렇게 말하자, 코토리는 어깨를 부르르 떨었다. ……듣고 보니 맞는 말이었다.

"그, 그럼 대체 어떻게 녹이면 되는데……."

코토리가 머리를 감싸 쥐었을 때, 이번에는 미쿠가 좋은 생각이 난 것처럼 환한 표정을 지었다.

"앗! 코토리 양. 저, 좋은 생각이 났는데요~."

"……."

코토리는 미심쩍은 눈길로 미쿠를 쳐다보았다. 물론 좋은 방법이라면 꼭 전수해줬으면 좋겠지만, 왠지 미쿠가 지나칠 정도로 좋은 표정을 짓고 있는 것 같았기 때문이다.

"……뭔데? 혹시 핥아서 녹인 초콜릿을 굳히자 같은 소리라면 화낼 거야."

"꺄아~! 어떻게 알았어요~?! 역시 저와 코토리 양은 이심전심이군요오오오~!"

"자, 잠깐…… 아아, 정말! 좀 떨어져!"

코토리는 자신에게 다가온 미쿠를 밀쳐낸 후, 다시 머리를 감싸 쥐었다.

쿠루미에게 초콜릿을 만드는 법을 배우는 것은 자존심이 용납하지 않았다. 쿠루미 이외에, 요리를 잘하는 사람—.

"……아! 그래, 오리가미!"

코토리는 고개를 들고 오리가미를 쳐다보았다.

문무를 겸비했고, 뭐든 완벽하게 해내는 오리가미라면,

초콜릿 만드는 것 정도는 식은 죽 먹기일 것이다.

하지만—.

"왜?"

"……."

어느새 가져온 컴퓨터와 3D 프린터로 자신의 알몸을 만들고 있는 오리가미를 본 코토리는 입을 다물었다.

……왠지 코토리가 생각하는 수제 초콜릿과, 지금 눈앞에서 위잉~ 위잉~ 철컹~ 철컹~ 하는 소리를 내며 만들어지고 있는 물체가 같은 거라고 도저히 여길 수가 없었다.

"……, 힘내."

"힘낼게."

코토리가 식은땀을 흘리면서 그렇게 말하자, 오리가미는 진지한 표정으로 고개를 끄덕였다.

그리고 그녀는 다시 침묵에 잠겼다.

바로 그때, 그런 코토리를 보다 못한 나츠미가 엄청 머뭇거리면서 입을 열었다.

"……코토리."

"……왜?"

"……아니, 저기, 맞는지는 모르겠고, 실패해도 책임은 질 수 없는데다, 애초에 내 목소리 자체를 듣고 싶지 않을지도 모르지만—."

"아니, 그러니까, 무슨 말이 하고 싶은 건데?"

코토리가 미간을 찌푸리면서 묻자, 나츠미는 고개를 돌리면서 대답했다.

"……초콜릿을 만드는 법 말인데, 대충은 알아."

"……선생님!!"

코토리가 나츠미의 손을 꽉 움켜잡았다.

"오오……!"

"나츠미 씨, 대단해요……!"

다른 정령들 또한 존경심으로 가득 찬 눈길로 나츠미를 쳐다보았다. 그러자 나츠미는 화들짝 놀라면서 어깨를 부르르 떨더니, 안절부절 못하듯 눈빛이 흔들렸다.

"저, 저기, 너무 기대해도 곤란한데……."

"선생님! 우선 뭘 하면 되나요?!"

"……으음, 그릇에 잘게 부순 초콜릿을 담은 후, 그걸 중탕하는 거야. 아, 온도는 가능하면 일정하게……."

나츠미는 머뭇거리면서 지시를 내렸다. 정령들은 그녀의 말을 흥미롭다는 듯이 듣더니, 바로 초콜릿 제작을 시작했다.

바로 그때—.

"……응?"

코토리의 눈썹이 움찔거렸다.

"—우후후, 후후."

쿠루미가 다른 정령들을 쳐다보면서 즐거운 듯이 웃고 있는 듯한 느낌이 든 것이다.

자신에게 도전하는 약자들을 비웃는 게 아니라, 마치 나이 차이 나는 여동생들을 흐뭇한 눈길로 지켜보고 있는 것 같았다.

하지만 코토리가 쿠루미를 쳐다보니, 어느새 정령들에게서 시선을 뗀 그녀는 초콜릿 제작에 힘쓰고 있었다.

"……그럴 리가 없어."

코토리는 어깨를 으쓱하더니, 초콜릿을 담을 그릇을 쥐었다.

"자, 다들 쿠루미보다 끝내주는 초콜릿을 만드는 거야!"

""""오~!""""

정령들은 코토리의 말에 힘차게 주먹을 치켜들었다.

제4장 과거의 죄업

2월 14일, 아침이 되었다.

이 날은 성 발렌티누스의 이름에서 유래된 연인들의 날이자— 시도와 쿠루미에게 있어 결전의 날이다.

"……."

시도는 평소보다 신경 써서 세수를 한 다음, 거울 속의 자신을 쳐다보며 기합을 넣듯 두 손으로 볼을 세게 때렸다. 찰싹! 하는 기분 좋은 소리가 나더니, 거울에 물방울이 튀었다.

"……좋아."

시도는 수건으로 얼굴을 닦은 후, 걷어 올렸던 소매를 내리고 화장실을 나섰다. ……물론, 거울에 튄 물방울 또한 정성들여 닦았다. 내버려두면 흰 얼룩이 될 테니 청소할 때 고생 좀 하게 될 것이다.

너무 서민적…… 아니, 주부 같은 행동이다.

하지만 시도는 이러는 편이 낫다고 생각했다.

상대는 바로 그 토키사키 쿠루미다. 몇 달 전에도 만난 적이 있지만, 그가 유일하게 봉인하지 못했던 정령인 것이다. 그렇게 간단히 자신에게 반하게 만들 수 있는 상대가 아니다.

하지만 시도 또한 오늘 죽어 줄 생각은 눈곱만큼도 없었다.

시도는 분명 또 이곳에서 세수를 할 것이다. 그렇기에 거울에 튄 물방울 때문에 얼룩이 남지 않도록 닦은 것이다. 코토리에게 청소를 시켰다간 얼룩을 지운답시고 힘껏 닦다 거울에 흠집을 잔뜩 만들 테니까 말이다.

코토리가 알면 화낼 생각을 하면서 거실 문을 연 시도는 걸음을 멈췄다.

마치 시도를 기다리고 있는 것처럼 코토리가 문 앞에 서 있었던 것이다.

"우왓?!"

시도의 생각을 읽은 것은 아니겠지만, 코토리가 느닷없이 등장한 바람에 깜짝 놀라고 말았다.

그런 시도의 반응을 본 코토리는 불만을 표시하듯 입술을 삐죽 내밀었다.

"동생 얼굴을 보고 그렇게 비명을 질러야겠어?"

"그, 그게…… 좀 놀랐을 뿐이야."

코토리는 잠시 미심쩍은 눈길로 시도의 얼굴을 쳐다봤지만, 곧 「뭐, 좋아」 하고 어깨를 으쓱했다.

그리고 등 뒤로 돌리고 있던 손을 시도를 향해 대충 내밀었다.

"자, 받아."

"응?"

시도는 눈을 동그랗게 뜨고 코토리가 내민 것을 뚫어져라 살펴보았다. 깔끔하게 포장이 되어있는 조그마한 상자였다. 붉은색 포장지와 검은색 리본이 군복 차림의 코토리를 연상케 했다.

"아…… 혹시, 초콜릿이야?"

시도의 말에 코토리는 흥 하고 코웃음을 치며 얼굴을 살짝 붉히더니 시선을 피하면서 입을 열었다.

"……맞아. 여동생한테 초콜릿을 받아봤자 남한테 자랑하지도 못하겠지만 말이야."

"무슨 소리를 하는 거야. 고마워, 코토리."

시도가 미소를 지으면서 초콜릿을 받자, 코토리는 얼굴을 더 붉히면서 고개를 획 돌렸다.

"뭐, 그럼 됐어. 그것보다……."

"응?"

시도가 고개를 갸웃거리자, 코토리는 손을 가볍게 들어 올리더니 거실을 향해 손짓을 했다.

그러자 거실에 있던 정령들이 손에 상자나 꾸러미를 들고 시도 앞에 줄지어 섰다. 오른쪽부터 요시노, 나츠미, 무쿠로, 미쿠, 니아였다.

"어? 뭐야, 다들 와 있었어? 오늘은 일찍 왔네."

"예……. 시도 씨에게 이걸 전해드리고 싶어서요……."

"……뭐, 나는 아무래도 상관없었지만, 일단……."

"음. 나리, 받거라. 그리고 그 아이에게는 지면 안 되느니라."

"이상한 건 넣지 않았으니까 걱정하지 마세요~."

"맞아. 자연산을 썼거든."

"후반부의 발언은 좀 무시무시하거든?!"

시도가 비명에 가까운 목소리로 그렇게 외치자, 미쿠와 니아는 웃음을 터뜨렸다.

아무튼, 시도의 손바닥 위에 초콜릿이 차곡차곡 쌓였다. 시도는 아하하, 하고 쓴웃음을 흘리면서 정령들에게 고맙다고 인사했다.

"하하…… 다들 고마워. 이렇게 초콜릿을 잔뜩 받은 건 태어나서 처음이야."

"바…… 받아줘서 고마워요."

"저기저기~, 열어 보세요~!"

"아, 그래도 돼? 그럼……."

미쿠의 재촉에 시도는 방금 받은 초콜릿이 든 상자와 꾸러미를 테이블 위에 내려놓은 후, 차례차례 포장을 풀어보았다.

하트 모양과 별 모양, 트뤼플 등, 다양한 초콜릿이 모습을 드러냈다. 전부 손수 만든 초콜릿이라는 걸 한눈에 알 수 있었다.

"어, 혹시 직접 만든 거야?!"

시도가 묻자, 정령들은 힘차게 고개를 끄덕였다.

"괜찮았어? 코토리가 냄비에 초콜릿을 바로 넣거나, 뜨거운 물에 초콜릿을 집어넣진 않은 거야?"

"그, 그그그그그그, 그런 짓을 내가 왜 해?!"

코토리는 동요했는지 눈빛이 흔들렸다. 그 모습을 본 정령들이 웃음을 터뜨렸다.

아무래도 시도가 방금 언급한 일들이 벌어지긴 한 것 같았다. 코토리도 요리를 전혀 못하는 건 아니지만, 좀 대충대충 하는 경향이 있었다.

하지만 지금 눈앞에 있는 초콜릿들은 초보자들이 만든 것 치고는 정말 완성도가 뛰어났다. 색깔과 형태가 일정했으며, 데커레이션 또한 각자의 특징을 귀엽게 잘 살리고 있었다.

참고로 코토리의 초콜릿은 정석적인 하트 모양이며, 요시노는 『요시농』 모양, 나츠미는 트뤼플 초콜릿, 무쿠로는 다양한 크기의 별모양, 미쿠는 음표 모양, 그리고 니아는 반원 모양의 블론드 밀크 초콜릿 끝부분에 딸기 초콜릿으로 꼭지를 만든 가슴 모양 초콜릿이었다.

……일부 초콜릿은 어떤 반응을 보여야 할지 감이 오지 않았지만, 이렇게 많은 초콜릿을 받으니 남자로서 기쁘기

그지없었다. 시도는 한 번 더 고맙다고 말한 후, 초콜릿을 한입씩 맛봤다.

"음, 맛있어! 하하, 이 정도면 프로도 울고 가겠네."

시도가 그렇게 칭찬하자, 정령들은 기쁜 표정을 지었다.

그런 가운데, 코토리는 약간 안도한 표정을 지으며 어깨를 으쓱했다.

"마음에 들었으니 다행이야. 오늘은 시도가 힘을 내줘야 하니까 말이야."

"응, 그래."

시도는 힘차게 고개를 끄덕이며 초콜릿 한 조각을 입에 넣었다. 당분이라는 즉효성 에너지, 그리고 정령들이 시도를 응원하고 있다는 실감이 합쳐지면서, 몸속 깊은 곳에서 의욕이 샘솟았다.

그런 시도를 본 코토리는 쓴웃음을 지으면서 어깨를 으쓱했다.

"보아하니 걱정할 필요는 없을 것 같네. ―아, 그래도 너무 많이 먹지는 마."

"뭐?"

코토리의 말에 시도의 얼굴을 타고 땀방울이 흘러내렸다.

"설마, 진짜로 이상한 걸 집어넣은 건……."

"아냐! 다른 정령들도 초콜릿을 준비했을 테니까 너무 많이 먹지는 말라는 거야!"

코토리는 시도의 이마를 찰싹 소리 나게 때리며 그렇게 외쳤다.

그리고 20분 후, 등교할 준비를 마치고 다른 이들의 배웅을 받으며 집을 나선 시도는 문 앞에서 기다리고 있는 토카를 발견했다.

"아! 오오, 시도! 좋은 아침이다!"

시도를 본 토카는 힘차게 손을 흔들었다.

"응. 좋은 아침이야, 토카. 혹시 오래 기다렸어?"

"아니다! 나도 방금 나왔다!"

토카는 그렇게 말하면서 코를 훌쩍였다. 자세히 보니 콧잔등이 빨개져 있었다. 토카가 말한 『방금』이 대체 언제를 말하는 건지는 모르겠지만, 마치 꽤 오랫동안 추위에 떨고 있었던 것처럼 보였다.

하지만 토카는 전혀 개의치 않는다는 듯이 들고 있던 종이봉투에서 예쁘게 포장된 상자를 꺼내 시도를 향해 내밀었다.

"시도! 해피 밸런타인이다!"

그리고 그렇게 말하면서 환한 미소를 지었다.

"으, 응."

아까 코토리를 비롯한 여러 소녀들에게서 초콜릿을 받았기에, 어느 정도 예상은 했고 각오 또한 했지만, 그래도 초콜릿을 받으니 기쁘면서 마음 한편으로는 조금 멋쩍었다. 시도는 볼을 약간 붉히면서 상자를 받았다.

"고마워, 토카."

"음! 나름대로 꽤 잘 만들었다고 생각한다!"

토카는 고개를 끄덕이더니, 눈을 반짝이면서 시도를 쳐다보았다. 초콜릿을 맛보고 감상을 말해주기를 바라는 눈치였다.

"하하……."

예의 바른 행동은 아니지만, 그래도 어쩔 수 없다고 생각한 시도는 포장을 풀고 상자를 열어보았다.

안에는 노란색 가루가 뿌려진 트뤼플 초콜릿이 여러 개 들어 있었다. 희미하게 코끝을 스치는 이 향기는―.

"어, 혹시 콩고물이야?"

"오오! 용케도 눈치챘구나!"

토카는 박수를 쳤다. 흠, 설마 콩고물 트뤼플을 만들 줄이야. 어찌 보면 정말 토카다운 초콜릿이었다.

시도는 초콜릿 한 개를 입에 넣었다. 부드러운 가나슈의 단맛과 향긋한 콩고물이 입안에서 뒤섞였다. 누구한테 배운 건지는 모르겠지만, 정말 잘 만들었다.

"응, 맛있어! 토카, 잘 만들었―."

맛있다고 칭찬하려던 시도는 갑자기 말을 멈췄다.

토카가 군침이 도는 듯한 표정으로 시도를 쳐다보고 있었던 것이다.

"……토카도 먹을래?"

"윽! 괘, 괘, 괜찮다. 그건 시도에게 준 것이지 않느냐!"

"그렇구나. 그럼 내가 토카에게 줘도 문제될 건 없는 거지?"

시도가 그렇게 말하자, 토카는 눈을 동그랗게 떴다.

"음?! 그, 그건…… 그렇다만……."

"그럼, 자."

시도는 토카의 입에 초콜릿을 넣어줬다.

그러자 토카는 등을 꼿꼿이 세우더니, 곧 금방이라도 녹아내릴 듯한 표정을 지었다.

"우물…… 마, 맛있구나! 셰프를 불러서 칭찬해주고 싶을 정도다!"

"그 셰프가 바로 너잖아."

시도가 쓴웃음을 지으며 그렇게 말하자, 토카는「헉! 그렇구나!」하고 놀란 표정을 지었다.

뭐, 그래도 이 자리에서 전부 다 먹어치울 수는 없다. 남은 건 나중에 즐기기로 한 시도는 상자를 꼼꼼하게 덮은 다음 가방에 넣었다.

"자, 그럼 가자. —아, 그런데 오늘은 쿠루미가 안 보이네."

"음? 오오, 그러고 보니 오늘은 안 왔구나."

토카는 주위를 두리번거리면서 그렇게 말했다. 시도는 턱에 손을 대며 생각에 잠겼다.

오늘은 결전의 날이다. 그러니 아마도 방과 후를 준비하고 있는 것이리라.

시도는 기합을 넣듯「좋아!」하고 주먹을 말아 쥔 후, 토카와 함께 통학로를 걷기 시작했다.

그리고 약 20분 후…….

"……응?"

학교 앞에 도착한 시도는 눈을 동그랗게 떴다.

야마이 자매가 교문 양옆에 금강역사처럼 당당히 서 있었던 것이다.

"카구야, 유즈루? 이런데서 뭘 하고……."

"왔느냐, 시도! 크큭, 이 몸의 황금색 십자능이 이곳에 세워졌도다!"

"증정. 기다리고 있었어요. 받아주세요."

카구야와 유즈루는 시도의 말을 끊고 상자를 내밀었다. 지나가던 학생들도 오늘이 무슨 날인지 알기에 이 행동의 의미를 바로 눈치챈 것 같았다. 야마이 자매가 너무나도 당당하게 초콜릿을 건네자, 드문드문 박수 소리까지 들려왔다.

"으, 응……. 고마워. 그런데 꼭 이런 데서 줄 필요는 없지 않아?"

"크큭, 무슨 소리를 하나 했더니……. 같은 배움의 터에 다니고 있다는 이점을 놓치는 우를 범할 수야 없지 않겠느냐."

"동의. 다른 사람들 앞에서 이걸 건네서, 적을 견제하려는 거예요."

야마이 자매는 자신만만한 목소리로 그렇게 말하더니, 회오리바람처럼 재빨리 돌아섰다.

"목적은 달성했노라! 잘 있거라!"

"해설. 폼을 잡기는 했지만, 역시 남들 앞에서 초콜릿을 건네서 부끄러우니 한시라도 빨리 이 자리를 벗어나고 싶다는 말이에요."

"그런 뜻에서 한 말 아니거든?!"

카구야는 비명처럼 그렇게 말하더니, 학교 쪽으로 도망치는 유즈루를 쫓아갔다.

참고로 나중에 확인을 해보니, 카구야가 준 초콜릿은 금박을 입힌 십자가 모양이었으며, 유즈루의 초콜릿은 장식용 알갱이로 꾸민 아름다운 은색 초콜릿이었다.

"여전히 폭풍 같은 애들이네……."

시도는 식은땀을 흘리면서 그렇게 말한 후, 방금 받은 초콜릿을 들고 학교 안으로 들어갔다.

하지만 교실에 들어선 순간— 그는 또다시 눈을 크게 떴다.

"아니……."

시도가 그런 반응을 보이는 것도 당연했다. 자신의 책상 위에 정교한 천사 조각상이 놓여 있다면, 누구나 이런 반응을 보일 것이다.

다가가 보니, 그 조각상은 전부 초콜릿으로 되어 있었다. 세세한 부분까지 정교하게 조각된 그것에, 시도의 이마에 식은땀이 맺혔다.

그렇지만 범인이 누구인지는 이미 알고 있다.

"……오리가미."

"왜?"

시도가 이름을 중얼거리자, 바로 대답이 들려왔다. 그럴 만도 했다. 범인은 시도의 바로 옆자리에 앉아 있었던 것이다.

그리고 범인이 누구인지 바로 알아챌 수 있었던 것은, 그 천사 조각상의 얼굴이 오리가미와 똑같았기 때문이다.

"뭐랄까…… 저기, 그러니까…… 엄청나네. 고마워."

"그렇게 말해주니 기뻐."

다른 적당한 말이 생각나지 않은 시도가 솔직한 감상을 입에 담자, 오리가미는 볼을 살짝 붉히면서 희미한 미소를 머금었다.

"하지만 여기서 바로 먹을 수는 없으니까, 좀 치워줬으면 좋겠는데……."

"그럴 것 같아서 만반의 준비를 해뒀어."

오리가미는 그렇게 말하더니, 복잡한 형태를 지닌 플라스틱 커버를 초콜릿에 씌웠다. 그리고 1분도 채 흐르기 전에 초콜릿은 미소녀 피규어처럼 깔끔하게 포장되었다.

"자, 다 됐어."

"고, 고마워……. 역시 대단하네."

시도가 쓴웃음을 지으며 그렇게 말한 후, 책상 위에 가방과 함께 야마이 자매에게 받은 초콜릿을 올려놓았다.

"……응?"

그때, 시도는 그제야 눈치챘다. 교실 구석에서 중얼거리는 소리가 들려오고 있다는 사실을 말이다.

"……젠장, 젠장, 젠장, 젠장."

"죽어죽어죽어죽어죽어죽어……."

"폭탄…… 재료…… 만드는 법……."

그렇다. 그것은 시도가 받은 초콜릿을 본 남학생들의 입에서 흘러나오고 있는 원념에 찬 목소리였다.

"……."

시도의 볼이 힘없이 꿈틀거렸다. 기분이 복잡하기는 하지만, 그들의 심정이 이해되지 않는 것은 아니었다.

아침에 시도가 말했다시피, 그도 밸런타인데이에 이렇게 많은 초콜릿을 받아본 것은 처음이었다. 작년까지만 해도 코토리와 어머니한테서만 초콜릿을 받았던 것이다.

뭐, 친구인 토노마치 히로토가 「훗훗훗…… 인근 가게의 한정 초콜릿을 싹 쓸어왔어. 이걸로 아무도 초콜릿을 선물하지 못할 거야……」라고 말하며 꽤 비싸 보이는 초콜릿을 나눠준 적은 있지만, 그건 노 카운트로 쳐도 될 것이다.

참고로 토노마치는 다른 남학생들과 마찬가지로 슬픔과 분노로 범벅이 된 얼굴로 시도를 응시하고 있었다.

"다들…… 지금부터 의식을 거행하겠노라."

그때, 교실 구석에 있던 토노마치가 들고 있던 상자를 열었다.

그 안에는 『이츠카』라고 적힌 인형 모양 화이트 초콜릿이 들어 있었다.

토노마치가 그 상자를 천천히 들어 올리자, 다른 남학생들은 기묘한 춤을 추면서 둥두두, 둥두두…… 하고 북소리(같은 목소리)를 내기 시작했다.

"좌앗~!"

그리고 그 목소리가 최고조에 달한 순간, 토노마치는 호주머니에서 천천히 대못을 꺼내더니 괴성을 지르면서 『이츠카』의 가슴에 못을 찔러 넣었다.

그러자 초콜릿의 몸통에 금이 가더니, 『이츠카』가 산산조각 났다.

그 모습에 주위에 있던 남학생들이 초콜릿 파편에 몰려들기 시작했다.

"꺄앗호~! 이츠카가 산산조각 났어!"

"맛있어! 맛있다고!"

"나, 이츠카, 먹는다…… 그리고, 이츠카의, 매력, 손에 넣는다……."

"……."

시도는 세기말 느낌이 물씬 나는 그 광경을 보면서 식은땀을 흘렸다.

평소에는 이렇게 비정상적인 녀석들이 아닌데…… 역시 밸런타인데이는 남자에게 있어 특별한 것 같았다.

바로 그때, 그런 남학생들을 보다 못한 여학생 셋이 한숨을 내쉬며 자리에서 일어났다.

이 반의 명물 3인조인 야마부키 아이, 하자쿠라 마이, 후지바카마 미이— 통칭 아이, 마이, 미이, 트리오였다.

"하아, 남자들은 정말 못 말린다니깐……."

"자, 이쪽으로 와봐!"

"쭈쭈쭈쭈~."

아이, 마이, 미이는 그렇게 말하면서 가방 안에 있던 비닐봉투를 꺼내더니, 그 안에 가득 들어있던 의리 초콜릿을 사방으로 흩뿌렸다.

그러자 산제물의 제단에 몰려있던 남자들이 고개를 퍼뜩 들고, 엄청난 속도로 허공을 가르고 있는 초콜릿을 움켜잡았다.

흩뿌려진 초콜릿은 얼추 서른 개는 되어보였다.

하지만 바닥에는 단 한 개도 떨어지지 않았다.

"고마워……. 고마워……."

"여자애한테 받은 초콜릿은…… 이렇게 달콤하구나……."

"이츠카의 독이…… 정화되고 있다……."

남학생 집단을 휘감고 있던 칠흑빛 오라가 사라졌다(그렇게 보였다).

이 순간, 아이, 마이, 미이의 자비심 넘치는 행동에 감동한 한 미술부 부원이 후세의 명화 『민중에게 초콜릿을 나눠주는 자유의 여신』을 그리게 되지만, 당시에는 아무도 알지 못했다.

"으음, 무슨 일이냐? 시끌벅적하구나."

"……뭐, 그냥 내버려둬."

그리고 바로 그때—.

"……윽!"

정령들은 일제히 한 곳을 쳐다보았다.

덩달아 고개를 돌린 시도는— 어깨를 희미하게 떨었다.

시도의 시선이 향한 곳에는 쿠루미가 서 있었다. 그리고 그녀는 시도와 시선이 마주친 순간, 빙긋 미소 지었다.

"우후후. 좋은 아침이에요, 시도 씨. 아침부터 교실이 활기차군요."

"응……. 좋은 아침이야, 쿠루미."

시도는 인사를 건넨 후, 무심코 숨을 삼켰다.

하지만 그러는 것도 당연했다. 오늘은 쿠루미가 정한 결전의 날인 것이다.

어제도, 그저께도, 시도와 쿠루미는 격렬한 공방전을 벌였다.

하지만 오늘 방과 후는 이전과 달랐다. 다른 정령들이 곁에 없는 상황에서 쿠루미와 단둘이 데이트를 하는 것이다.

아마 쿠루미 또한 진심으로 시도를 농락하려 할 것이다.

"……."

시도는 긴장한 탓에 타들어가는 목을 침으로 적셨다. 그런 시도의 움직임을 재빨리 눈치챈 쿠루미는 후훗 하고 미소를 머금었다.

"후후. 초조해하면 안 된답니다, 시도 씨."

쿠루미는 그렇게 말하면서 한 걸음 내딛더니, 시도의 귓가에 입술을 댔다.

"즐거운 시간은— 이제부터 시작될 테니까요."

"윽……!"

음탕하기 그지없는 목소리가 느닷없이 고막을 뒤흔들자, 시도는 온몸을 부르르 떨었다.

하지만 쿠루미에게 동요했다는 사실을 들키지 않기 위해 애써 참으면서 씨익 웃었다.

"정말 기대되는걸. —참, 정령 맨션에 이미 네 방을 준비해뒀어."

"어머, 어머."

쿠루미가 더욱 진한 미소를 머금은 순간, 수업의 시작을 알리는 종이 울렸다.

◇

"키히히히히."

"키히히히히."

"쿡쿡쿡쿡."

"쿡쿡쿡쿡."

"자, 다음『예정』은 언제죠?"

"딱 한 시간 뒤랍니다."

"어머, 어머."

"정말 성급하군요."

"질리지도 않나 봐요."

"키히히, 히히."

"그럴 만도 해요."

"그녀들에게 있어서는—."

"……겨우 몇 번 일어난 일이니까요."

"아아, 게다가—."

"예. 그녀들에게도 이러는 이유가 있겠죠."

"그러니 비난할 수는 없답니다."

"물론 저희에게도 이유가 있으니—."

"그리고, 서로가 물러날 수 없는 상황인 만큼—."

"봐줄 수는 없겠지만 말이죠."

"자, 그럼 다음은—."

"저희가 나서죠."

"예, 예."

"부탁드릴게요."

"부디, 좋은 죽음을 맞이하시길—."

"부디, 의미 있는 종언을 맞이하시길—."

"『저』를 위해."

"『저』를 위해."

"『저』를 위해."

"—시도 씨를, 위해."

◇

—오늘은 시간이 빠르게 흘렀다.

시도는 교실에 울려 퍼지는 종소리를 들으면서 그런 생각을 했다.

하지만 그렇다고 시곗바늘이 빠르게 돌고 있는 것은 아니다. 그저 오늘 방과 후의 일을 생각하다보니, 어느새 수업이 끝나고 말았을 뿐이다.

하지만 누구도 시도를 탓하지 못할 것이다.

그도 그럴 것이, 오늘 데이트 상대는 바로 최악의 정령인 토키사키 쿠루미다.

아리따운 소녀지만, 그녀의 실체는—.

"……아냐."

거기까지 생각한 시도는 마음을 바꿔먹듯 입술을 깨물었다.

확실히 쿠루미는 강대한 힘을 지닌 정령이다. 무섭지 않다면 거짓말일 것이다.

하지만 시도는 그런 그녀를 오늘 자신에게 반하게 만들어야 한다. 두려움에 떨며 도망치려 하는 남자에게, 그녀가 마음을 열리가 없다.

—공포는, 두려움은, 이곳에 두고 가자.

심장이 격렬하게 떨리도록 하는 것은 데이트에 임하면서 느끼는 고양감과 긴장감만으로 충분하다.

시도는 기합을 넣듯 손바닥으로 자신의 볼을 세게 때렸다.

『아무래도 괜한 소리를 할 필요는 없을 것 같네.』

바로 그때, 시도의 결의를 느끼기라도 한 것처럼, 오른쪽 귀에 착용한 인터컴에서 코토리의 목소리가 흘러나왔다.

라이젠 고등학교의 상공에 떠 있는 〈프락시너스〉에는 시도를 지원하기 위해 코토리를 비롯한 승무원들이 대기하고 있었다. 교실 안에도 자율형 카메라가 여러 대 날아다니면서 쿠루미를 살피고 있으리라.

시도는 각오를 다진 후, 천천히 자리에서 일어났다.

그러자 옆자리에서 작은 목소리가 들려왔다.

"시도……."

고개를 돌려보니, 토카가 불안감이 어린 시선으로 자신을 쳐다보고 있었다.

"토카……."

시도는 미소를 지은 후, 가방 안에서 상자 하나를 꺼냈다. —오늘 아침에 토카가 준 것이다.

시도의 행동에 놀란 토카 앞에서 그 상자를 열더니, 안에 들어있던 콩고물 트뤼플 한 개를 입에 넣으면서 엄지를 치켜들었다.

"음, 맛있어. —이걸 먹었더니 마음이 든든해지네."

"오오……!"

토카는 눈을 크게 뜨고 기쁨을 표시하듯 손을 흔들어댔다.

그러자 이번에는 토카의 반대편— 시도의 왼편에 앉아 있는 소녀가 시도를 지그시 쳐다보며 입을 열었다.

"시도, 내 초콜릿을 먹으면 마음이 더 든든할 거야."

무표정한 오리가미는 묘한 박력이 느껴지는 목소리로 그렇게 말했다.

하지만 오리가미가 준 초콜릿은 정교하기 그지없는 16분의 1 오리가미 모델이었다. 그걸 이 자리에서 꺼내는 건 좀 그런데다, 토카의 초콜릿처럼 그걸 씹어 먹었다간 꽤나 처참한 광경이 펼쳐질지도 모른다. 시도는 쓴웃음을 지으며 볼을 긁적이더니, 오리가미 쪽을 쳐다보며 입을 열었다.

"오리가미 건 나중에 먹을게. —쿠루미의 영력을 봉인한 후에 말이야."

"……."

시도가 그렇게 말하자, 오리가미는 납득했다는 듯이 고개를 끄덕였다.

시도는 두 사람을 번갈아 쳐다본 후, 결의에 찬 목소리로 말했다.

"다녀올게."

"음……!"

"행운을 빌겠어."

시도는 두 사람의 응원을 받으면서 걸음을 내디뎠다.

그리고 차분한 발걸음으로 쿠루미의 앞에 섰다.

"저기, 쿠루미."

"어머, 시도 씨. 무슨 일이시죠?"

오늘을 결전의 날로 정한 당사자인 쿠루미는 시치미를 떼면서 즐거움이 깃든 목소리로 그렇게 말했다.

시도는 작게 한숨을 내쉰 후, 손을 내밀면서 연기 톤이 섞인 목소리로 이렇게 말했다.

"지금부터 나와 데이트를 하지 않겠어?"

"어머, 어머."

쿠루미는 일부러 눈을 동그랗게 뜨더니, 후훗 하고 웃음을 흘렸다.

"기쁜 마음으로 데이트 신청을 받아드리겠어요."

쿠루미는 귀족 가문의 아가씨처럼 우아하게 시도의 손을

잡더니, 자리에서 일어났다.

밀회를 제안하는 남자와, 그 제안에 응하는 여자. 남들이 보기에는 그렇게 보일 것이다. 그리고 그건 엄연한 사실이며, 그 광경을 본 클래스메이트들은 소곤거리기 시작했다.

하지만 토카와 오리가미의 반응은 다른 이들과 사뭇 달랐다.

긴장감으로 가득하지만, 그래도 시도를 믿기에 보내준다는 듯한, 그런 눈빛을 띠고 있었다.

그녀들은 알고 있는 것이다. ―언뜻 그저 우아하게만 들리는 저 말들이, 시도와 쿠루미의 결전의 시작을 알리는 봉화라는 사실을 말이다.

"그럼 가죠."

"응. 그래."

시도는 고개를 끄덕이더니 하교할 준비를 마친 후, 쿠루미와 함께 교실을 나섰다.

바로 그때, 옆 반인 카구야와 유즈루가 고개를 내밀더니 엄지를 치켜들었다. 시도는 그런 두 사람을 향해 마찬가지로 엄지를 치켜든 후, 쿠루미와 함께 복도를 걸었다.

그 기묘한 광경을 본 다른 학생들이 술렁였지만, 시도는 그들의 말이 전혀 들리지 않았다.

반에서의 평판 같은 건 이제 신경 쓰지 않는다. 이미 시도에게는 최근 1년 동안 『전학생 헌터』, 『광속의 이츠카』, 『지난 생에 덕을 쌓고, 이번 생에서 업을 과하게 짊어진 남자』

같은 불명예스러운 별명이 붙은 것이다. 이제 와서 스캔들이 한두 개 늘어나봤자 절묘하게 근거 있는 소문과, 짚인형에 박힐 바늘 숫자가 늘어나기만 할 것이다.

『—시도.』

시도가 그런 생각을 하면서 걷고 있을 때, 갑자기 인터컴에서 코토리의 목소리가 흘러나왔다.

『선택지가 나왔어. 하굣길에 들를 곳을 정하자.』

나란히 걷고 있는 시도와 쿠루미의 영상이 비춰지고 있는 공중함 〈프락시너스〉의 메인 모니터에 선택지 세 개가 표시되었다.

①자택.

②노래방.

③인터넷 카페.

이것은 리얼라이저로 관측한 쿠루미의 기분과 정신상태, 시도를 향한 호감도 등을 기반으로 생성된 행동지표다.

"전원, 선택!"

코토리가 그렇게 외치자, 함교 하단부에 있던 승무원들이 일제히 콘솔을 조작하기 시작했다.

그리고 몇 초 후, 모니터에 집계 결과가 표시됐다.

근소한 차이로 가장 많은 표를 모은 선택지는 바로 ②였다. 코토리는 그 결과를 보며 턱을 매만졌다.

“흐음, 타당하긴 하네. ……하지만 마리아, 오늘은 왠지 선택지가 전체적으로 비슷한 느낌인 것 같지 않아?”

코토리가 그렇게 말하자, 모니터에 『MARIA』라는 문자가 표시되더니 함교에 설치된 스피커에서 목소리가 흘러나왔다.

〈프락시너스〉의 관리AI, 통칭 마리아였다.

『전에도 말씀드렸다시피, 선택지는 정령의 각종 데이터에 근거해서 자동으로 생성되는 것이지, 제가 만드는 게 아니에요. 하지만 저의 개인적인 의견을 밝히자면, 승부에 나선 게 아닐까 싶군요.』

“승부?”

『예. 상대는 토키사키 쿠루미, 방심할 수 없는 상대죠. 모든 선택지가 위험부담을 감수하며 속공으로 승부에 나서고 있는 느낌이에요.』

“속공……?”

『하나같이 밀실에서 단둘이 있을 수 있는 공간— 이라는 거죠.』

“……그, 그렇구나…….”

코토리는 그 불온한 발언을 듣고 눈썹을 찌푸릴 뻔했지만, 곧 마음을 진정시키며 마이크에 입을 댔다.

“뭐, 아무튼 시도. ②—.”

『아— 잠깐만 있어봐.』

하지만 코토리가 인터컴과 연결된 마이크로 시도에게 지시를 내리려고 한 순간, 모니터 속의 그가 갑자기 그렇게 말했다.

학교 건물 입구.

시도는 신발장에서 꺼낸 신발로 갈아 신으면서, 〈프락시너스〉의 지시를 제지하듯 그렇게 말했다.

쿠루미도 신발을 갈아 신으러 갔으니, 웬만큼 큰 목소리를 내지 않는 한 그녀가 이 대화를 들을 걱정은 할 필요 없다. 시도는 쿠루미 쪽을 힐끔 쳐다보면서 인터컴에 손을 댔다.

『왜 그래? 혹시 신경 쓰이는 거라도 있어?』

코토리가 의아해하면서 그렇게 묻자, 시도는 그 말을 부정하듯 고개를 살며시 저으면서 말을 이었다.

"—어디에 갈지는 이미 정해뒀어."

『뭐?』

시도의 말에 코토리는 뜻밖이라는 반응을 보였다.

그런 코토리를 대신하듯, 인터컴에서 다른 목소리가 흘러나왔다. 방울소리처럼 맑은 목소리— 〈프락시너스〉의 AI, 마리아의 목소리였다.

『그 말은 제 성능을 믿지 못한다는 건가요?』

"아, 그런 건 아닌데……."

마리아가 약간 삐친 듯한 목소리로 그렇게 말하자, 시도는 난처한 표정을 지으며 그렇게 중얼거렸다. 그러자 몇 초 후, 마리아가 웃음을 흘리듯이 소리를 내며 말을 이었다.

『농담이에요. 저희는 어디까지나 서포트 담당이에요. 확고한 의지를 지녔다면, 그걸 관철해야 남자애라 할 수 있겠죠.』

"마리아……."

마리아는 의견을 묻듯 이어 말했다.

『사령관님, 어떻게 하시겠습니까?』

마리아는 평소에 『코토리』라고 부르지만, 이번에는 일부러 그런 호칭을 썼다.

『정말…… 이 상황에서 안 된다고 하면 나만 꽉 막힌 애가 되잖아.』

그리고 머리카락을 긁적이는 듯한 소리가 들린 후, 『좋아』라는 말이 들려왔다.

『시도는 이 세상에서 제일가는 대(對) 정령 스페셜리스트잖아. 네가 그렇게 말한다면 따라야 하지 않겠어? 마리아도 말했다시피, 우리는 서포트 담당이야. 네 좋을 대로 해. 만약 무참하게 실패한다면, 우리의 일은 그때부터 시작되는 거야.』

"응……. 고마워, 코토리. 마리아."

시도가 고맙다는 말을 한 순간, 그때를 기다렸다는 듯이 신발을 갈아 신은 쿠루미가 돌아왔다.

"시도 씨, 오래 기다리셨죠?"

"아냐. 그럼 가자."

"예. 그건 그렇고—."

쿠루미는 손가락 하나를 입술에 살며시 대며 이렇게 말했다.

"저, 가보고 싶은 곳이 있답니다."

"윽……!"

쿠루미의 말에 시도의 눈썹이 움직였다. 그 뒤를 이어 인터컴 너머의 코토리가 『아차』 하고 입을 열었다.

『쿠루미도 행선지를 제시할 생각인가 보네. 우리 의견에 따르게 할 수 있다면 좋겠지만, 그게 어려울 것 같다면 쿠루미의 제안을 우선하자.』

"아니……."

시도는 딱히 당황하지 않았다.

어째서일까— 왠지 쿠루미도 시도와 같은 생각을 하고 있는 듯한 느낌이 든 것이다.

"이런 우연도 다 있네. 실은 나도 가보고 싶은 곳이 있어. 아마, 너와 같은 장소일 거야."

"어머, 어머."

쿠루미는 시도의 말을 듣고 재미있다는 듯이 웃더니, 그의 손을 잡았다.

"재미있군요. 그럼 정답을 확인해 보도록 하죠. 시도 씨가 가려는 장소로 저를 데려가주세요."

"응. 알았어."

쿠루미의 손에서 느껴지는 서늘한 감촉 때문에 한순간 놀랐지만, 겉으로나마 태연한 척을 하면서 그녀의 손을 움켜쥐었다.

그리고 시도는 역 쪽을 향해 천천히 걸음을 내디뎠다.

—몇 십 분 후, 시도와 쿠루미는 별것 아닌 이야기를 나누면서 텐구 역 앞에 있는 종합 빌딩에 도착했다.

『여기는…….』

빌딩 안으로 들어간 두 사람이 어느 가게 앞에서 걸음을 멈추자, 인터컴에서 코토리의 목소리가 흘러나왔다.

코토리도 눈치챈 것 같았다. 여기가— 과거에 『토키사키 쿠루미』와 데이트를 했을 때 방문했던 속옷가게라는 사실을 말이다.

"흐음…… 시도 씨가 가보고 싶은 곳이 여기인가요?"

쿠루미가 쇼윈도를 쳐다보면서 미소를 머금자, 시도는 천천히 고개를 끄덕였다.

"그래."

"우후후…… 그런가요. 시도 씨는 제 속옷 차림이 보고 싶으신가 보군요."

"……윽, 그런 게 아냐. 아, 그런 게 아닌 게 아닐지도 모르지만, 그런 게 아니라……."

쿠루미가 놀리듯 그렇게 말하자, 시도는 횡설수설했다. 쿠루미는 그런 시도를 보며 웃음을 흘렸다.

그리고 그녀는 다시 가게를 쳐다보면서 입을 열었다.

"—정답이에요."

"뭐?"

"제가 가보고 싶었던 장소— 정확하게는 그 중 하나지만, 여기가 틀림없답니다. 우후후, 『저』와 여기에 왔던 걸 기억하고 계시는군요, 시도 씨. 정말 기뻐요."

쿠루미는 그렇게 말하며 미소를 지었다.

그렇다. 지금 이곳에 있는 쿠루미와, 시도와 함께 이곳에 왔던 『쿠루미』는 동일인물이지만 동일인물이 아니다.

작년 6월, 시도의 앞에 나타나 그와 데이트를 한 『쿠루미』는 진짜 쿠루미가 천사 〈자프키엘〉로 만들어낸 분신이었다.

"『그날』부터, 쭉 생각했답니다. 시도 씨와 함께 이곳을 방문했던 『저』는 어떤 느낌을 받았던 건지— 시도 씨에게 마음을 빼앗긴 『저』는 대체 어떤 생각을 하고 있었던 건지를 말이죠."

"……."

쿠루미가 그렇게 말하자, 시도는 입을 다물었다.

그때, 함께 마을을 돌아다니며 함께 웃었던 쿠루미는, 그리고 학교 옥상에서 시도를 향해 손을 내밀었던 쿠루미는, 이제 존재하지 않는다.

"쿠루미, 너는—."

시도는 무슨 말을 하려다— 곧 입을 다물었다.

방금 그 말을 한 쿠루미의 얼굴에, 왠지 우울함과 쓸쓸함이 어려 있는 것처럼 보였던 것이다.

"……미숙한 아이이기는 했지만, 그 아이 또한 저랍니다."

"……."

다시 침묵에 잠겼던 시도는 몇 초 후, 가늘게 숨을 내쉬었다.

그리고 쿠루미와 맞잡은 손에 힘을 줬다.

"……어머? 시도 씨?"

"그때와 똑같은 코스라도 정말 괜찮은 거지?"

"예?"

쿠루미는 시도의 말에 놀란 듯한 눈빛으로 그를 쳐다보았다. 시도는 입가에 미소를 머금으며 그녀를 마주 보았다.

"분신이라고 해도, 나는 『토키사키 쿠루미』를 한 번 공략했던 남자야. 그런 나한테, 그때와 똑같은 코스를 돌게 하면 어떻게 될 것 같아? —오늘 하루가 끝난 후, 너는 내 생각밖에 못하는 아이가 되어 있을 거야."

"어머나."

쿠루미는 눈을 동그랗게 뜨더니, 후훗 하고 웃었다.

그리고 시도와 마주잡은 손에 더욱 힘을 줬다.

"그거 참 기대되는 군요. 우후후, 시도 씨는 과연 저를 공략할 수 있을까요?"

두 사람은 씨익 웃은 후, 함께 가게 안으로 들어갔다.

이곳은 속옷가게다. 당연히 가게 안에는 다양한 여성용 속옷이 줄지어 걸려 있었다. 그 모습은 각양각색의 꽃이 흐드러지게 핀 꽃밭을 연상케 했다.

쿠루미는 그런 꽃들 사이를 가벼운 발걸음으로 즐거운 듯이 걷고 있었다. 마치 나비처럼 말이다.

윤기 넘치는 흑발과 검은색 코트, 그리고 붉은색 눈동자. 칠흑빛 날개를 지닌 아름다운 제비나비 같았다.

"—저기, 시도 씨. 당연히 저한테도 속옷을 골라주실 거죠?"

쿠루미는 시도를 향해 돌아서더니, 장난기 섞인 미소를 지으며 그렇게 말했다. 그 귀여운 모습을 본 순간, 시도의 가슴은 살며시 뛰었다.

"……그, 그래. 물론이지."

"우후후, 기대되는군요. 자— 어느 게 저한테 어울릴 것 같나요?"

쿠루미는 장난스럽게 고개를 갸웃거리면서 시도에게 물었다.

그런 쿠루미의 뒤편에는 수많은 『꽃』이 있었다. 마치 쿠루미가 다양한 무기로 시도를 겨누고 있는 것만 같았다.

바로 그때, 인터컴에서 의견을 구하는 목소리가 흘러나왔다.

『—시도, 선택지를 제시해줄까?』

"……아냐. 내가 고르겠어."

시도는 작은 목소리로 그렇게 말한 후, 당당히 걸음을 내디디면서 가게에 진열되어 있는 속옷들을 물색했다.

하지만 지나치게 섹시한 속옷을 고르는 것도 좋은 생각은 아닐 것 같았다. 왜냐하면 시도와 쿠루미는 상대방을 자신에게 반하게 만든 사람이 이기는 승부를 벌이고 있었다. 파괴력이 높은 강렬한 걸 장비하게 했다간, 시도가 어마어마한 대미지를 입을 가능성이 있었다.

잠시 후, 쿠루미에게 어울릴 듯하면서 너무 야하지도 않은 절묘한 속옷을 발견한 시도는 쿠루미를 불렀다.

"쿠루미, 이건 어때?"

"어머, 어머. 꽤 귀여운 속옷이군요. 저는 시도 씨가 저런 걸 골라줄 거라고 생각했답니다."

쿠루미는 그렇게 말하면서 마네킹이 입고 있는 선정적인 속옷을 손가락으로 가리켰다. 그걸 본 시도는 식은땀을 흘렸다.

"의, 의외로 이런 것도 잘 어울릴지 몰라."

"우후후, 그런가요? 시도 씨가 그렇게 말씀하시니, 한 번 도전해보도록 할게요."

쿠루미는 즐거워하는 목소리로 그렇게 말하더니, 시도가 골라준 속옷을 들고 탈의실에 들어갔다.

그리고 몇 분 후…….

스르륵 하는 소리와 함께 커튼이 걷히더니, 속옷을 입은 쿠루미가 모습을 드러냈다.

"윽……!"

그 모습을 본 시도는 무심코 숨을 삼켰다.

그리고, 자신이 얼마나 안일하게 생각한 것인지 처절하게 실감했다. 확실히 시도는 자신이 받을 대미지를 고려해서, 비교적 노출도가 낮은 디자인의 속옷을 골랐다.

하지만, 시도는 잊고 있었다. 속옷의 가치는 노출도만으로 정해지는 게 아니라는 사실을 말이다.

—선현들은 말했다. 『승부속옷이란 야한 속옷이 아니라, 청초한 흰색 속옷이다』라고 말이다.

그렇다. 비교적 수수한 그 속옷은 쿠루미라는 최고의 소재가 착용함으로써, 예상 이상의 상승효과를 자아낸 것이다.

청초하면서도 요염하고, 가련하면서도 화사했다. 그 갭은 시도가 잠시 동안 아무 말도 하지 못하게 만들었다.

"—시도 씨?"

"헉……."

시도는 쿠루미에게 이름을 불리고서야 눈을 크게 떴다.

"왜 그러시죠? 이 속옷, 저한테 어울리나요?"

"그래……. 잘 어울려. 위험할 정도로 말이야."

시도가 그렇게 말하자, 쿠루미는 눈을 동그랗게 뜨더니 곧 볼을 붉혔다.

"우후후. 이 속옷을 입으면 시도 씨를 저에게 푹 빠지게 할 수도 있으려나요?"

"글쎄…… 과연 그렇게 될까?"

시도는 쿠루미의 말을 듣고 어깨를 으쓱했다. ……실은 그저 허세에 불과하지만, 그렇게 말할 수밖에 없었다.

그런 시도의 본심을 눈치챘는지는 모르겠지만, 쿠루미는 옅은 미소를 지었다.

"그럼 이걸로 해야겠군요. —시도 씨."

쿠루미는 그렇게 말하면서 시도를 향해 손짓을 했다. 그 모습을 본 시도는 고개를 갸웃거리며 쿠루미에게 다가갔다.

"받으세요."

"응……?"

쿠루미가 동그랗게 말린 검은색 천을 건네주자, 시도는 영문을 모르겠다는 듯이 미간을 살짝 찌푸렸다.

"이게 뭐…… 이, 이건—!"

그 천을 두 손으로 펼쳐본 순간— 시도의 횡격막에 경련이 일어났다.

쿠루미가 건네준 것은 바로— 그녀가 방금까지 입고 있었던 걸로 추정되는, 체온이 희미하게 남아있는 팬티였던 것이다.

"우후후, 오늘은 시도 씨가 골라준 속옷을 입고 다닐까 해요. —그건 시도 씨가 가지고 있어 주세요."

"으, 응……?"

시도는 뭐라고 대답하면 좋을지 몰라, 그저 볼을 붉히며 그렇게 말할 수밖에 없었다.

◇

"흠……."

데이트가 시작되고 약 두 시간이 흘렀다.

〈프락시너스〉 함교에서 두 사람을 모니터링하고 있던 코토리는 입에 문 막대사탕의 막대 부분을 까딱거렸다.

메인 모니터에는 속옷가게에서 나온 두 사람이 다음 목적지를 향해 나란히 걷고 있는 모습이 비치고 있었다.

시도는 쿠루미의 손을 꼭 잡고 있었으며, 쿠루미 또한 그게 싫지 않은 눈치였다. 변화 폭 자체는 좁지만, 쿠루미의 호감도는 나쁘지 않은 수치를 기록하고 있었다.

"……묘한걸."

레이네도 같은 생각을 한 건지 턱에 손을 대며 신음하듯 그렇게 말했다. 코토리는 「그래」 하고 대답하더니, 화면 가장자리에 표시된 수치를 쳐다보았다.

그것은 쿠루미의 정신 상태를 가리키는 수치였다.

"……명백하게 평상시의 쿠루미와는 수치가 달라. 마치, 극도로 스트레스를 받고 있는 듯한 상태야. 하지만, 지금까지의 반응으로 볼 때, 신과의 데이트가 원인 같지는 않아. 이게 대체……."

"……."

코토리는 레이네의 말에 인상을 찡그렸다.

정령이 스트레스를 받고 있다. 적어도 코토리에게 있어서 그것은 바람직한 상황이 아니다.

하지만 화면 속의 쿠루미는 정말 즐거워 보였으며, 스트레스를 받고 있는 기색이 전혀 드러나고 있지 않았다. 그 점이 거꾸로 정체를 알 수 없는 불온한 분위기를 자아내고 있었다.

"―아무튼, 다들 한시도 긴장을 풀지 마."

""""라져!""""

코토리가 그렇게 말하자, 승무원들이 한 목소리로 대답했다.

◇

오후 10시. 시도와 쿠루미는 공원 벤치에 나란히 앉았다.

속옷가게를 나선 후에도, 두 사람은 일전과 같은 루트로 데이트를 했다.

그때와 같은 길을 걸었고, 그때와 같은 가게에서 식사를 했으며― 그리고 마지막으로 이곳에 왔다.

하늘에는 어두운 커튼이 드리워져 있고, 공원을 비추는 것은 흐릿한 달빛과 드문드문 설치된 가로등뿐이었다. 주위에는 이미 사람들이 없었으며, 마치 이 세상에 단둘만이 남겨진 듯한 착각이 들었다.

2월 중순이라 그런지 밤이 되자 공기가 차가워지며 숨을 쉴 때마다 새하얀 입김이 입에서 흘러나왔다. 원래라면 이 시간에 이런 장소에 오래 있으면 안 될 것이다.

하지만 이 공원 또한 시도와 쿠루미의 데이트 코스에서 빠져서는 안 되는 장소다.

"시도 씨, 이 장소를 기억하나요?"

"……그래, 기억해. 잊고 싶어도 잊을 수 없을 만큼 말이야."

시도는 한숨을 내쉬며 그렇게 말했다. 그럴 만도 했다. 이곳은 바로 시도가 처음으로 쿠루미의 악행을, 그리고 쿠루미의 사체를 본 장소인 것이다.

"후후."

쿠루미는 시도의 말에 대답하지 않으며 애매하게 웃더니, 뭔가가 생각난 것처럼 가방에서 귀여운 상자를 꺼냈다.

"참, 깜빡할 뻔했군요. ―시도 씨, 해피 밸런타인."

쿠루미는 그렇게 말하면서 시도에게 상자를 건넸다.

시도는 쓴웃음을 지으면서 그것을 받았다.

"고마워. ……그런데 깜빡할 뻔한 거야?"

"예. 왜냐하면―."

쿠루미는 가늘게 숨을 내쉬더니, 그대로 시도에게 기댔다. 쿠루미의 체중이 시도의 어깨에 실리더니, 그녀의 아름다운 머리카락이 그의 볼을 희롱했다.

"그 정도로…… 오늘은, 즐거웠으니까요. 제 기억 속에서,

손꼽힐 정도로 말이에요."

"쿠루미……."

시도는 상냥한 목소리로 쿠루미의 이름을 부르더니, 미소와 함께 가방 안에 있던 조그마한 꾸러미를 꺼냈다.

"나도 답례를 해야지. 해피 밸런타인, 쿠루미."

"어머, 어머……?"

시도가 그 꾸러미를 건네주자, 쿠루미는 놀란 것처럼 눈을 동그랗게 떴다.

"시도 씨…… 설마했지만, 역시 여자애……."

"아니거든?! 한때 유행했던 거꾸로 초콜릿이라는 거야. 남자가 여자한테 초콜릿을 주면 안 된다는 법이 있는 건 아니잖아?"

시도가 쿠루미의 말을 끊으면서 그렇게 외쳤다. 그러자 쿠루미는 재미있다는 듯이 웃음을 터뜨렸다.

"우후후, 그것도 맞는 말이군요. —열어봐도 될까요?"

"응. 물론이야."

두 사람은 서로를 쳐다보며 고개를 끄덕인 후, 각자가 들고 있던 상자를 열었다.

시도가 만든 것은 꿀에 절인 오렌지 껍질을 다크초콜릿으로 코팅한 것이었다. 검은 색감과 옅은 쓴맛이 쿠루미에게 어울릴 것 같았다.

한편 쿠루미가 준 상자 안에는 다양한 형태와 색깔을 지닌 한입 크기 초콜릿이 잔뜩 들어 있었다.

형태가 다양하기는 하지만— 통일감이 전혀 없는 것은 아니다. 그것들은 전부 고양이 형태를 하고 있었던 것이다. 마치 일전에 시도가 준비했던 도시락에 대한 답례 같았다.

"흐음, 귀여운걸."

"시도 씨의 초콜릿도 맛있을 것 같군요."

두 사람은 그런 대화를 나눈 후, 누가 먼저랄 것 없이 초콜릿을 입에 넣었다.

그리고 미소를 머금은 두 사람은 서로를 쳐다보았다.

"아하하, 맛있네. 이 맛은…… 헤이즐넛 아냐?"

"어머나. 그걸 알아맞히다니, 시도 씨는 정말 대단해요. 으음…… 이것도 맛있군요."

두 사람은 웃으며 그렇게 말한 후, 잠시 동안 침묵했다.

"……."

"……."

딱히, 할 이야기가 없는 것은 아니었다.

그저— 이렇게, 서로를 쳐다보고 싶었을 뿐이다.

"……."

시도는 쿠루미의 어깨에 팔을 두르며 꼭 끌어안더니, 사랑스럽다는 듯이 머리를 쓰다듬어 줬다.

쿠루미는 저항하지 않았다. 오히려 그런 행위를 바라고 있었다는 듯이, 시도에게 몸을 기댔다.

아무 것도 모르는 사람이 이 두 사람을 봤다면 사이좋은 커플처럼 보일 것이다. 시도가 쿠루미의 턱을 살며시 들어 올린다면, 그대로 서로의 입술을 포개는 것도 가능할 것이다.

하지만—.

『……나쁘지 않아. 나쁘지는— 않단 말이지.』

인터컴에서 흘러나온 코토리의 목소리는 이런 상황인데도 불구하고 여전히 굳어 있었다.

그것은 이대로 키스를 하더라도 그녀의 영력을 완전히 봉인할 수 없다는 것을 뜻했다.

코토리의 말을 보충 설명하듯, 레이네의 목소리가 들려왔다.

『……쿠루미는 거짓말을 하고 있지 않아. 그녀는 오늘 데이트를 정말, 진심으로 즐기고 있다고 봐도 될 거야. 신, 너한테 전혀 마음을 허락하지 않은 것도 아냐. 오히려 호감을 가지고 있어.』

하지만, 하고 레이네는 이어서 말했다.

『……그녀의 마음에는 커다란 벽이 존재해. 결의…… 각오…… 그런 것들이야. 수도승이 도를 닦기 위해 쾌락을 금하듯, 쿠루미는 자기 자신에게 커다란 족쇄를 채워뒀어. 그 족쇄의 정체를 알아내서 제거하지 않는 한, 그녀의 힘을 봉인하는 건 불가능해.』

"……."

—커다란, 족쇄.

시도는 아무 말 없이 쿠루미의 머리를 쓰다듬어 주면서, 그 말을 마음속으로 되뇌었다.

그 순간, 시도의 뇌리에 니아와 오리가미가 했던 말이 떠올랐다.

『그러니까~, 내 〈라지엘〉로 조사해 줬으면 하는 게 있었던 것 같아.』

『시원의 정령. 그 녀석을, 죽이기 위해서 말이야.』

『30년 전의 시점에서, 그 정령의 존재를 『없었던 것』으로 만들기 위해서야.』

그렇다. 짐작 가는 구석이라고는 그것뿐이다.

쿠루미가 【열두 번째(유드 베트) 탄환】을 이용해 30년 전으로 거슬러 올라가, 정령의 존재를 없애려 하는 이유.

그녀가 그 어떤 희생을 치르면서도, 수많은 시체를 쌓으면서도 그것을 해내려 하는 의미.

시도는 아직 그것을 알지 못했다.

"……저기, 쿠루미."

그래서— 시도는 입을 열었다.

이 승부에서 이기지 못하면 자신은 목숨을 잃는다.

하지만 그것보다도, 자신과 몸을 맞대고 있는 이 소녀가 가슴 속에 품고 있는 소망을, 마음을, 그리고 결의를, 알고 싶었다.

"예, 시도 씨."

"가르쳐주지 않겠어? 네가, 시원의 정령을 쓰러뜨리려 하는, 이유를 말이야."

"——."

시도가 그 말을 입에 담은 순간—.

쿠루미의 표정이 딱딱하게 굳었다.

하지만 그녀는 곧 표정을 풀고, 질렸다는 듯이 한숨을 내쉬었다.

"니아 양에게서 들은 건가요? 말조심할 줄을 모르는 분이군요."

쿠루미는 그렇게 말하더니, 천천히 벤치에서 일어나 앞으로 몇 걸음 나아간 후, 시도를 향해 돌아섰다.

밤하늘 아래의 가로등이 스포트라이트처럼 쿠루미를 비췄다.

그것은 연극의 한 장면을 연상케 했다.

"시도 씨. 당신은, 저의— 모든 것을 알 각오가 되어 있나요?"

어둠 속에 존재하는 소녀의 두 눈동자는 시도를 꿰뚫으려는 듯이 그를 응시하고 있었다.

피처럼 붉은 오른쪽 눈과…….

째깍째깍 하는 소리를 내며 시간을 새기고 있는 황금색 왼쪽 눈이 말이다.

"윽……."

시도는 자신의 마음속을 쿠루미가 들여다보고 있는 듯한

느낌에 무심코 숨을 삼켰다.

하지만, 이대로 물러설 수는 없다. 추위와 긴장 때문에 떨리려 하는 손에 힘을 준 시도는 쿠루미의 눈을 응시하며 힘차게 고개를 끄덕였다.

"—응. 되어 있어."

"그런……가요."

쿠루미는 조용한 목소리로 그렇게 말하더니, 우아한 동작으로 왼손을 살며시 들어올렸다.

그러자 지면에 존재하던 쿠루미의 그림자가 일그러지더니, 그 안에서 고풍스러운 디자인의 단총이 튀어나왔고, 쿠루미는 그것을 움켜쥐었다.

천사 〈자프키엘〉의 시침에 해당하는 총이었다.

"어……."

시도가 그 갑작스러운 사태에 놀라자, 쿠루미는 허공을 향해 총을 들더니 주저 없이 방아쇠를 당겼다. 탕, 탕, 하는 메마른 소리가 주위에 몇 번 울려 퍼졌다.

그와 동시에 시도가 귀에 착용한 인터컴에서 코토리 일행의 당황한 목소리가 흘러나왔다.

『윽……?! 이건—.』

『영상이 차단됐습니다!』

『자율형 카메라가 파괴된 것 같습니다!』

"어……?"

〈프락시너스〉 승무원들의 동요한 목소리가 자신의 고막을 흔들자, 시도는 무심코 미간을 찌푸렸다.

하지만 쿠루미의 행동은 그것으로 끝이 아니었다. 쿠루미는 한 걸음 앞으로 내딛더니, 시도에게 다가가 그의 볼을 쓰다듬듯 한 손을 내민 것이다.

다음 순간, 시도의 귓가에서 〈프락시너스〉로부터의 음성이 사라지더니—.

쿠루미의 손가락 사이에 소형 인터컴이 쥐어져 있었다.

"윽……!"

시도가 경악한 순간, 쿠루미는 그대로 손가락에 힘을 주고 인터컴을 으스러뜨렸다. 파직 하는 전자음이 들리면서 불똥이 튀더니, 그녀의 새하얀 손가락에서 연기가 피어올랐다.

이 모든 일은 5초도 채 되지 않는 시간 동안 일어났다.

이 짧은 시간 동안, 시도와 〈프락시너스〉의 교신이 단절되고 말았다.

쿠루미는 씨익 웃더니, 다시 시도의 눈을 응시했다.

"—이래도, 말인가요?"

"……윽!"

시도는 한순간 말문이 막혔다.

〈프락시너스〉와의 단절은 정령 앞에서 시도가 완전히 고립되었다는 것을 뜻했다. 지금 쿠루미가 마음만 먹는다면, 시도를 간단히 『잡아먹을 수』 있을 것이다.

하지만—.

"—그래. 알고 싶어."

시도는 쿠루미에게서 눈을 떼지 않으며 그렇게 말했다.

확실히 쿠루미는 시도의 퇴로를 차단하는 듯한 행동을 취했다.

하지만 시도의 눈에는, 아무에게도 알려주고 싶지 않은 비밀을 그에게는 알려줄 수 있다고 말하는 행동처럼 보였다.

그렇다면, 쿠루미의 그런 행동에 부응할 수 없는 인간에게, 정령을 구한다는 소리를 할 자격이 있을 리가 없다.

"……."

쿠루미는 시도의 반응을 보고 눈을 살며시 내리뜨더니, 총을 그림자 안에 집어넣으며 뒤돌아섰다.

"따라 오세요."

그렇게 말한 쿠루미는 어두운 길을 따라 나아갔다.

"아, 어이."

시도는 허둥지둥 그녀를 쫓아갔다.

20분 정도 걸어간 후…….

쿠루미는 시도와 함께 뒷골목에 있는 낡은 빌딩에 들어갔다.

지금은 쓰이지 않는 이 낡은 빌딩은 곳곳이 부서져 있고, 낙서도 되어 있었지만, 전기는 들어오는 것 같았다. 켜졌다 커지기를 반복하는 조명 빛에 의지해 계단을 올라간 두 사람은 3층에 있는 어느 방에 도착했다.

"시도 씨, 들어오세요."

"여기는……."

시도는 그렇게 말하면서 방 안을 둘러보았다.

낡은 빌딩 안의 방이기는 하지만, 복도와 달리 깨끗하게 청소가 되어 있었다. 창문에는 커튼이 달려 있으며, 간소한 침대도 있었다.

"시내 곳곳에 있는 제 거점 중 하나랍니다. 변변찮은 곳이지만 편하게 있으세요."

"……그렇구나. 여자애의 방에 초대받다니, 영광인걸."

"우후후. 시도 씨, 오늘은 말솜씨가 좋으시군요."

쿠루미는 미소를 짓더니, 코트를 벗어서 옷걸이에 걸었다. 그리고 시도를 향해 손을 뻗고 고개를 살며시 갸웃거렸다.

"아, 고마워."

시도는 코트를 벗어 그것을 건넸다.

쿠루미는 두 코트를 옷걸이에 건 다음, 시도를 향해 천천히 다가간 후—.

"……."

그대로 그의 품에 자신의 몸을 맡겼다.

"쿠루미……?"

"시도 씨, 아까 말했었죠? 제 모든 것을 알 각오가 되어 있다고 말이죠."

"……그래."

시도의 대답에 쿠루미는 잠시 동안 시도의 가슴에 얼굴을 묻은 채 침묵한 후…….

"—그렇다면, 제 모든 것을 알아주세요."

그렇게 말하면서 왼손을 천천히 움직였다.

어느새 다시 단총을 쥐고 있는 왼손을 말이다.

"〈자프키엘〉—【열 번째(유드) 탄환】."

쿠루미의 그림자가 꿈틀대더니, 단총의 총구 안으로 그 그림자가 빨려 들어갔다.

쿠루미는 물 흐르는 듯한 동작으로 단총을 자신의 관자놀이에 대더니— 자신의 머리를 관통한 탄환이 시도를 꿰뚫도록 위치를 잡고, 방아쇠를 당겼다.

◇

그것은— 지금으로부터 얼마나 앞선 과거의 일일까.

어느 날. 어느 여자 고등학교. 어느 화장실 안.

"……으음."

토키사키 쿠루미는 거울에 비친 자신의 얼굴을 지그시 쳐다보고 있었다.

—안대로 왼쪽 눈을 가린, 자신의 얼굴을 말이다.

"역시 좀 눈에 띄려나요."

쿠루미는 그렇게 말하며 안대를 살며시 들어서 왼쪽 눈을 노출시켰다.

그러자 안대에 가려져 있던 눈이 거울에 비쳤다. —금색 시계로 변해버린 왼쪽 안구가 말이다.

컬러 콘택트렌즈나 특수 분장 같은 게 아니다. 그 눈에는 믿기지 않게도 시침과 분침, 초침까지 있었으며, 째깍째깍 하는 소리를 내며 시간을 새기고 있었다.

그렇다. 일전에 만났던 정체불명의 소녀, 미오에게서 불가사의한 빛을 뿜는 보석 같은 것을 받은 후, 쿠루미의 왼쪽 눈은 이렇게 비정상적인 형태로 변모한 것이다.

아니— 변한 건 눈만이 아니었다.

"……우후후."

쿠루미는 자신의 눈을 지그시 쳐다보면서 작게 웃었다.

자신이 평범하지 않은 존재가 되었다는 사실 때문에 불안이나 공포를 느끼지 않은 건 아니었다. 하지만 쿠루미는 그것보다 훨씬 강렬한 충실감과 고양감을 느끼고 있었다.

바로 그때였다.

"—쿠루미 양? 왜 그러시죠?"

"……윽!"

느닷없이 들려온 목소리에, 쿠루미는 허둥지둥 안대를 원래 위치로 되돌렸다.

목소리가 들린 방향을 쳐다보니, 친구인 야마우치 사와가 그곳에 서 있었다. 쿠루미는 얼버무리듯 손을 흔들면서 입을 열었다.

"아, 아뇨. 아무 것도 아니에요."

"……."

쿠루미가 그렇게 말하자, 사와는 그녀를 지그시 쳐다보았다.

"왼쪽 눈이 아직도 안 좋은 건가요?"

"아, 예. 다래끼가 심하게 났답니다."

"큰일이군요. ……빨리 낫기를 빌게요."

사와는 걱정하는 어조로 그렇게 말한 후, 뭔가를 떠올린 듯한 표정을 지으며 손뼉을 쳤다.

"참, 쿠루미 양. 오늘 방과 후에 시간이 있으신가요? 친척 분께서 마론의 형제를 데리고 저희 집에 놀러오기로 했답니다."

"예……?!"

사와의 갑작스런 제안에 쿠루미의 눈썹이 움찔했다.

안 그래도 고양이 중에서 상위권의 큐트함을 자랑하는 마론의 형제라니……. 두 고양이가 함께 있다면 푹신푹신이 푹신푹신푹신푹신이 될 것이다. 마론의 윤기 넘치는 털과 발바닥의 끝내주는 감촉을 떠올린 쿠루미는 잠시 동안 넋이 나가고 말았다.

하지만 쿠루미는 곧 고개를 저었다. —오늘은 중요한 볼일이 있기 때문이다.

"아, 죄송하지만, 놀러갈 수 없어요……."

"어머, 무슨 볼일이라도 있으신가요?"

"예…… 그렇답니다. 다음에 또 이런 기회가 생기면 말씀해 주세요."

"아쉽지만 어쩔 수 없죠. 그럼 다음에 말씀드릴게요."

"꼭, 꼭 말씀해주세요."

"아, 예. 알았어요."

쿠루미가 집요한 어조로 다짐을 받듯 그렇게 말하자, 사와는 쓴웃음을 지으며 식은땀을 흘렸다.

—그 날 방과 후.

쿠루미는 마을 외곽의 빌딩 옥상에 홀로 와 있었다.

붉은 석양이 그녀의 등을 비추고 있었고, 거친 바람이 교복 치마를 희롱했다.

"—왔군요."

쿠루미가 불쑥 그렇게 중얼거렸다. 그러자 마치 그에 맞춘 것처럼 등 뒤에서 조그마한 발소리가 들렸다.

쿠루미가 뒤편을 돌아보니, 아까까지 아무도 없었던 공간에 한 소녀가 있었다.

타카미야 미오. 며칠 전에 쿠루미의 앞에 나타나 그녀에게 『힘』을 줬던 소녀다.

"안녕, 쿠루미. 오늘도 잘 부탁해."

"예. 저에게 맡겨주세요, 미오 양."

쿠루미가 그렇게 말한 순간, 주위에서 소리가 사라졌다.

그렇다. 쿠루미가 처음 미오와 만났을 때와 마찬가지로 말이다.

자세한 원리는 모르지만, 이것은 미오의 힘에 의해 발생한 현상이라고 한다. 주위를 결계 같은 것으로 뒤덮어서, 『적』이 밖으로 도망치지 못하게 하는 것 같았다.

다음 순간, 쿠루미의 눈앞에서 기묘한 일이 발생했다.

눈보라. 느닷없이 눈과 얼음 결정이 나타나더니, 소용돌이치기 시작한 것이다.

그리고 그 한가운데에—『그것』이 있었다.

인간 형태를 한 얼음 같은 겉모습을 지닌 기묘한 존재였다.

처음 보는 타입이지만, 틀림없다.

—정령. 무시무시한 힘을 지녔으며, 미오의 말에 따르면 세계를 죽이는 괴물이다.

"그럼 다녀올게요."

쿠루미는 짤막하게 대답하고 다리에 힘을 준 후, 빌딩 펜스를 가볍게 뛰어넘었다.

그리고 그대로 공중에 몸을 날린 쿠루미는 아래편에서 날뛰고 있는 얼음 정령을 향해 낙하했다.

하지만 그녀는 투신자살을 한 게 아니었다.

"〈신위영장(엘로힘) 3번〉."

쿠루미가 그 이름을 입에 담은 순간, 그림자가 그녀의 몸을 감싸더니 옅은 빛을 뿜는 드레스로 변했다.

그리고—.

"—〈자프키엘〉."

뒤이어 쿠루미가 그 이름을 입에 담자, 그녀의 양손에 정교한 세공이 되어 있는 고풍스러운 총 두 자루가 현현됐다.

"정말, 타이밍 한 번 나쁘군요. 하필이면 오늘 같은 날에 나타나면 어쩌자는 거예요. 저는 오늘, 평소보다 조금 더 기분이 나쁘답니다."

쿠루미는 날카로운 시선을 머금고 빌딩에서 낙하하더니, 길이가 다른 두 총의 총구로 얼음 정령을 겨눴다.

—정령을 쓰러뜨려서, 세계를 구해줬으면 한다.

자칭 『정의의 사도』, 타카미야 미오는 그렇게 말하면서 쿠루미에게 『힘』을 줬다.

절대적인 영장과— 시간과 그림자를 조종하는 천사 〈자프키엘〉.

마치 아동용 애니메이션의 한 장면 같았다. 친구와 가족에게 이야기를 해봤자 얼떨떨한 표정을 짓거나 웃으면서 농담으로 치부할 게 틀림없다. 그 정도로 황당무계한 일인 것이다.

하지만 영장을 걸치고 천사를 손에 쥔 쿠루미는 웃어넘길 수 없었다.

상식의 저편에 존재하는 초월적인 힘은 실제로 존재했다.

그리고 그 힘으로 쓰러뜨려야 하는 적이 존재하는 것이다.

쿠루미는 지금까지 평온한 환경에서 자라왔지만, 이형의 괴물에게 습격을 당했다가 정체불명의 소녀에게 구원을 받은 체험이 그것들을 현실로서 받아들이게 만들었다.

—이리하여, 토키사키 쿠루미는 정령을 사냥하는 자가 되었다.

목숨을 걸어야만 하기에, 공포심이 전혀 느껴지지 않는 것은 아니다.

하지만 미오가 구해주지 않았다면 이미 이 목숨을 잃었을 것이며— 무엇보다 『세계를 구한다』는 목적이 쿠루미의 마음속 깊은 곳에 존재하는 감정을 자극했다.

무언가를 이루고 싶지만 그럴 수단과 방법을 지니지 못했던 이가, 우연히 이런 상식 밖의 힘을 얻은 것이다.

자신이 이 손으로 세계를 구하고 있다는 실감이, 쿠루미의 마음에 존재하던 구멍을 메워줬다.

그래서— 쿠루미는 싸웠다.

자신의 세계를 지키기 위해, 친구를, 가족을 지키기 위해, 마을에 나타난 괴물을 몇 번이나 죽이고 다녔다.

그것이 모두를 위한 일이라고 믿으며.

그것이 자신을 위한 일이라고 믿으며.

그것이— 자신의 존재의의라고, 믿으며…….

하지만 그런 꿈의 끝은 의외로 빨리 찾아왔다.

—그날. 그날도, 쿠루미는 미오와 함께 정령을 쓰러뜨리고 있었다.

온몸에 불꽃을 두른 이형의 존재는 걸음을 옮길 때마다 주위에 열기를 흩뿌려서 건물을, 가로수를 불태웠다.

너무나도 강대하고, 또한 무시무시한 적이었다.

하지만 쿠루미는 겁먹지 않았다. 양손에 〈자프키엘〉을 쥔 그녀는 몇 번이고, 몇 번이고 괴물을 향해 탄환을 쐈다.

"이걸로— 끝이에요……!"

【————————.】

총성이 울려 퍼진 순간, 불꽃의 정령이 쓰러졌다. 하지만 그 정령의 몸은 희미하게 꿈틀거리고 있었다. 쿠루미를 향해 타다 남은 장작 같은 팔을 뻗었다.

"끈질기군요."

쿠루미는 한숨을 내쉬면서 그렇게 말한 후, 정령의 머리에 해당하는 부위를 향해 총탄을 날렸다. 그러자 정령은 더 이상 움직이지 않았다.

"하아…… 드디어 끝이 났네요."

"수고했어."

"꺄……!"

느닷없이 뒤편에서 들려오는 목소리에 쿠루미는 화들짝 놀랐다. 고개를 돌려보니, 어느새 나타난 미오가 눈에 들어왔다.

"느닷없이 나타나지 좀 말아주세요. 깜짝 놀랐잖아요."

쿠루미가 그렇게 말하자, 미오는 「미안해」 하고 고개를 숙인 후 말을 이었다.

"평소처럼 뒤처리는 내가 할 테니까, 너는 먼저 돌아가. 친구와 약속을 했다며?"

"예……. 그럼 그렇게 하죠. 수고하세요."

쿠루미는 그렇게 말하면서 영장과 천사를 없앤 후, 이 자리를 벗어났다.

쿠루미는 이제 이런 일에 익숙해졌다. 이대로 한동안 걸어가면, 미오의 결계에서 빠져나갈 수 있다.

쿠루미는 시계를 힐끔 쳐다보았다. 오늘 또 마론의 형제가 사와의 집에 오기로 되어 있어서 그녀의 집에 놀러가기로 했는데, 아직 시간적으로 여유가 있었다.

"—그래요!"

손뼉을 친 쿠루미는 뒤돌아서더니, 아까까지 자신이 있었던 곳을 향해 걸어갔다.

딱히 별다른 이유가 있는 것은 아니었다. 그저 미오를 데리고 사와의 집에 가자는 생각이 든 것이다.

미오와 정령 토벌을 시작한지 꽤 되었지만, 아직 전장 이외의 장소에서 그녀와 이야기를 나눈 적이 없었다. 항상 표정 한 구석에 그늘이 존재하는 미오도 귀여운 고양이를 보면 미소를 지을 것이다.

하지만—.

"……어?"

모퉁이를 돈 쿠루미는 아까까지 정령과 싸웠던 장소에 도착한 후, 그대로 걸음을 멈췄다.

그곳에는 예상대로 미오가 서 있었지만, 그곳에 쓰러져 있는 이는 이형의 괴물이 아니라 인간 소녀였던 것이다.

"……윽!"

아니— 그것만이 아니다. 쿠루미는 그 소녀를 보자마자 숨을 삼켰다.

왜냐하면, 그곳에 쓰러져 있는 이는…….

쿠루미의 친구인 야마우치 사와였던 것이다.

"어……, 어……?"

지금 눈앞에서 벌어지고 있는 일의 의미를 이해하지 못한 쿠루미는 눈을 크게 떴다.

그때, 쿠루미가 돌아왔다는 걸 눈치챈 미오가 그녀를 향해 천천히 고개를 돌렸다.

"……아아, 쿠루미. 돌아왔구나. —유감이야. 너와는 한동안 좋은 파트너 관계를 유지하고 싶었거든."

미오는 그렇게 말하면서 쿠루미를 향해 돌아섰다.

―그런 그녀의 손 언저리에는 붉게 빛나는 보석 같은 것이 떠 있었다.

틀림없다. 색깔은 다르지만, 저것은 미오가 쿠루미에게 줬던 것과 동일한 물체였다.

"어, 어떻게 된 거죠……? 왜 사와 양이……."

"아, 혹시 아는 사이야? 정말…… 미안하게 됐네."

"……윽! 설마―."

쿠루미는 입가에 손을 댔다. 자신의 머릿속에 존재하는 판단재료들이 선을 통해 이어지더니, 위가 뒤집어지는 느낌이 들 정도로 구역질이 났다.

"……역시, 너는 머리가 좋구나."

미오의 그 짤막한 대답은, 쿠루미에게 있어서 절망이나 다름없었다.

그렇다. 사와가 누워있는 위치― 그곳은 바로 쿠루미가 죽인 불꽃의 정령이 쓰러져 있던 장소였던 것이다.

그리고 그 옆에 서 있는 미오와, 그녀가 들고 있는 세피라. 그것들이 가리키는 바는―.

"아까 그 정령이…… 사와 양……?"

쿠루미는 망연자실한 목소리로 그렇게 중얼거리면서, 심장이 옥죄어드는 느낌을 받았다.

이 정령만이 아니다. 쿠루미는 지금까지 수많은 장소에서,

오십이 넘는 정령을 해치웠다. 혹시 그들은 전부 인간이었던 게 아닐까…….

아니, 그뿐만 아니라 세피라를 받은 쿠루미 또한—.

"아…… 아, 아아아아아아아아아아아아아아아아아……?!"

그 순간, 쿠루미는 그 자리에서 무릎을 꿇었다. 머릿속이, 가슴 안이, 짓이겨지는 것처럼 아팠다. —절망. 시꺼먼 감정이 마음을 물들여가는 감각이 느껴졌다. 쿠루미는 **자신이라는 존재가 뒤집히는 듯한** 감각을 느꼈다.

—안 돼, 안 된다. 이 감각만은, 안 된다.

본능적으로 그걸 깨달은 순간, 쿠루미는 거의 무의식적으로 오른손을 치켜들었다.

"……읏, 자, 〈자프키엘〉…… 【네 번째(달렛) 탄환】……."

그리고 떠듬떠듬 그 이름을 읊조려 천사를 현현시킨 후, 자신의 머리를 향해 탄환을 쐈다.

—대상자의 시간을 되감는 【달렛】을 말이다.

그렇다. 자신의 몸을, 마음을, 『절망을 느끼기 이전의 상태』로 되돌린 것이다.

"하아……, 하아……, 하아……."

쿠루미는 숨을 헐떡이면서 미오를 노려보았다. 하지만 미오는 겁먹지도, 위축되지도 않았다. 그저 감탄한 것처럼 눈을 동그랗게 떴다.

"놀라워. 자력으로 반전 상태에서 벗어날 줄이야. —그래도, 덕분에 살았어. 모처럼 정제한 세피라가 원래대로 되돌아가 버리면 큰일이거든."

"반전……, 정, 제……?"

쿠루미의 물음에 미오는 잠시 동안 생각에 잠긴 듯한 태도를 취한 후, 고개를 끄덕였다.

"응. 아마 너는 이미 눈치챘겠지만, 정령은 세피라를 지닌 인간이야. ―아니, 내 힘을 나눠받았다는 표현이 옳을까? 원래는 최초의 정령인 나만을 가리키는 말이니까 말이야."

"뭐……."

"―하지만, 원래 세피라는 인간의 속성과 반발하거든. 그런 걸 억지로 줬다간, 넘쳐나는 힘을 억누르지 못한 나머지 폭주하고 말아."

그래서, 하고 미오는 이어 말했다.

"세피라를 인간에게 적합하게 만들기 위해서는 정제를 해야 해. 정제한 세피라를 적성이 있는 인간에게 주면, 자아를 지닌 채 정령이 될 수 있지. ―바로 너처럼 말이야."

"……읏, 설마, 그, 정제란, 게―."

쿠루미는 눈을 크게 떴다. 머릿속을 스쳐지나간 무시무시한 상상 때문에 이가 덜덜 떨렸다.

하지만 미오는 담담한 어조로 말을 이었다.

"응. 인간의 몸을 거치는 거야. 물론 그 인간은 폭주하지만, 그걸 몇 번 반복하다 보면 그 몸에서 회수한 세피라는 깨끗하게 정제돼. 여과장치 같은 걸 상상하면 이해하기 쉬울 거야. 하지만 그걸 회수하는 것도 큰일이거든. 너는 정말 도움이 됐어."

미오는 쿠루미가 한 최악의 상상과 한 치도 다르지 않은 말을 입에 담았다. 쿠루미는 또다시 밀려오는 절망에 대항하기 위해 가슴에 손을 댔다.

—전부, 이해하고 말았다.

쿠루미는 미오에게 이용당했을 뿐이라는 것을.

세계를 구할 요량으로— 인간을 죽였다는 것을.

쿠루미는 분노에 사로잡히며, 쥐어짜내는 듯한 목소리로 입을 열었다.

"왜…… 당신은, 그런 짓을……!"

쿠루미가 절규에 가까운 목소리로 묻자, 미오는 그제야 비로소 난감한 표정을 지었다.

"……미안해. 정말 미안하다고 생각해. 너희에게 원한이 있는 건 아냐. 하지만 나는 관둘 수 없어. —모든 세피라를, 인간에게 맡길 때까지 말이야."

미오는 그렇게 말한 후, 쿠루미를 향해 천천히 손을 내밀었다.

"그때까지 쉬고 있어, 쿠루미. 지금까지 정말 고마웠어."

"뭘—."

쿠루미는 말을 멈췄다.

아니, 정확하게 말하자면, 의식이 끊어졌다.

—다음에 눈을 뜬 것은, 대체 언제일까.

"……어머, 어머……?"

의식이 흐릿한 가운데, 쿠루미는 눈을 크게 떴다.

기억이 혼탁한 탓에, 아무 것도 생각이 나지 않았다. 기억하는 것은 자신의 이름, 그리고 자신이 상상을 초월하는 힘을 지녔다는 사실뿐이었다.

주위를 둘러보았다. 밖이었다. 쿠루미는 마치 운석이 떨어지기라도 한 것처럼 엉망진창으로 파괴된 마을의 한가운데에 있었다.

"이게, 대체…… 어떻게 된 거죠……."

쿠루미는 지금 눈앞에 펼쳐진 광경을 이해할 수 없었다. 모르는 일만 잔뜩 있었다. 대체 이곳은 어디이고, 자신은 누구이며, 왜 이런 곳에—.

쿠루미가 그런 생각을 하고 있을 때, 먼 곳에서 귀청을 찢을 듯한 소리가 들려왔다.

"—어머?"

고개를 돌려보니, 기계로 된 갑옷을 걸친 인간들 몇 명이 이곳을 향해 날아오고 있었다. 그 기묘한 광경을 본 쿠루미는 멍하니 눈을 크게 떴다.

"엄청나군요……. 저건 대체 뭘까요……."

하지만 그런 느긋한 소리를 할 때가 아니었다. 그 사람들은 들고 있던 무기로 쿠루미를 겨누더니, 수많은 총탄과 미사일을 그녀에게 퍼부어댄 것이다.

"키힛—?!"

쿠루미는 어깨를 부르르 떨면서 허둥지둥 그림자 안에 숨었다.

자신에 관한 기억이 완전히 사라졌는데도, 자신이 지닌 힘을 다루는 법은 어찌어찌 이해하고 있었던 것이다.

"하아……, 하아……, 까, 깜짝 놀랐어요……."

쿠루미는 어두운 공간 속에서 숨을 고른 후, 머릿속으로 상황을 정리하려 했다.

하지만 가지고 있는 정보가 너무 적었기에 그럴 수가 없었다. 현재 쿠루미가 아는 것이라고는 자신의 이름과 천사, 그리고 영장에 관한 것뿐—.

"——."

바로 그때, 쿠루미는 깨달았다. 그리고 오른손을 들어 올리며 천사의 이름을 읊조렸다.

"〈자프키엘〉—【유드】……가 맞죠?"

약간 불안해하면서 그렇게 말하자, 총탄이 장전된 단총이 현현됐다. 자기가 한 일인데도 불구하고, 쿠루미는 「우왓!」 하고 깜짝 놀랐다.

"지, 진짜로 나왔네요."

【유드】. 쿠루미의 감각이 맞다면, 대상자가 가진 기억을 쿠루미에게 전해주는 탄환이다. 그렇다면 이것으로 자기 자신을 꿰뚫으면, 자신의 몸과 머리가 체험한 것을 떠올릴 수 있으리라.

쿠루미는 머뭇거리면서 총구를 자신의 관자놀이에 댄 후, 각오를 다진 다음 방아쇠를 당겼다.

탕, 하는 소리가 그림자 안에 울려 퍼지더니— 총탄이 쿠루미의 머릿속으로 빨려 들어갔다.

그 순간—.

"——————."

쿠루미의 머릿속에 탁류처럼 기억이 흘러들어왔다.

과거에 만났던 소녀, 미오.

그녀에게 속아서 저지르고 만 죄.

그리고— 자신의 손으로 죽이고 만 단짝 친구…….

"아…… 아, 아아아아아……."

쿠루미는 총을 놓치고 그 자리에 무너지듯 주저앉으며 떨리는 손으로 바닥을 짚었다.

끝없는 후회가, 절망이, 폐부를 가득 채웠다.

자신이 저지른 어리석은 짓 때문에, 비애마저 느꼈다.

하지만—.

이윽고 쿠루미는 고개를 들었다.

이제 이 자리에는 평온에 젖은 채 살아가던 부유한 집의 아가씨도, 정의의 사도를 동경하던 아이도 없었다.

그녀의 표정에서 묻어나는 것은, 결의.

그녀의 외눈에 맺혀 있는 것은, 분노.

미오가 무슨 생각인 건지는 모르겠지만, 쿠루미는 아직 살아있다.

그리고 이 손에 쥐어져 있는 것은— 이 세상에서 유일하게 시간에 간섭할 수 있는 최강의 천사, 〈자프키엘〉이다.

그렇다면, 아직 아무 것도 끝나지 않았다.

세계를, 돌이킨다.

설령, 그 어떤 희생을 치르는 한이 있더라도—.

역사를, 돌이킨다.

설령, 이 몸이 썩어 문드러지는 한이 있더라도—.

쿠루미는, 다시 두 발로 서더니, 걸음을 내디뎠다.

◇

"……윽?!"

시도는 눈을 치켜뜨고, 주위를 둘러보았다.

이곳은 어둑어둑한 빌딩의 한 방이었다. 자신의 가슴에 몸을 맡긴 쿠루미의 따뜻한 체온이 느껴졌다.

그제야, 시도는 떠올렸다.

자신이 지금, 쿠루미와 데이트 중이라는 것을 말이다.

"바, 방금 그건……."

백일몽— 이라기에는 너무 늦은 시간이지만, 감각적으로는 그것에 가까웠다.

마치 다른 누군가의 인생을 체험한 것 같았다. 몇 초 전까지 시도의 의식은 분명 『쿠루미』가 되어 있었다.

그리고 깨달았다. 쿠루미가 자신의 관자놀이에 총구를 대기 직전에 했던 말—【유드】를 말이다.

시도는 과거에 그 능력을 본 적이 있다. 〈자프키엘〉이 지닌 능력 중 하나인 그것은 사물이 지닌 기억을 대상자에게 전해준다.

그리고 쿠루미는 방금, 단총을 자신의 관자놀이에 댔다. 그리고 그 단총에서 발사된 탄환은 쿠루미의 머리를 관통한 후, 시도의 머리에 꽂혔다.

그것이 의미하는 바는 하나다.

방금 시도가 본 것은 환각이나 꿈이 아닌— 과거에 쿠루미가 겪었던 일인 것이다.

"—저는……."

쿠루미는 도도한 목소리로 입을 열었다.

"시원의 정령을, 죽일 거예요. 무슨 일이 있더라도, 무슨 수를 써서라도, 무슨 짓을 해서라도— 말이죠."

쿠루미는 시도의 셔츠를 꼭 움켜쥐면서 말을 이었다.

"제가 올바른 일을 하고 있다는 말을 할 생각은 눈곱만큼도 없어요. 저는 시원의 정령이 한 말에 놀아나, 수많은 사람들을 죽였고— 지금은 그 정령을 없애기 위해 더 많은 시체를 만들어내고 있죠. 저는 악당이에요. 인류의 적이 틀림없죠. 죽이고, 죽이고, 또 죽이며, 시체의 산을 만들어 온 〈나이트메어〉. 만약 지옥이라는 게 진짜로 있다면, 저는 지옥 밑바닥의 특등석에 보내질 거예요."

하지만, 하고 쿠루미는 손에 힘을 주며 계속 말했다.

"상관없어요. 그래도, 상관없어요. 제가 지옥에 떨어지기 전에, 그 여자를, 시원의 정령을, 타카미야 미오를— 이 손으로 그녀의 『존재 자체를 말살』할 수 있다면 말이에요."

"미, 오……."

시도는 갈라진 목소리로 그 이름을 중얼거렸다. 미오. 그 이름이 귀에 익었던 것이다.

그렇다. 그것은 마나에게서 들었던 이름이다. 영력이 폭주해서 정신이 완전히 나가있던 시도가 입에 담았다는 이름이다.

게다가……『타카미야』. 그 성은 바로 마나의 성이었다.

—영문을 알 수 없었다. 다양한 정보가 혼탁스럽게 뒤엉키면서, 시도의 머릿속을 흐트러뜨렸다.

하지만 현재 시도에게는 그것에 대해 깊이 생각할 여유가 없었다.

쿠루미는 모든 것을 토해내듯 그렇게 말하더니, 천천히 한

숨을 내쉬면서— 시도의 옷을 움켜쥔 손에서 힘을 뺐다.

"저는, 전부 돌이킬 거예요. 지금까지 있었던 일을, 전부 제로로 되돌릴 거예요."

그리고 시도의 가슴에 묻고 있던 얼굴을 들고 그의 눈을 응시했다.

"그게, 저의 이유예요. 제가 사는 의미죠. —그래서, 시도 씨가 지닌 정령의 힘이 필요한 거랍니다."

쿠루미는 호소하듯 그렇게 말하더니, 시도가 뭐라 대답하기도 전에 말을 이었다.

"물론 허울 좋은 소리를 할 생각은 없어요. 제가 시도 씨를 『먹는다』면, 당신은 죽고 말겠죠. —하지만, 시도 씨가 지닌 영력을 손에 넣는다면, 저는 분명 역사를 바꿀 수 있을 거예요."

"역사를—."

시도는 그 말을 듣고, 과거에 쿠루미와 함께 시간을 거슬러 올라갔을 때를 떠올렸다.

그렇다. 쿠루미의 말이 허황되지 않다는 사실은, 시도가 누구보다 잘 알고 있었다.

왜냐하면, 시도는 이 세계의 역사를 바꾼 적이 있는 것이다.

—바로, 쿠루미가 지닌 천사의 힘으로 말이다.

"예. 시원의 정령만 없앤다면, 저는 정령이 되지 않겠죠. 즉, 시도 씨가 저에게 『먹힌다는』 사실 또한 없어질 거랍니다."

그러니까, 라고 말한 쿠루미는 시도를 응시했다.

"시도 씨. 제발, 제발 부탁이에요. 저를 믿는다면, 당신의 힘을, 당신의 목숨을— 잠시만, 저에게 빌려주세요."

"——."

항상 자신을 놀려대던 쿠루미가 이렇게 진지한 눈길로 쳐다보자, 시도는 말문이 막히고 말았다.

그녀의 말은 이해했다. 하지만, 시도가 목숨을 잃는다는 사실에는 변함이 없다.

보통은 그렇게 생각해야 정상일 것이다.

하지만 현재 시도의 가슴속은 그것과 전혀 다른 감각으로 가득 차 있었다.

—노도와도 같은, 후회.

그리고, 몸과 마음을 잿더미로 만들 듯한, 분노.

그때 내가 손을 뻗지 않았다면…….

그때 내가 방아쇠를 당기지 않았다면…….

그때 내가 정령을 죽이지 않았다면…….

이렇게 되지는 않았을 것이다.

죽여야만 한다. 없애야만 한다. 『없었던 일』로 만들어야 한다.

친구를 위해. 세상을 위해. 내가 『잡아먹은』 생명을 위해—.

그 마음이 시도 본인의 것이 아니라는 건 명백했다.

하지만 쿠루미의 생애를 체험하면서, 그 강렬한 감정이 시도의 마음을 견딜 수 없을 정도로 뒤흔들었다.

"나, 는—."

"……."

시도가 떨리는 목소리로 입을 열자, 쿠루미는 살며시 고개를 숙였다. 그리고 각오를 다진 것처럼 다시 고개를 들었다.

"물론 공평한 거래라고는 생각하지 않는답니다. 모든 것을 『없었던 일』로 만들지라도, 시도 씨의 목숨을 요구하고 있다는 사실에는 변함이 없으니까요. ……그러니, 하다못해……."

쿠루미는 그렇게 말하더니, 천천히 블라우스의 단추를 풀었다.

"……읏?! 쿠, 쿠루미……?!"

쿠루미가 뜻밖의 행동을 취하자, 시도는 무심코 당황한 목소리로 그렇게 외쳤다.

하지만 쿠루미는 개의치 않으면서 손을 계속 움직이더니, 입고 있던 옷을 하나씩 벗었다.

오늘 낮, 속옷가게에서 시도가 골라줬던 속옷이 드러났다. 쿠루미에게 어울리지 않는 듯하면서도, 그녀의 요염함을 더욱 돋보이게 하는 흰색 속옷이다.

손을 뻗으면, 금방이라도 만질 수 있다.

그리고 쿠루미는 그 손길을 거부하지 않을 것이다.

그런 불가사의한 실감이, 시도의 뇌를 뜨겁게 만들었다.

"……."

그런 시도의 마음을 눈치챘는지, 쿠루미는 천천히 손을 뻗어 시도의 손을 잡았다.

그리고 그대로 시도의 손을 잡아당기더니, 브래지어의 어깨끈 안쪽으로 밀어 넣었다.

"——."

허용량을 넘어선 흥분 때문에 저항할 수 없었다. 시도의 손가락은 쿠루미의 손길에 따라 브래지어의 어깨끈을 벗겼다.

하지만, 그것으로 끝이 아니었다. 쿠루미는 이번에는 자신의 복부를 매만지듯 시도의 손을 옮기더니, 자신의 팬티에 그의 손가락을 걸쳤다.

천천히, 천천히 손이 움직였다. 서서히 드러나는 쿠루미의 매끄러운 피부에서, 시도는 눈을 떼지 못했다.

실오라기 하나 걸치지 않은 쿠루미는 볼을 희미하게 붉히더니, 다시 시도를 향해 고개를 돌렸다.

"—저의 영력(목숨) 이외의 모든 것을, 당신에게 바치겠어요."

"무슨, 소리……."

시도의 목에서 망연자실한 목소리가 흘러나왔다.

커튼 틈으로 쏟아져 들어오는 달빛이 어두운 방 안에 있는 쿠루미의 새하얀 피부를 비췄다.

너무나도 몽환적인 그 모습은 시도의 뇌리에 흥분보다 먼저 숭배에 가까운 감정을 불러일으켰다.

쿠루미는 천천히 걸음을 내디디며 시도에게 다가갔다. 아니— 시도와 몸을 밀착시키더니, 그대로 그를 뒤편에 있는 침대에 쓰러뜨렸다.

쿠루미는 그대로 시도를 덮치듯 그의 몸 위에 올라타 거친 숨을 내쉬면서 시도가 입은 옷의 단추를 향해 손을 뻗었다.

"어, 어이, 쿠루미……."

시도는 동요한 탓에 목소리가 떨리는 와중에도 쿠루미를 말리려 했지만, 상대는 정령이었다. 토카만큼 신체능력이 강하지는 않겠지만, 그래도 시도가 힘으로 그녀를 당해낼 수 있을 리가 없다.

아니, 어쩌면 시도의 본능이, 몸이, 그의 의지에 맞서 저항을 거부한 것일지도 모른다.

그런 생각을 하고 말 정도로, 쿠루미는— 아름다웠다.

농담이 아니라, 그녀를 손에 넣을 수 있다면, 목숨을 잃어도 상관없다는 생각이 뇌리를 스쳤을 정도였다.

"시도 씨, 저는 당신이 바라는 그 어떤 일이든 다 해드리겠어요. 당신의 그 어떤 요구라도 전부 받아드리겠어요."

"쿠루, 미……."

이성과 본능이 격렬한 힘겨루기를 벌이고, 뇌가 타들어가는 듯한 느낌이 들었다.

조금이라도 긴장을 풀었다간, 쿠루미의 뜻에 따르고 말 것만 같았다.

하지만—.

"……읏?!"

쿠루미의 손가락이 시도의 피부에 닿으려던, 바로 그 순간—.

느닷없이 엄청난 소리를 내며 창문이 깨지더니, 얇은 커튼을 찢으면서 여러 소녀들이 방 안으로 뛰어 들어왔다.

—판으로 찍어낸 것처럼 똑같이 생긴 소녀들이 말이다.

"찾~았~다~."

"……어머? 혹시 좋은 시간을 보내던 중이었어?"

"미안한 짓을 했네. 좋아, 하던 걸 계속해. 여자도 모른 채 죽는 것도 불쌍한 일이잖아."

"뭐—."

시도는 느닷없이 나타난 소녀들을 경악에 찬 눈길로 쳐다보았다.

하지만 그것도 당연했다. 그녀들은 바로 며칠 전에 시도의 꿈에 나타났던 소녀들인 것이다.

"……어머, 어머."

하지만 쿠루미의 반응은 시도와 조금 달랐다.

그녀의 얼굴에 어려 있는 것은 놀라움이 아니라 짜증, 그리고 분노인 것이다.

"정령의 위작(僞作) 주제에 저와 시도 씨의 밀회를 방해하다니, 배짱 한 번 좋군요."

쿠루미는 실오라기 하나 걸치지 않은 채 천천히 몸을 일으켰다.

그리고 쿠루미가 방금 한 말을 들은 소녀들의 표정 또한 변했다.

"……흐음? 우리가 위작이라는 거야?"

"방금 그 말은 아버님을 모욕하는 발언이라고 생각해도 되겠지?"

"용서 못해."

그렇게 말하면서 시선을 날카롭게 만든 소녀들은 일제히 쿠루미에게 달려들었다.

"쿠루미—!"

하지만 쿠루미는 당황하지 않고 몸을 비틀더니, 어느새 손에 쥔 단총과 장총으로 소녀들을 겨누고 연이어 방아쇠를 당겼다.

"〈자프키엘〉—【일곱 번째(자인) 탄환】!!"

"컥……!"

탄환에 맞은 소녀들은 쿠루미를 향해 달려들던 자세 그대로 공중에서 움직임이 멈췄다.

【자인】. 총에 맞은 자의 시간을 정지시키는, 〈자프키엘〉 필살의 일격이다.

"—흥."

쿠루미는 언짢은 듯이 코웃음을 친 후 돌아섰다.

그러자 그 움직임에 맞추듯 방의 벽과 바닥, 천장에 존재하던 그림자에서 수많은 『손』이 튀어나오더니, 소녀들을 그림자 안으로 끌고 들어갔다.

“〈자프키엘〉—【네 번째 탄환(달렛)】.”

쿠루미는 뒤이어 그렇게 말하면서, 박살이 난 창문 파편을 향해 또다시 칠흑빛 탄환을 쐈다.

그러자 마치 영상을 거꾸로 재생한 것처럼 유리 파편이 공중으로 떠오르더니, 창문을 형성했다.

몇 초 후, 방은 아까와 마찬가지로 정적이 흘렀다.

쿠루미는 작게 한숨을 내쉰 후, 두 자루의 총을 그림자 안에 집어넣으면서 시도를 향해 돌아섰다.

“……방해를 받았군요. 정말, 하필 이럴 때에 쳐들어오다니…….”

바로 그때였다.

말을 이으려던 쿠루미가 갑자기 비틀거리면서, 손으로 벽을 짚었다.

“쿠루미……?”

“아무 것도…… 아니에요. 괜찮—.”

쿠루미는 시도를 향해 미소를 지으려 했지만—.

곧 실이 끊어진 인형처럼 그 자리에서 털썩 쓰러지고 말았다.

제5장 구제의 윤회

"—또 실패한 건가요."

DEM인더스트리 일본지사.

그곳에 있는 한 방에서 부하의 보고를 받은 엘렌이 불쾌함과 비웃음이 뒤섞인 표정을 지었다.

"아이크의 〈벨제붑〉을 이용해 빈틈을 노리고 있는데 이렇게 실패를 거듭하다니, 묘하군요. 대체 뭐가 문제일까요? 실행자의 실력 부족 이외의 이유가 있다면 들어보고 싶은데 말이죠."

"대단해, 엘렌. 발언에 가시가 잔뜩 돋쳐 있네."

아르테미시아가 쓴웃음을 지으면서 그렇게 말하자, 엘렌은 흥 하고 코웃음을 치면서 다리를 바꿔 꼬았다.

바로 그때, 방의 입구를 통해 종이 몇 장이 바람에 흩날리듯 날아 들어왔다.

그리고 그 종이 안에서 똑같은 얼굴을 지닌 소녀들이 고개를 내밀었다.

"흐음, 말 한 번 번지르르하네."

"가장 실패를 많이 한 사람이 말이야."

"아줌마는 툭 하면 화내서 문제라니깐. 이러니 나이를 먹기 싫은 거야."

"……뭐라고요?"

엘렌은 날카로운 눈빛으로 〈니벨코르〉를 노려보았다. 〈니벨코르〉는 「꺄아, 꺄아」 하고 비명을 지르며 겁먹은 시늉을 했다.

딱히 〈니벨코르〉의 헛소리를 듣고 화가 난 것은 아니지만, 절대 아니지만, 최강자인 엘렌을 모욕한다는 게 어떤 의미를 지니는지 가르쳐주는 것도 괜찮을 것 같았다. 엘렌은 미간을 찌푸리고 테리터리를 전개하기 위해 머릿속으로 지령을 내렸다.

하지만 엘렌의 리얼라이저는 발동되지 않았다.

그녀가 테리터리를 전개하기 직전에, 웨스트코트가 방 안으로 들어왔기 때문이다.

"아아, 다들 모여 있는 것 같군."

"—아이크."

엘렌은 지령을 중단하고 의자에서 일어나며 똑바로 섰다. 그런 엘렌의 뒤를 이어 아르테미시아 또한 똑바로 섰다.

"아! 아버님!"

〈니벨코르〉는 환한 표정을 지으면서 웨스트코트를 향해 뛰어갔다.

웨스트코트는 얼굴근육만을 움직여 만든 듯한 무미건조한 미소를 지으면서 〈니벨코르〉의 머리를 쓰다듬어주더니, 엘렌과 아르테미시아를 향해 걸어갔다.

"아무래도 난항을 겪고 있는 것 같군. 아직도 일손이 부족한 걸려나?"

"아뇨, 그렇지 않습……."

엘렌이 말을 이으려는 순간, 〈니벨코르〉가 그녀의 말을 끊듯 입을 열었다.

"아버님, 내 말 좀 들어봐. 매번 방해를 받는다니깐."

"맞아. 진짜 짜증나. 그 애, 대체 뭐야?"

"〈나이트메어〉라고 했지? 진짜 성가셔. 걔만 없으면 이츠카 시도를 옛날 옛적에 죽였을 거란 말이야."

"흠……."

웨스트코트는 〈니벨코르〉들의 말을 듣고 낮은 신음을 흘리더니, 생각에 잠기듯 턱에 손을 댔다.

"〈나이트메어〉— 『최악의 정령』이 인간을 지키다니, 기묘한 일도 다 있군. 그 정령의 분신들이라면 〈니벨코르〉의 물량에 유일하게 대항할 수 있긴 하겠지만……."

"그렇지만, 진짜 엄청난 것 같아. 〈벨제붑〉으로 조사한 포인트를 〈니벨코르〉라는 압도적 물량으로 공격하고 있는데, 매번 저지하잖아."

아르테미시아가 그렇게 말하자, 웨스트코트는 또다시 잠시 생각에 잠긴 후, 입술 가장자리를 추켜올렸다.

"어쩌면— 이미 알고 있는 걸지도 모르겠군. 그렇지 않다면 〈벨제붑〉의 눈을 피할 수 없을 테니까 말이야."

"저희 쪽의 정보가 새어나가고 있다는 겁니까?"

"아냐. 습격 계획이 아니라, 습격 그 자체를 알고 있다는 거지."

"……예?"

웨스트코트가 그렇게 말하자, 엘렌은 영문을 모르겠다는 듯이 고개를 갸웃거렸다.

◇

"—쿠루미! 쿠루미!"

텐구 시 외곽에 있는 낡은 빌딩. 그곳에 있는 한 방에서, 시도는 갑자기 쓰러진 쿠루미를 향해 뛰어갔다.

알몸인 쿠루미에게 시트를 덮어준 후, 세심한 손길로 돌려 뉘인 시도는 그녀의 입가에 귀를 대고 숨을 쉬고 있는지 확인했다.

작지만 명확한 숨소리가 시도의 고막을 흔들었다. 시도는 일단 안도하면서 쿠루미의 어깨를 흔들었다.

"쿠루미, 괜찮은 거야?! 쿠루미!"

시도가 쿠루미를 깨우기 위해 그녀의 이름을 외친 순간—.

"—기다려 주세요, 시도 씨."

쿠루미는 조용한 목소리로 그렇게 대답했다.

"윽……?!"

하지만, 시도는 당혹스러운 표정을 지었다. 바닥에 누워있는 쿠루미는 여전히 잠들어 있었으며, 그녀의 입술은 꼼짝도 하지 않았던 것이다.

하지만 시도는 이 목소리의 정체를 곧 눈치챘다.

방의 벽에 드리워져 있던 그림자에서, 쿠루미와 똑같은 얼굴을 지닌 소녀가 차분한 발걸음으로 걸어 나왔다.

틀림없다. 〈자프키엘〉로 만들어낸, 쿠루미의 분신이었다.

쿠루미의 분신은 검지를 자신의 입술에 대면서 「쉿」 하고 말하더니, 복잡한 표정을 지으며 쓰러진 쿠루미의 곁에서 무릎을 꿇었다.

"안심하세요, 시도 씨. 그저 잠이 든 것뿐이랍니다. 잠시만 『저』를 쉬게 해주세요."

"그, 그건 괜찮지만, 쿠루미가 대체 왜 쓰러진 건지……."

시도가 그렇게 말하자, 분신은 쿠루미의 볼을 살며시 쓰다듬으며 그를 다시 쳐다보았다.

"무리한 탓이랍니다. 안 그래도 피폐해진 상태에서 전투를 치렀으니 무리도 아닐 거예요."

"그, 그게 무슨 소리야……?"

"……."

분신은 시도의 물음에 잠시 망설이는 듯한 기색을 드러냈다.

이유는 알고 있다. 하지만 그것을 시도에게 전해도 되는지 망설이고 있는 것 같았다.

그러자 곧 그런 분신의 뒤편에서 또 하나의 그림자가 모습을 드러냈다.

물론 그것도 쿠루미와 똑같은 외모를 지닌 분신이었다. 하지만 그 분신은 붉은색과 검은색으로 된 영장이 아니라, 흰색과 검은색으로 꾸며진 고스로리 스타일의 드레스를 입고 있었다. 가슴 언저리와 머리에는 장미 모양 장식이 달려 있었으며, 왼쪽 눈에는 의료용 흰색 안대를 차고 있었다.

"너는……."

시도는 그녀를 보고 눈을 동그랗게 떴다.

그 분신은 예전에 시도가 【유드 베트】에 의해 과거로 보내졌을 때 봤던, 5년 전의 쿠루미와 똑같은 모습을 하고 있었다.

시도는 곧 이해했다. 〈자프키엘〉의 【여덟 번째(헤트) 탄환】에 의해 생성되는 분신은 쿠루미가 걸어온 과거의 모습을 재현해 만들어진다. 그렇다면 5년 전의 모습을 지닌 분신이 존재해도 이상할 게 없었다.

안대를 착용한 쿠루미는 머뭇거리고 있는 분신의 어깨에

손을 얹더니, 붉디붉은 외눈으로 시도를 지그시 응시했다.

"시도 씨, 당신은 그걸 들을 각오가 되어 있나요?"

"뭐……?"

"이대로 아무 것도 듣지 않고, 모르면서 넘어간 채, 『제』가 깨어날 때까지 기다린다면, 전부 원만하게 해결될 거랍니다. 그래도 당신은 진실이 알고 싶은가요?"

안대를 착용한 쿠루미는 눈을 아주 약간 가늘게 뜨면서 그렇게 말했다. 시도는 자신의 마음속에 존재하는 주저와 망설임을 꿰뚫어보는 듯한 그 시선에 잠시 머뭇거렸다.

하지만 곧 어금니를 깨물더니, 안대를 착용한 쿠루미를 쳐다보며 힘차게 고개를 끄덕였다.

그러자 안대를 찬 쿠루미는 농담을 하듯 웃으면서 이렇게 말했다.

"어머, 어머. 그냥 순순히 기다리고 있었다면, **아까 하려다 만 걸** 계속 할 수 있을지도 모르는데 말이죠."

"윽……! 어, 어이……."

"농담이랍니다. ―당신의 결의에, 감사를 표하겠어요."

안대를 찬 쿠루미는 왠지 즐거워하는 듯한 어조로 그렇게 말하더니, 천천히 자세를 바로 하고 오른손 검지와 엄지를 세워서 시도를 향해 들었다.

마치― 총으로 시도를 쏘려는 것처럼 말이다.

그리고, 말했다.

그, 너무나도 비현실적이며, 너무나도 황당무계한 말을…….

"결론부터 말씀드리자면— 시도 씨, **당신은 이미 죽음을 맞이했답니다.**"

안대를 찬 쿠루미는 그렇게 말하더니, 「탕」 하고 중얼거리면서 시도를 향해 총을 쏘는 시늉을 했다.

"……뭐?"

시도는 안대를 찬 쿠루미가 무슨 말을 하는 것인지 이해하지 못한 채, 얼이 나간 듯한 목소리를 냈다.

"무슨 소리를 하는 거야……? 내가…… 죽었다고? 그럼 내가 이렇게 멀쩡히 움직이고 있는 건 어째서야? 나도 모르는 사이에 천국에 오기라도 했다는 거야?"

"우후후, 그렇다면 이 자리에 있는 저는 여신이겠군요."

안대를 찬 쿠루미는 농담하듯 그렇게 말했다.

하지만 곧 진지한 표정을 짓고 말을 이었다.

"정확하게 표현하자면, 시도 씨는 죽을 운명이었다…… 아뇨, 죽었을 『가능성』이 있다고 해야 할까요."

"무슨 소리를…… 하는 거야?"

시도는 당혹스러워하면서 그렇게 반문했다.

죽었을— 『가능성』. 그런 만약(if)의 이야기를 하자면, 이

세상 모든 인류는 일상 속에서 죽음의 가능성을 지니고 있다고 할 수 있다.

하지만 시도는 더 이상 아무 말도 하지 않았다. 안대를 찬 쿠루미의 표정은 농담을 하는 것처럼 보이지 않았기 때문이다.

"……."

시도의 분위기를 통해 그것을 눈치챘는지, 쿠루미는 안타까운 미소를 지으며 말을 이었다.

◇

—2월 9일, 방과 후.

토키사키 쿠루미는 홀로 학교 옥상에 서서, 펜스 너머에 펼쳐진 텐구 시를 바라보고 있었다.

별다른 이유가 있어서 이러고 있는 것은 아니다. 향수에 잠긴 것도 아니거니와, 생각에 잠기지도 않았다. 애초에 풍경을 응시하며 그런 감정을 느낄 정도로 건전한 감성이 쿠루미에게 남아 있는지도 미심쩍었다.

물론 쿠루미 또한 웃기도 하고, 화도 낸다. 뭔가를 즐겁게 느끼기도 하며— 슬픔에 빠지면 눈물도 흘릴 것이다.

하지만 인간의 몸으로 태어나 인생의 태반을 정령으로서, 복수의 화신으로서, 그리고 살인자로서 살아온 쿠루미의 머릿속이 예전과 완전히 똑같다고는 도저히 생각할 수 없었다.

지금 느끼는 향락은 분명 과거에 느꼈던 것과 다르다.

지금 느끼는 비애는 분명 과거에 느꼈던 것과 다르다.

그저, 가슴속에서 타오르고 있는 증오만이 기나긴 시간이 흐르고도 같은 얼굴을 지니고 있었다.

"……."

기울어 가고 있는 해가 빌딩숲에 삼켜지는 것도 시간문제일 것이다. 정확한 시간을 알 수 없지만, 약속 시간이 다 되어가고 있다는 것만큼은 알았다.

"……애타게 기다려지는군요, 애타게 기다려져요."

쿠루미는 펜스에 손가락을 걸친 채 작은 목소리로 그렇게 중얼거렸다.

그 말에 답하듯, 쿠루미의 발치에 존재하던 그림자 안에서 가라앉은 목소리가 흘러나왔다.

『……저기, 「저」. 정말, 괜찮겠어요?』

"이제 와서 무슨 소리를 하는 거죠?"

분신의 말에 쿠루미는 날카로운 시선을 머금으면서 말을 이었다.

"이제 와서 포기할 수는 없어요. 수천, 수만의 목숨을 앗은 끝에, 제가 지금 이 자리에 서 있는 의미를 헤아려 주세요. 저는, 시도 씨를…… 죽일 거예요. 그게, 제가 이 세상을 되돌려 놓을 수 있는 유일한 방법이랍니다."

쿠루미가 그렇게 말한 후, 잠시 동안 침묵이 이어졌다. 그리고 그림자 안에서 아까와는 다른 분신이 입을 열었다.

『방금 「저」는 「괜찮겠어요?」라고만 말했거든요? 대체 무슨 생각을 한 거죠?』

"……."

쿠루미는 분신의 말을 듣고 눈썹을 찌푸리더니, 신발 바닥으로 그림자를 세게 걷어찼다.

그 순간, 문이 열리는 소리가 쿠루미의 고막에 전해졌다.

아무래도 시도가 온 것 같았다. 쿠루미는 마음을 다잡듯 후우 하고 한숨을 내쉰 후, 옥상 입구를 향해 돌아섰다.

"—어머나."

그러자, 쿠루미의 예상대로 시도의 모습이 그녀의 눈에 들어왔다. 쿠루미는 결의와 긴장 탓에 굳어진 그의 표정을 지그시 응시했다.

"우후후, 어서 오세요. 와주셔서 고마워요, 시도 씨."

쿠루미는 부드러운 미소를 머금으며 그렇게 말한 후, 치맛자락을 살며시 움켜잡으면서 정중히 인사를 건넸다.

시도는 그런 쿠루미를 보며 한순간 볼을 붉혔지만, 곧 마음을 다잡듯 고개를 저었다.

순간, 쿠루미는 시도의 뒤편을 힐끔 쳐다보았다.

방금 시도가 열고 들어왔던 옥상 문 너머에서 인기척이 느껴졌던 것이다.

—아무래도 시도가 걱정된 토카 일행이 몰래 상황을 지켜

보고 있는 것 같았다.

어쩔 수 없는 일이기는 하지만, 전혀 신뢰를 받지 못하고 있다는 생각이 든 쿠루미는 자조 섞인 한숨을 내쉬었다.

바로 그때, 시도가 입을 열었다.

"자, 쿠루미. 약속대로 왔어."

쿠루미를 지그시 응시하고 있는 두 눈에 어려 있는 확연한 의지의 빛이, 그의 각오를 전해주고 있었다.

시도와 만나고 아직 1년도 지나지 않았지만, 꽤나 듬직해졌다는 생각이 들었다. 쿠루미는 무심코 옅은 미소를 머금었다.

"—시도 씨는 조금 변한 것 같군요."

"뭐……?"

"처음 만났을 때보다 외모가 어른스러워진 느낌이 들어요. 뭐, 그렇게 험난한 수라장을 헤쳐 왔으니 당연한 걸지도 모르지만 말이죠. 우후후…… 멋진 남자가 되셨군요."

"……노, 놀리지 마."

시도는 부끄러운지 그렇게 대답했다. 석양빛에 물들기는 했지만, 그의 볼이 빨개졌다는 것은 한눈에 알 수 있었다. 그런 귀여운 면은 변하지 않은 것 같았다.

"그것보다, 아침에 하다 말았던 이야기나 계속하자. 네 영력을 봉인하게 해주는 대신, 제시하겠다는 조건이 뭔지 가르쳐줘."

"……."

쿠루미는 시도의 말을 듣고 웃었다.

그것은 적의에서 비롯된 웃음이 아니지만, 어쩌면 그것을 통해 자신의 우위성과 여유를 드러내는 결과로 이어진 걸지도 모른다. 시도는 긴장한 표정으로 마른 침을 삼켰다.

"예, 그럼 이야기하죠. 저는—."

그리고—.

쿠루미가 말을 이으려던 순간—.

한 줄기 선이 시야를 가로지르더니, 쿠루미의 눈앞이 새빨간 색으로 물들었다.

"어……?"

너무 갑작스러운 일이었기에, 무슨 일이 일어난 것인지 알지 못한 쿠루미는 멍한 목소리를 냈다.

다음 순간, 자신의 시야를 물들인 이 붉은 색이 시도의 가슴에서 뿜어져 나온 피라는 사실을 이해했다.

"——."

그것은 순식간에 벌어진 일이었다.

눈 한 번 깜빡일 사이에, 하늘에서 내려온 소녀가 들고 있던 무기로 시도의 가슴을 꿰뚫은 것이다.

바람에 금발이 휘날렸고, 소녀가 걸친 백금색 갑옷은 선혈에 물들었다.

—그녀는 바로 위저드, 엘렌 메이저스였다.

"어……, 커…… 억—?!"

바닥에 쓰러진 시도는 고통에 찬 신음을 흘렸다. 각혈. 그의 입에서 엄청난 양의 피가 쏟아져 나왔다.

그 순간, 닫혀 있던 옥상의 문이 힘차게 열렸다.

"시도!"

"시도……!"

문 너머에서 귀를 쫑긋 세우고 있던 정령들이 허둥지둥 뛰어왔다. 피를 토하는 시도를 보고 동요한 건지, 정령들의 몸이 옅은 빛에 감싸이며 한정 영장 상태가 되었다.

하지만—.

"—흥."

엘렌은 그런 정령들을 비웃듯 힐끔 쳐다보더니, 왼손을 치켜들었다.

그러자 갑옷의 일부분에서 종이들이 사출되더니, 엘렌과 시도를 감싸듯 공중에서 흩날렸다.

그리고 다음 순간, 종이 안에서 똑같은 얼굴을 지닌 소녀들이 모습을 드러냈다.

"윽……?!"

마치 그림자 속에서 쿠루미의 분신이 모습을 드러내는 듯한 광경이었다. 영장 같은 옷을 입은 소녀들이 잿빛 머리카락을 휘날리며 정령들을 막아섰다.

"안녕~."

"미안하지만, 방해하게 둘 수는 없어."

"뭐, 굳이 따지자면 방해하고 있는 건 우리지만 말이야."

"아닛……?! 이 녀석들은 뭐야?!"

"당황. 누구죠?"

야마이 자매는 경악하면서 천사 〈구풍기사(라파엘)(颶風騎士)〉를 꺼내들었다.

토카와 오리가미는 손에 현현된 천사를 휘두르며 그 소녀들을 공격했다.

"비켜라아아아앗!"

"하앗—!"

하지만 소녀들은 비키지 않았다.

그녀들은 옅은 미소를 머금은 채, 〈오살공(산달폰)(鏖殺公)〉의 공격을, 〈절멸천사(메타트론)(絕滅天使)〉의 포격을 정면에서 받아냈다.

물론 그런 짓을 하고 무사할 리가 없다. 그녀들의 몸은 그대로 찢겨나가거나, 혹은 바람구멍이 뚫렸다.

하지만 소녀들은 고통에 찬 신음을 흘리는 건 고사하고, 표정을 일그러뜨리지도 않으며 깔깔 웃었다.

그리고 그 틈을 이용해, 다른 소녀들이 토카의 검에, 오리가미의 깃털에 차례차례 달려들었다.

"……아!"

쿠루미는 무심코 표정을 일그러뜨렸다. —보아하니, 저 소녀들은 몸에 영력을 둘렀지만 토카 일행을 상대할 수 있을 만큼 강하지는 않아 보였다.

하지만 문제는 숫자였다. 개개인의 죽음을 두려워하지 않는, 전체로서의 힘이었다.

그녀들의 정체는 모르겠지만, 『숫자』를 무기로 싸우는 쿠루미는 그녀들이 얼마나 성가신지 잘 알고 있었다.

"—『저희들』!"

그 점을 이해한 순간, 쿠루미는 외쳤다.

그 말에 호응하듯 옥상 바닥에 쿠루미의 그림자가 펼쳐지더니, 그 안에서 수많은 『쿠루미』가 모습을 드러냈다.

그리고 『쿠루미들』은 주인의 뜻에 따라, 토카 일행을 방해하는 정체불명의 소녀들에게 달려들었다.

딱히 토카 일행을 구할 생각은 없었다. 하지만 이대로 내버려뒀다간, 엘렌이 시도를 죽이고 말 것이다. 시도의 몸에 봉인된 영력이 필요한 쿠루미에게 있어서, 그것은 용납할 수 없는 사태였다.

"키히히, 히히히히히!"

"이건, 저희의 전매특허이거든요?"

"아하하, 이게 뭐야?"

"흐음, 이게 그 소문 자자한 〈나이트메어〉야? 상상했던 것보다 훨씬 기분 나쁘네~."

『쿠루미들』과 소녀들이 뒤엉키더니, 학교 옥상이 아수라장으로 변했다.

하지만 그것만으로는 부족했다. 분신들이 상대할 수 있는 건 어디까지나 저 소녀들뿐인 것이다.

쿠루미가 그림자 안에서 단총을 꺼내, 시도의 등에 발을 얹은 엘렌을 향해 총구를 들어 올리고 방아쇠를 당기려던 순간—.

"—윽?!"

그녀의 팔이 깨끗하게 잘려나가면서 그대로 허공을 갈랐다.

엘렌이 공격을 한 것은 아니었다.

어느새 쿠루미의 바로 옆에, 또 한 명의 위저드가 존재했던 것이다.

"네 뜻대로는 안 돼, 〈나이트메어〉."

"……윽, 아르테미시아 애시크로프트……!"

쿠루미는 얼굴을 찡그리더니, 그 금발 소녀의 이름을 분노를 터뜨리며 외쳤다.

레이저 블레이드에 의해 잘려나간 팔에서 엄청난 고통이 느껴졌다. 쿠루미는 이를 악물고 그 고통을 참으며, 아르테미시아의 다음 공격을 종이 한 장 차이로 피했다.

난전. 혼전. 검이 숲을 이루고, 총알이 비처럼 쏟아졌다.

겨우 몇 십 초 사이에 평화로운 학교 옥상이 전장으로 변했다.

주위에서 무슨 일이 벌어지고 있는지 파악하는 것조차 어려웠다. 아르테미시아의 연이은 공격을 피하느라 정신이 없기에, 【달렛】을 쓸 수도 없었다.

하지만 그런 와중에도 단 하나, 명확한 게 있었다.

시도의 목숨이, 지금 이 순간 끊어지려 하고 있다는 사실이었다.

"—끝입니다."

차분한 목소리가 그런 무자비한 말을 자아낸 후…….

엘렌 메이저스가 검을 휘둘렀다.

"안 돼애애애애애앳!"

토카의 절규가 전장에 울려 퍼졌다.

하지만, 엘렌은 멈추지 않았다.

농밀한 마력으로 이루어진 칼날이, 너무나도 간단히, 시도의 목을 베었다.

"——."

쿨럭, 하고 엄청난 양의 피가 흘러넘친 후…….

딱딱하게 굳어 있던 시도의 손발에서 힘이 빠져나갔다.

그리고 상처를 치유하기 위해 시도의 가슴에 맺혀있던 〈카마엘〉의 불꽃이 서서히 사그라졌다.

마치, 시도가 지닌 생명의 불꽃이 사라지듯 말이다.

"아—."

그 광경을 본 정령들이 망연자실한 표정을 지으며 천사를 손에서 놓쳤다.

그녀들의 얼굴이 창백해지더니, 손가락 끝이 부들부들 떨리기 시작했다. 비애. 상실. 무력감. 그 어떤 말로도 표현할 수 없는 감정이 그녀들 안에서 격렬하게 날뛰고 있는 것이 느껴졌다.

흔한 말로 표현하자면— 절망으로, 가득 차 있었다.

"하앗!"

"크—."

아르테미시아의 연이은 공격을 피하던 쿠루미는 분하다는 듯이 어금니를 깨물고는, 그대로 그림자 안으로 들어갔다.

"……하아……, 하아……."

그림자 안으로 이동했던 쿠루미는 다시 그림자 밖으로 얼굴을 내밀었다.

그녀는 현재 아까까지 자신이 있었던 라이젠 고등학교를 한눈에 내려다볼 수 있는 언덕에 있었다. 공원으로 꾸며진 곳이 아니기 때문에 지면이 고르지 않았지만, 주위에 인적이 없으니 지금 상황에서는 오히려 나았다.

"괜찮나요? 『저』."

그림자 안에서 분신 한 명이 나오면서 걱정스러운 목소리로 그렇게 말했다.

그 뒤를 이어 다른 분신이 아까 아르테미시아에게 잘린 오른팔을 가지고 그림자에서 기어 나왔다.

"『저』, 여기 있어요."

"……예."

이마에 진땀이 맺힌 쿠루미가 그렇게 대답한 후, 무사한 왼손을 그림자 안에 넣어서 『탄환』이 장전된 〈자프키엘〉의 단총을 꺼냈다.

"〈자프키엘〉—【달렛】."

그리고 읊조리듯 그렇게 말하면서 자신의 관자놀이를 향해 총을 쐈다.

그 순간, 마치 시간이 되감기듯 절단된 팔이 공중으로 떠오르더니, 쿠루미의 오른팔 절단면에 붙었다.

"……윽!"

쿠루미가 원래대로 되돌아온 손을 쥐락펴락하고 있을 때, 갑자기 시야 한편이 밝아졌다.

라이젠 고등학교의 옥상에서 어마어마한 섬광이 뿜어져 나오더니, 하늘을, 땅을 불태우고 있었다.

간헐적으로 굉음이 들려왔다. 순식간에 학교 건물이 붕괴됐다.

그제야 마을 전체에 경보가 울려 퍼졌지만, 이미 늦었다. 폐허가 된 학교를 중심으로 거대한 소용돌이가 생겨나더니, 주위에 있는 건물을 차례차례 파괴했다. 그리고 그 뒤를 이어 어둠을 응축시킨 듯한 칠흑빛 광선이 그 중심부에서 거미줄처럼 사방으로 뿜어져 나가 주위를 초토화시켰다.

"저건……."

"정령들이 싸우고 있는 걸까요……?"

분신들은 의아한 표정을 지으며 그 빛이 뿜어져 나오고 있는 곳을 쳐다보았다.

하지만 쿠루미는 눈치챘다. 저것이 단순한 영력광이 아니라는 사실을 말이다.

이렇게 떨어진 곳에 있는데도, 피부가 따끔거리는 듯한 착각마저 들었다.

절망. 분노. 증오. 온갖 부정적인 감정이 맞부딪치고 있는 듯한 느낌이 들었다.

설령 시도가 지닌 영력이 역류했다고 해도 이런 현상은 일어나지 않을 것이다. 단순히 영력량이 많고 적은 문제가 아니다. 애초의『질』자체가 완전히 변모한 것이다.

그렇다. 마치 플러스가 마이너스로 변한 듯한 상태였다.

쿠루미는 예전에 이 현상을 본 적이 있다. 그녀는 미간에 깊은 주름을 만든 채, 신음하듯 중얼거렸다.

"반전— 한 것이군요."

"……읏!"

분신들은 쿠루미의 말을 듣고 숨을 삼켰다.

틀림없다. 저 장소에 있던 정령들— 토카, 오리가미, 야마이 자매, 그녀들 전원이 반전정령이 되고 만 것이다.

하지만 그것도 무리는 아니다. 그녀들은 시도의 목이 잘리는 광경을 두 눈으로 똑똑히 본 것이다. 그녀들이 느낀 절망이 어느 정도일지 충분히 상상—.

"후우—."

"윽……."

쿠루미는 자신의 생각을 방해하는 듯한 목소리에 무심코 숨을 삼켰다.

고개를 돌려보니, 그림자 안에서 새로운 분신이 고개를 내밀고 있었다.

아니— 분신만이 아니었다. 그 분신은 새빨간 피로 범벅이 된 시도의 유해를 안아들고 있었다.

"『저』, 그건……!"

"예…… 그야말로 간발의 차이였답니다. 저 자리에 그대로 둘 수가 없었던지라……."

분신은 그렇게 말하면서 시도의 유해를 지면에 뉘였다.

"……【달렛】."

쿠루미는 잠시 침묵한 후, 손에 쥔 총으로 시도의 몸에 총탄을 쐈다.

아까 전에 쿠루미의 팔이 붙은 것과 마찬가지로, 몸통과 분리되어 있던 시도의 목이 깔끔하게 붙더니, 가슴에 난 커다란 구멍도 메워졌다.

하지만— 그게 전부였다.

시도는 여전히 눈을 감고 있었으며, 말은 고사하고 숨도

쉬지 않았다.

【달렛】은 시간을 되감는 탄환이다. 시도의 몸은 생전의 상태로 되돌아갔다. 하지만, 한 번 잃어버린 목숨을 되돌려 놓을 수는 없었다.

"……."

쿠루미는 마음을 진정시키기 위해 심호흡을 한 후, 이제부터 뭘 어떻게 할지 생각했다. ―평온히 잠든 시도의 유해, 그리고 눈앞에 펼쳐지고 있는 이 세상의 종말 같은 광경을 쳐다보면서 말이다.

하지만, 잠시 동안 침묵을 지키고 있던 쿠루미의 입에서 흘러나온 말은…….

"저는…… 실패, 한 건가요……?"

그런, 체념으로 물든 말이었다.

―몇 분 전까지만 해도 전부 잘 풀리고 있었다. 쿠루미는 주먹이 으스러질 듯이 세게 움켜쥐었다.

시도의 힘을 얻어서, 【유드 베트】로 30년 전으로 거슬러 올라간 후, 시원의 정령이라는 존재 자체를 『없었던 것』으로 만든다.

그러면 전부 보답 받을 것이다.

쿠루미가 걸어온 수천의 나날이―.

쿠루미의 발치에 쓰러진 수만의 목숨이―.

하지만, 눈 한 번 깜빡일 정도로 짧은 시간 사이에, 그 모든 것이 무(無)로 돌아갔다.

부질없어진 것이다.

증오해 마지않는 위저드, 엘렌 메이저스에 의해서 말이다.

"아…… 아악!"

격렬한 감정에 사로잡힌 쿠루미는 방금 이어 붙은 오른손으로 지면을 내리쳤다.

항상 초연하던 쿠루미가 그런 행동을 취하자, 분신들은 화들짝 놀라며 어깨를 부르르 떨었다.

하지만 쿠루미는 그런 분신들을 신경 쓸 여유가 없었다. 몇 번이나, 몇 번이나, 주먹으로 지면을 내리쳤다.

소망이, 단절됐다. 희망이, 짓밟혔다. ―시도가 자신의 눈앞에서 죽는다는, 최악의 형태로 말이다.

"……윽."

거기까지 생각이 미친 쿠루미는 숨을 삼켰다.

쿠루미의 가슴속이 형용할 수 없는 증오심으로 가득 차는 것도 무리가 아니다.

그도 그럴 것이, 자신의 생애를 바쳐가며 추구했던 목적을 이제 이룰 수 없게 된 것이다.

그것도, 쿠루미가 그런 목적을 품게 된 원인을 제공한 여자에 의해서 말이다.

쿠루미가 어렸다면, 다른 정령들과 마찬가지로 반전했어도 이상하지 않을 만큼 절망적인 상황이었다.

하지만 쿠루미는 그런 분노에 다른 감정이 섞여 있다는 걸 눈치채고 말았다.

아아— 그렇다.

쿠루미는 아연실색하며 눈을 치켜뜨더니, 피와 흙먼지로 범벅이 된 손으로 이마를 감쌌다.

쿠루미는 자신의 눈앞에서 시도가 죽었다는 사실이 너무나 분했다.

너무나— 슬펐다.

머릿속이 혼란스러웠다. 자신이 도달한 해답인데도, 그 의미를 알 수 없었다.

그것은 그야말로 모순이었다. 쿠루미는 시도를 죽일 생각이었는데, 왜 이런 감정을 느끼고 있는 걸까.

"시도…… 씨……."

다양한 기억이 쿠루미의 뇌리에 떠올랐다. 그때마다 머릿속에서 다양한 감정이 뒤섞이더니, 쿠루미의 생각을 뒤흔들어 놓았다.

시도. 이츠카 시도. 정령을 사랑하고, 정령에게 사랑받는 소년. 토키사키 쿠루미의 앞에서도, 두려움을 극복하며, 손을 내밀어줬던 인간.

쿠루미는 반쯤 무의식적으로 시도의 유해를 끌어안더니—.

그의 입술에, 자신의 입술을 포갰다.

아직 부드러운 그 입술은 이미 차갑게 식어 있었다.

그 입술의 감촉을 느끼고서야, 쿠루미는 깨달았다.

시도와의 승부에서— 자신이 졌다는 사실을 말이다.

"……**두 번째 키스**마저 의식이 없는 상태에서 하다니, 정말 불운한 분이군요."

쿠루미는 눈을 가늘게 떴다.

작년 6월, 쿠루미는 불꽃의 정령인 코토리에게 깊은 상처를 입고 도망쳤다.

그때, 코토리와 쿠루미 사이에 끼어들었던 이가 바로 다름 아닌 시도였다.

조금 꼴사나운 기사님이었지만, 자신의 목숨을 구해줬다는 사실에는 변함이 없다. 쿠루미는 그림자 안으로 도망치기 직전, 답례 삼아 시도에게 키스를 했던 것이다.

이제 와서는 전부 부질없어지고 말았지만 말이다.

하지만—.

"……어?"

다음 순간, 쿠루미는 기묘한 감각을 느끼며 눈썹을 찌푸렸다.

뭐라고 표현하면 좋을까, 따듯한 무언가가 자신의 몸속으로 흘러들어온 듯한 느낌이 들었다.

마치, 예전에 미오에게서 세피라를 건네받았을 때와 비슷—.

"……〈자프키엘〉!"

거기까지 생각이 미친 쿠루미는 반사적으로 그 이름을 외쳤다. 쿠루미의 외침에 거대한 시계판이 그림자 속에서 모습을 드러냈다.

"……앗!"

"『저』, 이건……!"

분신들은 경악에 찬 목소리로 그렇게 외쳤다.

하지만 그녀들이 그러는 것도 무리는 아니었다. 왜냐하면 그 문자판에는 코토리와 싸운 후로 아무런 색깔도 띄고 있지 않았던 『Ⅵ』라는 문자가 찬란히 빛나고 있었던 것이다.

"어떻게 된 거죠……? 설마—."

쿠루미는 몸을 일으켜 문자판의 숫자를 차례차례 만졌다.

대상을 가속시키는 【첫 번째 탄환(알레프)】.

대상의 시간을 느려지게 하는 【두 번째 탄환(베트)】.

대상을 성장시키는 【세 번째 탄환(기멜)】.

대상의 시간을 되감는 【네 번째 탄환(달렛)】.

바로 앞의 미래를 내다보는 【다섯 번째 탄환(헤)】.

대상의 시간을 정지시키는 【일곱 번째 탄환(자인)】.

과거의 자신을 재현하는 【여덟 번째 탄환(헤트)】.

다른 시간축에 있는 대상과 의식을 연결하는 【아홉 번째 탄환(테트)】.

맞은 대상에게 기억을 전달하는 【열 번째 탄환(유드)】.

정령의 영력을 직접적으로 먹어서 시간을 뛰어넘는 【열한 번째 탄환(유드 알레프)】과 【열두 번째 탄환(유드 베트)】.

그리고 쿠루미의 손은 마지막으로, 문자판의 가장 아래쪽에 위치한 숫자를 매만졌다.

—유일하게 아무런 색깔도 띠고 있지 않던, 『Ⅵ』을 말이다.

"……【여섯 번째 탄환(바브)】."

쿠루미는 작은 목소리로 그렇게 중얼거리더니, 시도의 유해를 힐끔 쳐다보았다.

【바브】가 빛을 되찾은 것은 시도와 키스를 했기 때문이다.

시도는 키스를 통해 영력을 봉인한다. 그것은 분신들의 조사를 통해 쿠루미도 알고 있었지만, 설마 【바브】가 코토리에게 파괴된 것이 아니라, 장난삼아 했던 입맞춤 때문에 지금까지 봉인되어 있었던 걸까…….

만약 그렇다면, 쿠루미는 이미 그 당시에 시도에게 어느 정도 마음을 열었던 것이다.

쿠루미는 자조 섞인 미소를 입가에 머금었다. —반한 사람이 지는 승부에서, 쿠루미는 애초부터 승산이 없었던 걸지도 모른다.

하지만— 이마에 땀방울이 맺힌 쿠루미는 귀기어린 미소를 지었다.

【바브】. 방금까지 봉인되어 있었던, 〈자프키엘〉의 탄환.

생각지도 못한 타이밍에 되찾은 이 『힘』을 이용하면, 이 결말을 바꿀 수 있을지도 모른다.

그것은 희망이라고 부르기에는 너무나도 희박하지만— 쿠

루미를 다시 일어서게 하기에는 충분했다.

하지만, 쿠루미는 아직 그 대가를 치르지 못했다.

정확하게 말하자면— 쿠루미의 목적을 이루기 위해서는 이제까지보다 많은 희생을 치러야만 한다.

"—『저희들』."

쿠루미가 낮은 목소리로 부르자, 줄지어 서 있던 분신들이 순식간에 그 의도를 이해하고 고개를 끄덕였다.

그리고, 쿠루미는 말했다.

"시도 씨를 위해— 죽어 주세요."

그러자 분신들은 쿠루미의 모든 의도를 눈치챈 것처럼 깔깔 웃었다.

"예, 물론이죠."

"자, 어서, 그러세요."

"어차피 이 몸은 거짓된 생명."

"마음껏 쓰고 버리세요."

"이 목숨이 『저』의 발판이 된다면."

"시도 씨를 구할 수 있다면."

"기쁜 마음으로 이 세상을 떠나겠어요."

"이제 와서 이상한 소리를 하는군요."

"『저』도 저라면—."

"거절할 리가 없다는 걸 알 텐데 말이죠."

"쿡쿡쿡."

"쿡쿡쿡."

분신들은 즐거운 듯이 웃었다.

분명 누구도 무사할 수 없을 것이다. 분명 아무도 살아남지 못할 것이다.

하지만 그녀들의 얼굴에는 단 한 점의 그림자도 어려 있지 않았다.

쿠루미는 쓴웃음을 지었다. 자신과 같은 얼굴을 지닌 소녀들이 너무나도 믿음직하고, 자랑스러웠다. —이런 것도, 나르시시즘이라고 할 수 있을까.

"—그렇다면, 저를 따라오세요, 『저희들』. 이…… 끝없이 펼쳐진 저승길을 나아가는 저를 말이에요."

그리고 쿠루미는 총을 쥔 오른손을 들어 올리더니, 힘찬 목소리로 읊조렸다.

과거에 잃어버렸고, 커다란 대가를 치른 끝에 되찾은 힘의 이름을—.

이 세계를 바꿀 가능성을 지닌, 또 하나의 『탄환』의 이름을—.

"〈자프키엘〉—【바브】."

쿠루미는 『탄환』이 장전된 총을 자신의 관자놀이에 댄 후—분신들에게 미소를 지으며, 방아쇠를 당겼다.

◇

"——."

불현듯, 정신이 들었다.

아니…… 이것을 『정신이 들었다』라고 표현해도 되는지에 대해서는 논의가 필요할지도 모른다.

아무튼, 쿠루미는 정신을 차렸다. 그리고 그녀는 주위의 상황을 확인했다.

이곳은 꼭 필요한 가구만 놓여 있는 어둑어둑한 방이었다. 쿠루미가 시내 곳곳에 만들어 둔 거점 중 하나였다.

벽에는 깨끗하게 세탁된 교복이 걸려 있었으며, 정보 수집용으로 준비해 둔 휴대폰 화면에는 2월 8일이라는 날짜가 표시되어 있었다.

그렇다. 쿠루미는 돌아온 것이다.

2월 8일. 쿠루미가 라이젠 고등학교에 복학하기 전날로 말이다.

"……아무래도, 성공한 것 같군요."

〈자프키엘〉— 【바브】.

그것은 맞은 대상의 의식만을 과거의 몸으로 보내는 탄환이다.

대량의 『시간』을 사용하더라도 거슬러 올라갈 수 있는 것은 며칠 밖에 안 되기 때문에 【유드 베트】에는 미치지 못하지만— 지금 이 순간만큼은 세상을 구할 수도 있는 탄환이었다.

—하지만, 중요한 것은 지금부터다. 쿠루미는 돌아서서 걸어둔 코트를 걸치면서 방을 나섰다.

그리고 계단을 내려가 인적 없는 뒷골목을 걸으면서 혼잣말을 하듯 이렇게 말했다.

"—자, 『저희들』. 활동을 시작하죠."

그러자 그 말에 답하듯 그림자 안에서 어마어마한 양의 목소리가 흘러나왔다.

『예, 예.』

『적은 엘렌 메이저스, 그리고 아르테미시아 애시크로프트.』

『그리고 정체불명의 소녀들이죠.』

『일단 시도 씨를 불러내는 장소를 옥상이 아닌 다른 곳으로 변경하는 것은 어떨까요?』

"그랬다간 상대가 습격방법을 바꿀 뿐이에요. 상대의 행동을 알고 있다는 우위성을 내팽개치는 건 좋은 생각이 아니랍니다."

『그렇다면 습격을 하려는 그들을 저희가 막도록 하죠.』

『예, 그 방법밖에 없을 것 같군요.』

"상대와 저희 사이의 전력 차이를 생각해 보세요. 그 소녀들이라면 어찌어찌 되겠지만, 두 위저드는 그야말로 괴물이랍니다. 아무리 『저희들』을 투입하더라도 둘 다 동시에 막는 것은 어렵겠죠. 적어도 그녀들과 비등한 힘을 지닌 아군이 한 명 더 있어야 해요."

『하지만, 그런 적당한 분이 있을 것 같지는 않군요.』

『아뇨, 그렇지 않아요.』

『그다지 의지하고 싶지 않은 상대지만, 적당한 사람이 딱 한 명 있답니다.』

"그게 대체—."

쿠루미는 그 사람이 누구인지 물어보려다, 갑자기 쓴웃음을 지었다. 분신들이 언급하는 인물이 누구인지 짐작이 되었던 것이다.

분신들이 그다지 의지하고 싶지 않은 상대, 라고 말하는 것도 납득이 되었다. 그도 그럴 것이, 『그녀』는 쿠루미의 분신을 그 누구보다도 많이 죽인 소녀인 것이다.

"흠, 확실히 불쾌하군요. 하지만 그녀만한 적임자가 없는 것도 사실이죠."

쿠루미는 계속 걸음을 옮기면서 지시를 내리듯 손을 들어 올렸다.

"—『저희들』. 마나 양이 어디 있는지는 이미 알고 있죠? 지금 바로 교섭을 하러 가주세요."

『예, 예.』

『알겠어요.』

"또한 별동대를 조직해서 DEM인더스트리의 움직임을 파악해 주세요. ―코토리 양 쪽에서 전혀 대처하지 못한 걸 보면, 〈벨제붑〉으로 경계망의 허를 찔렀을 가능성이 있어요."

『알겠어요.』

『신경 쓰겠어요.』

"아마 상대방도 승부에 나선 거겠죠. 습격이 이번 한 번만으로 중단될 거라는 보장은 없어요. 항상 시도 씨의 주위를 경계해서 빈틈을 만들지 말아 주세요. ―시도 씨를 죽일 사람은 바로 저, 토키사키 쿠루미랍니다."

쿠루미가 그렇게 말하자, 분신들은 웃음을 흘렸다.

『어머, 어머.』

『역시 「저」군요.』

『흉흉하기 그지없는 고백이에요.』

"윽……."

쿠루미는 볼을 붉히면서 숨을 삼키더니, 짜증을 내듯 지면을 세게 걷어찼다.

그 후, 마음을 다잡듯 정면을 쳐다보며 입을 열었다.

"가죠, 『저희들』. ―본의는 아니지만, 세계를 구하도록 해요."

―이리하여, 토키사키 쿠루미의 싸움이 시작됐다.

시간으로 치면 겨우 엿새.

하지만 그 엿새 동안, 쿠루미는 수도 없이 시도를 지켰고, 또한 수도 없이 시도를 잃었다.

적은 교활하기 그지없는 DEM인더스트리다. 마왕 〈벨제붑〉으로 이쪽의 허를 노리고 악마의 자식 〈니벨코르〉와 최강의 카드인 엘렌, 아르테미시아로 집요하게 시도의 목숨을 노렸다.

수많은 『쿠루미』를 희생시키고, 수많은 책모를 동원하며, 쿠루미는 싸워왔다.

시도가 죽을 때마다, 입맞춤을 나눠【바브】를 되찾고…….

그 힘을 통해, 세계를 되돌렸다.

불행 중 다행인 점은,【바브】로 되돌아가는 것은 쿠루미의 기억만이라는 사실이었다.

시도가 죽기 전,【바브】를 되찾기 전의 몸으로 의식만이 되돌아가기 때문에,【바브】를 사용하기 위해 쓴 『시간』, 그리고 적을 막기 위해 목숨을 잃은 분신들 또한 원래 상태로 리셋되는 것이다.

【바브】를 쓰기 위해서는 방대한 양의 『시간』이 필요하며, 분신을 만드는【헤트】 또한 무한정으로 쓸 수 있는 것은 아니다.

만약 이런 식으로 리셋이 되지 않았다면, 쿠루미가 지닌 『시간』은 금세 바닥났을 것이다.

하지만— 그것은 적들도 마찬가지였다.

몇 번이나 〈니벨코르〉를 죽였지만, 몇 번이나 엘렌을 막아냈지만, 그녀들이 입은 손해 또한, 쿠루미가 【바브】를 쏠 때마다 전부 리셋되고 마는 것이다.

아니— 정확하게 말하자면…….

그녀들은 쿠루미와 싸웠다는 사실마저 모른 채, 매번 처음으로 시도를 죽이러 오는 것이다.

쿠루미가 지닌 유일한 이점이자, 그녀의 몸을 불태우는 업화.

한 번.

열 번.

백 번이 넘었을 즈음…….

목숨이 걸린 사투를 반복하는 와중에, 쿠루미는 점점 자신의 마음이 피폐해져 가는 것을 느끼고 말았다.

같은 일을 기계적으로 반복하며…….

예전 세계와의 차이점(버그)을 없앴다.

그러면서, 애초부터 미쳐 있던 쿠루미의 마음이 점점 마모되어 가기 시작한 것이다.

하지만— 쿠루미는 총을 내려놓지 않았다.

시도가 죽을 때마다…….

그리고, 그 차가운 입술에 자신의 입술을 포갤 때마다…….

쿠루미는 다시 한 번, 그의 품에 안기고 싶다는 생각을 하고 마는 것이다.

"시도 씨…… 저기, 시도 씨?"

대체 이걸로 몇 번째일까.

차가운 시도의 입술에 자신의 입술을 포갠 것이—.

"또, 만나요……."

쿠루미는 자신의 관자놀이를 겨누고 총의 방아쇠를 당겼다.

◇

"뭐……."

안대를 찬 쿠루미의 이야기를 들은 후…….

시도는 망연자실한 목소리를 냈다.

시도는 무심코 자신의 가슴과 목을 만졌다. 물론 가슴에는 구멍이 없었고, 목도 붙어 있었다.

"내가…… 한 번, 죽었다고?"

비현실적인 감각에 미간을 찌푸린 시도는 쥐어짜내는 듯한 목소리로 그렇게 말했다.

겨우 그 말을 입에 담기 위해, 엄청난 에너지를 사용한 듯한 느낌이 들었다. 그 말을 입에 담으면서, 자신의 생명을 부정하는 듯한 착각마저 느꼈다.

하지만 안대를 찬 쿠루미는 그런 시도의 말을 듣더니 천천히 고개를 저었다.

"아뇨. 그 말은 정확하지 않아요."

그리고 그녀는 시도의 눈을 쳐다보며 말을 이었다.

"—204번."

"뭐……?"

"그게— 이 엿새가 반복되는 와중에, 시도 씨가 DEM인더스트리에 의해 목숨을 잃은 횟수랍니다."

"——."

시도는 그 말을 듣고 아무 말도 할 수 없었다.

204. 시도는 그 예상 밖의 숫자를 듣고 망연자실한 표정을 지었다.

안대를 찬 쿠루미는 개의치 않으며 말을 이었다.

"저희도 계속 주의를 기울였지만…… 마왕 〈벨제붑〉은 정말 무시무시하더군요. 교묘하게 저희의 빈틈을 찌르고, 창의성 넘치는 방식으로 시도 씨의 목숨을 앗았답니다."

"어, 어이, 잠깐만 있어봐. 말도—."

안 돼, 라고 말하려던 시도는 갑자기 말을 멈췄다.

방법은 다르지만, 시도는 일전에 쿠루미의 도움을 받아 시간을 거슬러 올라가 역사를 바꾼 적이 있었다. 아무리 황당무계할지라도, 시도는 방금 들은 이야기를 부정할 수 없었다.

게다가—.

"……윽."

시도는 정신을 잃은 쿠루미의 얼굴을 쳐다보았다.

항상 초연하던 그녀의 피폐해질 대로 피폐해진 얼굴을 말이다.

설령 영력이 목적일지라도, 쿠루미가 커다란 희생을 치르면서 시도의 목숨을 구한 것이 엄연한 사실이라면, 그는 그 말을 해선 안 된다.

안대를 찬 쿠루미는 그런 시도의 생각을 눈치챘는지 눈을 내리뜨면서 고개를 살며시 끄덕였다.

"『저』는 그때마다 【바브】를 사용해 과거로 의식을 보냈어요. 몇 번이나, 몇 번이나……. 물론, 시간을 초월하는 건 의식만이죠. 사용한 시간과, 죽은 분신 또한 원래대로 되돌아온답니다."

하지만, 하고 안대를 찬 쿠루미는 한숨을 내쉬며 입을 열었다.

"항상 마음을 긴장시킨 채, 몇 번이나, 몇 번이나, 몇 번이나, 같은 시간을 반복한『저』의 정신은 한계에 다다르고 있어요."

안대를 찬 쿠루미는 그렇게 말하면서 쿠루미의 머리카락을 상냥히 쓰다듬었다.

"그러니— 부탁이에요, 시도 씨. 지금만은『저』를, 쉬게 해 주시지 않겠어요?"

"……."

시도는 아무 말 없이 한숨을 내쉰 후, 잠든 쿠루미를 다시 쳐다보았다.

그녀의 얼굴은 여전히 아름다웠지만— 왠지 덧없어 보였다.

이해는…… 됐다. 쿠루미가 목적을 달성하기 위해서는 시도의 몸에 봉인된 영력이 꼭 필요하니, DEM이 시도를 죽이는 것은 반드시 막아야만 한다. 그러니 쿠루미가 몇 번이나 시행착오를 반복하면서 시도를 구한 것도 납득은 됐다.

하지만, 이해가 되지 않는 점이 하나 있었다.

시도는 쿠루미의 감겨진 눈을 응시하면서 중얼거리듯 말했다.

“왜…… 너는, 나를 『잡아먹지』 않은 거야……?”

그렇다. 시도는 그게 이해가 되지 않았다.

시도의 곁에는 정령들과 〈라타토스크〉가 있다. 아무리 쿠루미라도 그렇게 간단히 목적을 달성할 수는 없을 것이다.

하지만 쿠루미는 【바브】로 몇 번이나 같은 시간을 반복하고 있었다. 그러니 시도의 빈틈을 노리는 것도 불가능하지는 않았을 것이다.

하지만 쿠루미는 그러지 않았다.

처음에 나눈 약속을 지키며 데이트를 했고— 자신의 비밀을 전부 밝히면서까지 시도를 이해시키려 했다.

시도에게— 도움을 요청한 것이다.

이렇게 시도 앞에서 무방비하게 잠이 들 만큼, 정신적으로 피폐해지면서 말이다.

“……시도 씨.”

안대를 찬 쿠루미는 입가에 미소를 머금으며 시도를 쳐다보았다.

“그런 눈치 없는 질문은 하지 말아 주세요. 『저』는—.”

바로 그때였다.

안대를 찬 쿠루미가 말을 이으려던 순간, 누워있던 쿠루미의 손이 움직이더니, 어느새 그 손에 쥐어진 단총에서 총탄이 발사됐다.

칠흑빛 그림자를 굳혀 만든 듯한 그 총탄은 안대를 찬 쿠루미의 볼을 스치더니 벽에 꽂혔다. 안대를 찬 쿠루미는 깜짝 놀란 표정을 지으며 눈을 동그랗게 떴다.

“……제가 잠든 사이에, 꽤나 즐거운 대화를 나눈 것 같군요, 『저』.”

쿠루미는 눈을 가늘게 뜨고 몸을 천천히 일으켰다. 곁에 있던 분신이 걱정스러운 듯이 그녀를 향해 손을 뻗었지만, 그걸 무시하며 몸을 일으켰다.

“……어린 『제』가 실수를 범한 것 같군요. 사과드릴게요, 시도 씨.”

쿠루미는 현기증을 참듯 이마에 손을 대면서 그렇게 말했다.

그 언동에서는 평소의 쿠루미처럼 여유가 느껴졌지만— 시도는 그게 허세처럼 느껴졌다. 시도는 무심코 쿠루미를 부축하기 위해 손을 뻗었다.

“쿠루미—.”

“윽…….”

쿠루미는 시도의 손을 피하듯 뒤로 몸을 뺐다.

하지만 그녀의 얼굴에서는 혐오감을 찾아볼 수 없었다.

굳이 따지자면— 시도의 손에 닿는 것을 두려워하고 있는 것 같았다.

쿠루미는 그런 자신의 표정을 눈치챘는지 화들짝 놀라며 어깨를 부르르 떨더니, 자신만만한 미소를 지었다.

"—착각하지 마세요, 시도 씨. 제가 시도 씨를 지켜준 건, 어디까지나 당신의 몸에 봉인되어 있는 영력 때문이랍니다."

"으, 응…… 알아."

시도가 위축당한 것처럼 그렇게 대답하자, 쿠루미는 빙글 돌아서면서 시도에게 등을 보였다.

"……흥이 가셨군요. 오늘은 이쯤에서 실례하겠어요."

"뭐— 어, 어이, 쿠루미!"

시도가 허둥지둥 외치면서 손을 뻗었지만—.

쿠루미는 그대로 분신들과 함께 그림자 속으로 사라졌다.

"……쿠, 쿠루미—."

시도는 잠시 동안 쿠루미가 사라진 바닥을 내려다본 후, 주먹을 말아 쥐었다.

쿠루미. 토키사키 쿠루미.

누구보다도 무시무시하고, 누구보다도 냉혹하며— 누구보다도, 상냥한 소녀.

몇 번이나 그녀에게 구원을 받은 소년은, 천천히 고개를 들었다.

그는 두 눈을 결의로 채우며 입을 열었다.

"이번에는…… 내가 너를 구할 차례야……."

◇

달빛이 비추고 있는 빌딩 옥상에, 잉크를 떨어뜨린 것처럼 그림자가 퍼져나갔다.

쿠루미가 그 그림자에서 얼굴을 내밀더니, 그대로 밖으로 뛰쳐나왔다.

"……휴우."

역시 아직 몸이 후들거렸다. 쿠루미는 천천히 심호흡을 하면서 펜스에 등을 기댔다.

그러자 쿠루미의 뒤를 잇듯 왼쪽 눈에 안대를 찬 5년 전 쿠루미의 분신이 그림자에서 기어 나왔다.

물론 시도의 곁에 그를 호위할 분신들을 남겨뒀지만, 이 개체를 비롯해 몇몇 분신은 쿠루미를 따라왔다.

이 분신은 쿠루미가 의식을 잃은 사이, 시도에게 괜한 소리를 한 범인이다. 쿠루미는 언짢은 눈길로 안대를 찬 쿠루미를 노려보았다.

"—괜한 짓거리를 했군요, 『저』."

"어머, 어머."

쿠루미의 말에 안대를 찬 쿠루미는 장난스럽게 시치미를 떼듯 턱에 검지를 대며 고개를 갸웃했다.

"무슨 소리를 하는 건지 모르겠군요. 저는 시도 씨가 심심해 보여서 잡담을 나눴을 뿐이랍니다."

안대를 찬 쿠루미가 그렇게 뻔뻔한 소리를 하자, 쿠루미는 눈썹을 파르르 떨며 입을 열었다.

"……『저』."

하지만 그것은 안대를 찬 쿠루미를 부르는 말이 아니었다.

그 말에 호응하듯 쿠루미의 발치에 존재하는 그림자가 꿈틀거리더니, 방금까지 쿠루미를 부축했던 분신이 미안하다는 듯한 표정을 지으며 고개를 내밀었다.

"……예. 안대를 찬 『저』는 시도 씨에게 최근 며칠 동안 있었던 일을 속속들이 다 털어놓았답니다."

"키힛?!"

안대를 찬 쿠루미는 동포에게 배신을 당하고 새된 비명을 질렀다. 쿠루미는 눈을 가늘게 뜨고 다시 그녀를 노려보았다.

"『저』, 해명할 말이 있다면 어디 해보세요."

쿠루미가 팔짱을 끼면서 그렇게 말하자, 안대를 찬 쿠루미는 잠시 낮은 신음을 흘리더니 될 대로 되라는 듯이 어깨를 으쓱이며 말했다.

"솔직히 말해, 뭘 잘못한 건지 모르겠군요, 『저』. 『저』의 결의는, 노고는, 이루 말로 다할 수 없을 정도였답니다. 경계심이 강한 『제』가 잠시 동안이라고는 해도 시도 씨 앞에서 잠들어버렸을 정도로 말이죠."

"윽……."

아픈 곳을 찔린 쿠루미는 미간을 살짝 찌푸렸다. 안대를 찬 쿠루미는 이 기세를 살려 계속 말을 늘어놓았다.

"그 사실을 시도 씨에게 알린 것을 대체 누가 탓할 수 있을까요. 그리고 시도 씨 또한 그 사실을 알게 되면 몇 번이나 자신의 목숨을 구해준 『저』에게 감사의 마음을 품지 않겠어요? 대체 제가 뭘 잘못했다는 거냔 말이에요!"

"……."

안대를 찬 쿠루미가 연설을 하는 것처럼 과장스러운 몸짓으로 호소하듯 말했다.

쿠루미는 잠시 침묵한 후, 희미하게 볼을 붉히면서 대답했다.

"……거란 말이에요."

"예? 뭐라고 하셨죠?"

"오해할 거란 말이에요! 저와 시도 씨는 먼저 상대방에게 반한 사람이 지는 승부를 하고 있잖아요?! 그런데― 시도 씨를 구하기 위해 그런 짓을 했다는 걸 알면, 마치 제가 시도 씨에게 끌리고 있는 것 같잖아요……!"

"……윽, 저, 저기, 『저』……?"

안대를 찬 쿠루미는 놀란 것처럼 눈을 크게 뜨더니, 어깨가 떨릴 정도로 웃어댔다.

"후후…… 아하하하! 그렇군요. 맞는 말이에요."

"……왠지, 바보 취급을 당하고 있는 것 같군요."

"기분 탓일 거예요."

안대를 찬 쿠루미는 어깨를 으쓱하며 그렇게 말했다.

쿠루미는 언짢은 것처럼 미간을 찌푸렸다.

—어이없는 실수를 범하고 말았다. 【바브】로 자신이 쓰러지기 전으로 되돌아가고 싶지만, 이 역사에서는 아직 시도가 죽지 않았기 때문에 〈자프키엘〉은 힘을 되찾지 못했다.

하지만 살아있는 상태의 시도와 키스를 했다간, 쿠루미에게 남아있는 영력이 봉인되어 버릴지도 모른다.

"그래서…… 이제부터 어떻게 할 거죠, 『저』? 이 곤경에서 벗어나더라도, 남은 시간은 얼마 안 된답니다."

"……그건 그래요."

쿠루미는 분신의 말을 듣고 인상을 찡그렸다.

시도가 살아있는 한, 작전은 계속된다. 하지만 이대로는 시도를 『잡아먹을』 수—.

바로 그때였다.

【……고민하고 있는 것 같네.】

"윽……?!"

순간, 어둠 속에서 울려 퍼진 분신 이외의 목소리를 들은 쿠루미가 숨을 삼켰다.

목소리 톤이 높은지, 낮은지, 그리고 남자인지, 여자인지조차도 알 수 없는 기묘한 목소리였다.

게다가 목소리가 귀에 익었다. 쿠루미는 분신을 주위에 배치하고, 고풍스러운 총 두 자루를 그림자에서 꺼냈다.

【……흐음, 그다지 환영받지 못하는 것 같네. 나는 조언을 하러 왔을 뿐인데 말이야.】

그 말을 하고 있는 이의 모습 또한, 그 목소리와 마찬가지로 종잡을 수가 없었다.

어느새 옥상 한편에는 온몸에 모자이크를 두른 듯한 그림자가 서 있었다. 존재 그 자체의 해상도가 나쁘다고 할까. 확실히 그곳에 존재하는데도, 무엇이 있는지 알 수 없었다.

그렇다. 저 자는 바로 시도 일행이 〈팬텀〉이라 부르는 정령이었다.

쿠루미는 과거에 이 정령에게서 정보를 제공받은 적이 몇 번 있었다. 이츠카 시도라는 소년이 존재한다는 사실 또한 이 〈팬텀〉에게서 얻은 정보였다.

하지만 현재 쿠루미에게 있어 〈팬텀〉은 이제 협력자가 아니었다.

아니, 명백한—『적』이었다.

"……환영, 이라고요? 제가? 당신을? 잠꼬대는 자면서 하세요."

쿠루미가 날카로운 시선으로 상대방을 노려봤다. 잠시 후,

〈팬텀〉은 전부 눈치챈 것처럼 한숨을 내쉬었다.

【……아, 그래. 너는 알고 말았구나. —그럼 어쩔 수 없지. 유감이야. 조언을 하고 싶다는 건 진담인데 말이야.】

그렇게 말한 〈팬텀〉은 미세한 움직임을 취했다.

"이대로 보내줄 것— 같나요……?!"

쿠루미가 그렇게 외친 순간, 분신들이 일제히 방아쇠를 당기며 총탄을 쐈다.

검은 총탄 몇 발이 어둠을 가르고 〈팬텀〉을 덮쳤다.

【——.】

〈팬텀〉은 분신들의 총탄을 피해 상공으로 날아올랐다.

하지만, 그것이야말로 쿠루미가 바라는 바였다. 도망칠 곳을 만들기 위해, 일부러 분신들에게 상공을 공격하지 않게 했던 것이다.

"〈자프키엘〉—【자인】!"

쿠루미는 그렇게 외치며 방아쇠를 당겼다.

절대무적의 【자인】이 자아내는 시간 정지의 일격이 〈팬텀〉에게 꽂혔다.

그 순간, 모자이크가 공중에 정지됐다.

"『저희들』!"

그 뒤를 이어, 분신들이 상공을 향해 총구를 겨누고 일제히 방아쇠를 당겼다.

〈팬텀〉은 백 발 가량의 총탄을 뒤집어쓰고 말 못하는 시체가 되었다.

—아니, 시체가 된 것처럼 보였다.

"……이야, 방심했는걸."

"아니—."

전방에서 들려오는 목소리에 쿠루미는 무심코 미간을 찌푸렸다.

상공에는 아직도 정지된 모자이크 덩어리가 있었다. 하지만 목소리는 그 덩어리의 아래편에서 들려왔다.

한 여성이 웅크리듯 옥상 바닥에 한쪽 무릎을 꿇고 있었다.

그렇다. 마치 【자인】에 의해 정지된 『옷』을 공중에 벗어놓은 후, 바닥에 착지한 것처럼 말이다.

"그게…… 당신의 진짜 모습, 이군요?"

쿠루미는 방심하지 않겠다는 듯이 총을 치켜들고 그 여성을 노려보았다.

"……뭐, 맞아. 설마 이렇게 간단히 장벽을 벗겨낼 거라고는 생각도 못했어. 역시 대단해— 쿠루미."

여성은 그렇게 말하면서 천천히 고개를 들었다.

그녀의 얼굴을 본 순간—.

"윽—."

쿠루미는 눈을 크게 떴다.

긴 머리카락을 대충 묶은, 스무 살 남짓한 여성이었다.

환자처럼 창백한 얼굴, 두꺼운 다크서클이 진 두 눈, 그리고 몸에 걸친 옷의 호주머니에서는 꿰맨 자국이 잔뜩 있는 곰 인형이 고개를 내밀고 있었다.

"무라사메— 선생님."

"……."

쿠루미가 이름을 입에 담자, 여성— 무라사메 레이네는 침묵으로 그 말에 답했다.

그렇다. 달빛을 등지고 선 채 이 자리에 나타난 이는 바로, 쿠루미가 다니는 라이젠 고등학교의 교사인 무라사메 레이네였던 것이다.

물론 그녀가 평범한 교사가 아니라는 것은 쿠루미도 알고 있다. 그녀는 코토리가 이끄는 〈라타토스크〉의 기관원이자, 쿠루미를 농락하려 하는 시도의 동료였다.

하지만, 그 점을 고려하더라도 이 사실은 너무 뜻밖이었다.

—영문을 알 수 없었다. 〈팬텀〉의 정체가 무라사메 레이네? 그럼 쿠루미가 그녀에게서 들은 그 정보들은—.

"——아, 아."

쿠루미는 쥐어짜낸 듯한 목소리로 입을 열었다.

"그렇게…… 된 건가요. 아아, 아아— 이제야, 전부 알겠어요."

"……."

쿠루미가 그렇게 말하자, 레이네는 눈을 가늘게 뜨고 바닥을 박찼다.

그리고 인간을 초월한 도약력을 발휘하며 뒤편으로 몸을 날렸다.

"—윽! 『저희들』!"

쿠루미는 반사적으로 그렇게 외쳤다.

그러자 바닥의 그림자가 꿈틀거렸다. 그리고 레이네가 착지한 순간, 수많은 『손』이 그녀의 몸을 움켜잡았다.

"……큭—."

레이네는 표정을 일그러뜨리며 『손』에서 벗어나기 위해 버둥거렸다.

하지만 수적 열세는 뒤집을 수 없었다. 이윽고 레이네는 수많은 『손』에 잡힌 채—.

그대로, 그림자에 『삼켜지고』 말았다.

"……."

쿠루미는 잠시 레이네를 삼킨 그림자를 쳐다본 후, 욕지거리를 내뱉듯 중얼거렸다.

"—당신은, 지옥에 떨어질 자격조차 없어요."

달이 구름에 뒤덮이더니, 한밤중의 마을은 이윽고 어둠으로 가득 찼다.

To be Continued

■작가 후기

안녕하십니까. 좋아하는 잭은 프리즈비인 타치바나 코우시입니다.

『데이트 어 라이브 16 쿠루미 리플레인』을 여러분에게 전해드립니다. 어떠셨는지요. 마음에 드셨기를 빕니다.

드디어 쿠루미 편까지 왔습니다. 본편에서는 오랜만에 등장하는 걸지도 모릅니다. 뭐, 단편에서는 자주 모습을 드러내고 있기 때문에, 개인적으로는 오랜만이라 느껴지지 않지만 말이죠.

3권에서 처음 등장했으니 정령들 중에서 초기 멤버에 해당합니다만, 유일하게 영력이 봉인되지 않은 채 지금까지 암약해왔습니다. 그리고 오랜만에 표지&서브타이틀을 차지했죠. 표지의 뒤돌아보는 쿠루미가 정말 귀엽습니다. 언뜻 드러난 다리가 정말 섹시하군요.

아니, 표지뿐만 아니라 컬러 일러스트까지 쿠루미 천지입니다. 컬러로 된 모든 일러스트에 쿠루미가 있군요. 어쩌면 한 캐릭터가 모든 컬러 일러스트에 등장한 것은 처음일지도 모릅니다. 역시 쿠루미는 대단하다니까요.

본편보다 먼저 후기를 읽는 독자분도 계실 테니 스포일러는 자제하겠습니다만, 이번 편은 걔가 그렇고 그렇게 해서 그런 느낌이 되었습니다. 그 장면과 그 장면은 정말 엄청 즐겁게 썼죠.

지금 생각해 보면, 쿠루미는『데이트 어 라이브』안에서 가장 먼저 만들어진 캐릭터였습니다.

정확하게는 지금의 쿠루미와 조금 다르지만, 제가 고등학교 2학년 때 쓴 소설에 그녀의 원형이 된 캐릭터가 존재했죠.

고스로리에, 머리카락을 좌우비대칭으로 묶었으며, 왼쪽 눈이 시계입니다. 이런 캐릭터를 생각해 낸 당시의 저야말로 대단합니다. 이 캐릭터는 인기가 있을 거야, 언젠가 이 세상에 내놓을게, 라고 생각해오길 어언 십여 년, 그때의 확신은 틀림이 없었다고 믿어 의심치 않습니다.

확실히 그때의 설정은 특수한 시계가 눈에 이식된 인조 마술사가 자신의 수명을 대가로 특수능력을 사용한다는 것이었습니다. 능력을 사용하면 시계가 더욱 빨리 돌아가며, 그만큼 수명을 잃습니다.

그래서 쿠루미 외에도 시계를 지닌 자가 잔뜩 있습니다만, 기본적으로는 손등이나 가슴 등에 붙어있는 캐릭터가 많으며, 안구가 시계로 된 사람은 쿠루미뿐이었다고 생각합니다. 아마도요.

그리고 물론, 그런 쿠루미의 포지션이 히로인일리가 없죠. 쿠루미는 히로인의 목숨을 노리는 광기에 찬 여동생 캐릭터입니다. 키히히히히! 저기, 언니~? ……하고 말했었죠. 무시무시하군요.

참고로 여담입니다만, 제 데뷔작인 『창궁의 카르마』에 등장한 쿠사나기 네온(어른)의 프로토 타입 또한 이 이야기에 등장했습니다. 군의 높은 사람이자 최강 캐릭터 중 한 명이며, 두 손등과 두 어깨, 가슴에 총 다섯 개의 시계가 달려 있었습니다. 진짜 강해요.

왠지 옛날에 쓴 소설 이야기를 하려니 부끄럽군요.

아무튼, 이번에 엄청난 일이 벌어졌습니다. 저자 프로필에도 적었다시피, 이 쿠루미 편과 쿠루미 스핀오프, 츠나코 씨 화보집, 이렇게 세 권이 3월에 발간됐습니다! 『3』 천지군요!

츠나코 씨 화보집에는 신작 단편도 실려 있으니, 신경 쓰이는 분들은 꼭 읽어주시길! 이 화보집에서만 볼 수 있는 비밀스러운 일러스트도 있는 것 같더군요…….

히가시데 유이치로 씨가 쓰신 쿠루미 스핀오프 『데이트 어 불릿』도 큐트하고, 하드하며, 바이올런스하게 완성되었습니다. 후루에 양이 너무 좋아요. 아이아이 양이 너무 귀여워요. 이렇게 귀여운 아이들이 잔뜩 나오니, 분명 다 같이 즐겁게 다과회를 가질 게 틀림없어요. 훈훈할 것 같군요. 책 말미에 광고가 실릴 예정이니 꼭 체크해 주세요! NOCO 씨의 쿠루미도 최고예요!

그리고 이 책 말미에는 또 한 가지, 14권에서 부활한 〈프락시너스 엑스 케르시오르〉의 설정화가 게재되어 있습니다!

디자인은 〈프락시너스〉와 마찬가지로 에비카와 카네타케 씨가 해주셨습니다! 더욱 날카롭고 멋지게 변한 〈프락시너스EX〉를 꼭 봐주세요!

아쉬운 점은 흑백으로 수록됐다는 거군요……! 이래서야 한시라도 빨리 머테리얼 2권을 낼 수밖에 없겠습니다.

자, 이번에도 많은 분들의 도움 덕분에 이 책을 낼 수 있었습니다.

일러스트레이터 츠나코 씨. 분신들 위에 서 있는 쿠루미의 컬러 일러스트가 너무 멋져요. 담당 편집자님, 평소보다 더 질질 끌어서 죄송합니다. 디자이너 쿠사노 씨, 매번 멋진 디자인을 해주셔서 감사합니다. 슬슬 타이틀 로고의 배치 때문에 난감해하고 계신 건 아닌지요, 크크큭…….

스핀오프를 써주신 히가시데 씨, NOCO 씨, 〈프락시너스

〉를 디자인해주신 에비카와 씨, 편집부 및 영업 담당 여러분, 출판 및 유통에 관여해주신 모든 분들, 그리고, 이 책을 구매해주신 여러분께 진심으로 감사드립니다.

자, 다음에 나올 책은 17권이 될 예정입니다. 과연 개와 개는 어떻게 될까요(스포일러 방지).

가능한 한 빨리 전해드릴 수 있도록 노력하고 있으니, 독자 여러분도 기대해주셨으면 합니다.

그럼 다음 권에서 다시 뵙게 되는 날을 고대하고 있겠습니다.

2017년 2월 타치바나 코우시

FRAXINUS EX CELSIOR

〈프락시너스 엑스 케르시오르〉 ASS-004-2

전장(全長) 255m
전폭(全幅) 115m

주요 무장
집속마력포 〈미스틸테인〉
보조마력포 〈블루트강〉
정령영력포 〈궁니르〉
요격용 미사일 〈브류나크〉
범용독립유닛 〈세계수의 잎(위그드 폴리움)〉

영력변환장치 시스템 브로트

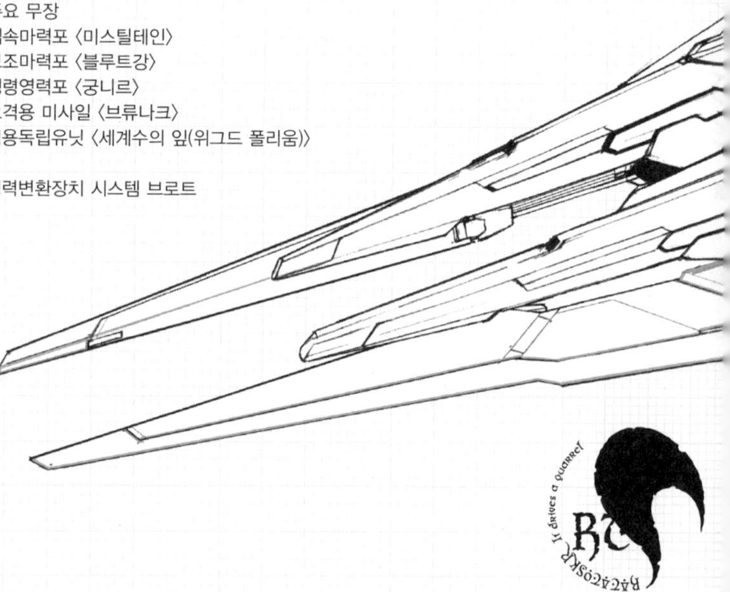

개조 및 수리를 통해 다시 태어난 새로운 〈프락시너스〉. AI의 콜사인은 『마리아』. 신형 기초 현현 장치(베이식 리얼라이저) AR-009를 24기 탑재. 이중으로 임의영역(테리터리)을 전개해 그것들을 반발하게 함으로써, 스러스터에 의지하지 않는 자유로운 기동이 가능해졌다. 또한, 정령의 영력을 변환해 공급하는 장치인 시스템 브로트를 통해 일시적으로 임의영역에 한계치를 넘어서는 힘을 부여하는 것도 가능하다.

전함 디자인 / 에비카와 카네타케

DATE A LIVE

battleship FRAXINUS EX CELSIOR ASS-004-2

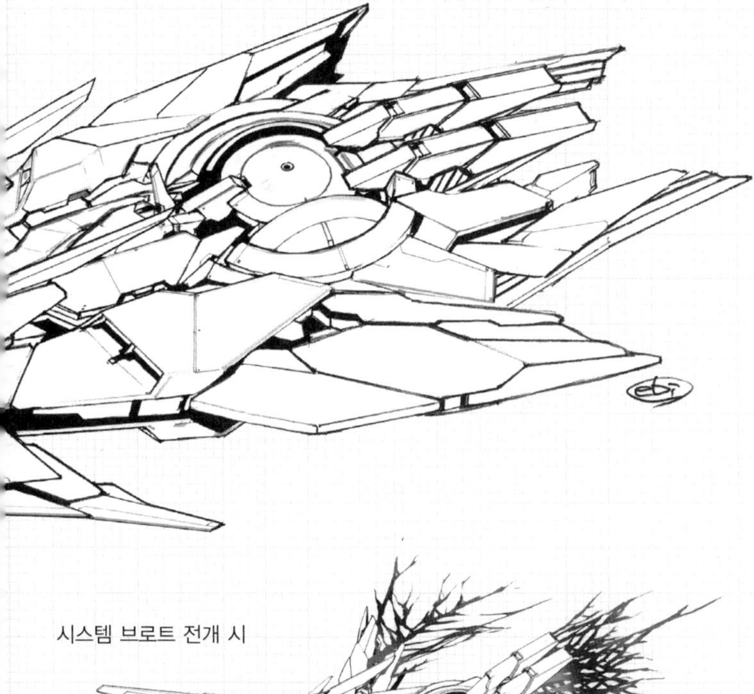

시스템 브로트 전개 시

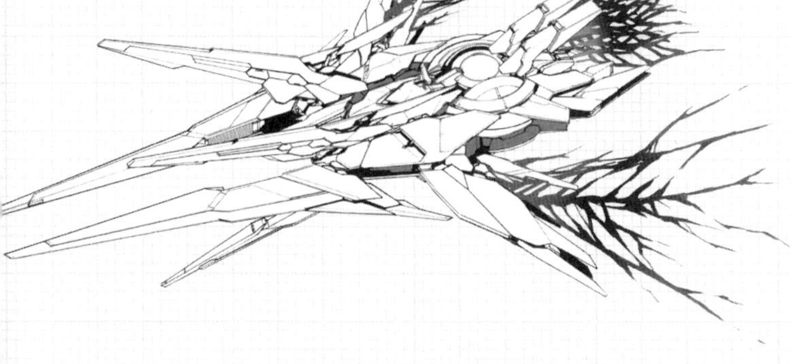

■역자 후기

안녕하십니까. 근로청년 번역가 이승원입니다.

『데이트 어 라이브 16 쿠루미 리플레인』을 구매해주셔서 진심으로 감사드립니다.

15권을 겨울의 한복판에서 번역했습니다만, 이번 16권은 여름의 한복판에서 번역하고 있습니다.

덥습니다! 엄청 더워요!

다행히 작년에 어머니 방에 에어컨을 설치한 덕분에 더울 때는 그 방으로 피난해서 작업하고 있습니다만, 그래도 덥군요.

다음 목표는 작업실 에어컨 설치! 언젠가 제 작업실을 여름 한정 파라다이스! 로 만들고 말겁니다! 그러기 위해서라도 열심히 일을 해야죠! 우오오오오오!

그럼 『데이트 어 라이브 16 쿠루미 리플레인』에 대해 조금 이야기해볼까 합니다.

스포일러가 포함되어 있을 수도 있으니 본편을 안 읽으신

분은 유의해 주시길!

이번 권은 쿠루미로 시작해서 쿠루미로 끝나는 한 권이었습니다.

3권에서 시도가 공략을 시도했지만 결국 실패한 정령, 쿠루미. 약 1년 동안 많은 정령들을 공략하며 레벨업한 시도는 다시 쿠루미 공략에 도전합니다.

시도는 목숨을, 쿠루미는 영력을 걸고 벌이는 그 대결은 격렬하기 그지없습니다. 하지만 그 대결의 이면에는 쿠루미의 숨겨진 목적이 존재합니다. 그리고 그 목적은 너무나도 쿠루미답지 않지만, 한편으로는 너무나도 쿠루미답죠.

정말 쿠루미라는 정령의 캐릭터성이 폭발하는 한 편이었습니다. 마음 같아서는 스포일러를 마구 하면서 이번 권의 매력에 대해 독자 여러분과 뜨거운 토론을 하고 싶습니다만, 아직 본문을 안 보신 분이 계실 수도 있으니……!

여러모로 충격적인 진실이 잔뜩 실려 있는 이번 16권을 독자 여러분께서도 재미있게 읽어주시길 진심으로 빌겠습니다!

그럼 이만 줄이겠습니다.

『데이트 어 라이브』를 맡겨주신 L노벨 편집부 여러분. 재미있는 작품을 맡겨주셔서 감사합니다. 앞으로도 잘 부탁드립니다!

탕수육 먹으려고 휴가철마다 부산에 내려오는 악우여. 네가 탕수육 좋아하는 건 알거든? 그래도 둘이서 탕수육 하나를 해치우고 하나 더 시켜서 먹는 건 좀 그렇지 않아? 1인 1탕수육이냐?!

마지막으로 언제나 제게 버팀목이 되어 주시는 어머니와 『데이트 어 라이브』를 읽어주신 모든 분들에게 진심으로 감사드립니다.

대(對) 정령 스페셜리스트를 잘못 건드리면 큰일난다는 게 처절히 드러나는 『데이트 어 라이브 17권』 역자 후기에서 다시 뵙겠습니다!

2017년 8월 중순

역자 이승원 올림

"……저는 이름이 없어요. 빈껍데기(엠프티)예요. 당신은 이름이 뭐죠?"
"제 이름은 토키사키 쿠루미랍니다."
기억을 잃은 채 인계라 불리는 장소에서 눈을 뜬 소녀, 엠프티는 토키사키 쿠루미와 만난다. 그녀의 안내를 받아 도착한 학교에는 준정령이라 불리는 소녀들이 있었다.
서로를 죽이기 위해 모인 열 명의 소녀들. 그리고 비정상적인 존재이자 빈껍데기인 소녀.

자— 저희의 새로운 전쟁(데이트)을 시작하죠.

이야기될 리가 없

이것은 이야기될 리가 없었던

데이트 어 라이브 프래그먼트

데이트 어 불릿

DATE A BULLET

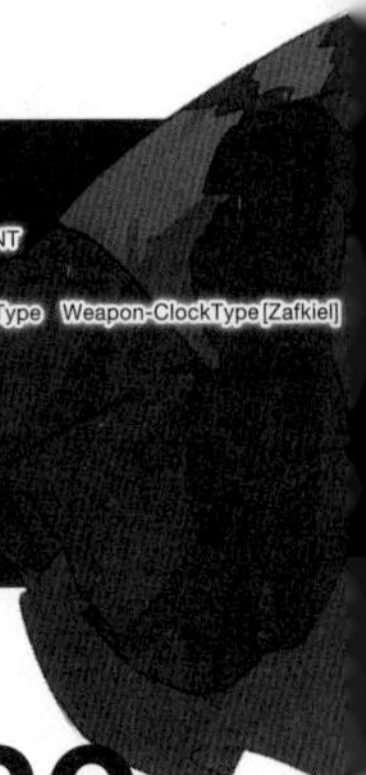

Author
히가시데 유이치로

Illustrator
NOCO

『데이트 어 라이브 16권』고

「데이트 어 라이브」
스핀오프 소설, 시동—
토키사키 쿠루미의 이야기.
동시발매!!

데이트 어 라이브 16

1판 1쇄 발행 2017년 10월 10일
1판 6쇄 발행 2022년 9월 2일

지은이_ Koushi Tachibana
일러스트_ Tsunako
옮긴이_ 이승원

발행인_ 신현호
편집장_ 김승신
편집진행_ 권세라 · 최혁수 · 김경민 · 최정민
편집디자인_ 양우연
관리 · 영업_ 김민원

펴낸곳_ (주)디앤씨미디어
등록_ 2002년 4월 25일 제20-260호
주소_ 서울시 구로구 디지털로 26길 111 JnK디지털타워 503호
전화_ 02-333-2513(대표)
팩시밀리_ 02-333-2514
이메일_ lnovellove@naver.com
L노벨 공식 카페_ http://cafe.naver.com/lnovel11

DATE A LIVE Vol.16 KURUMI REFRAIN

ISBN 979-11-278-4272-7 04830
ISBN 979-11-278-4271-0 (세트)

값 7,000원

세븐스 1~2권

미시마 요무 지음 | 토모조 일러스트 | 이경인 옮김

여신을 숭배하고, 검과 마법이 존재하는 세계에서
영주 귀족의 장남으로 태어난 라이엘은 15세에 집에서 쫓겨난다.
이유는— 여동생 세레스에게 패했기 때문에.
과거에는 천재, 기린아라 칭송을 받던 라이엘은
세레스의 영향으로 서서히 냉대를 받으며 연금 생활을 보냈다.
상처 받은 라이엘은 저택 뜰에 살던 노인에게
구조를 받아 보옥이 달린 목걸이를 받는다.
노인이 선대— 라이엘의 조부에게서 맡아놓은,
【아츠】가 기록된 푸른 옥은 월트가의 가보라고 할 수 있는 것이었다.
역대 당주 7인의 아츠가 기록된 보옥을 받은 라이엘은
그것을 갖고 저택을 나서는데—.